머리 없이 보낸 15일

15 DAYS WITHOUT A HEAD
ⓒ Dave Cousins, 2012
"15 DAYS WITHOUT A HEAD" was originally published in English in 2012.
This translation is published by arrangement with Oxford University Press."
All rights reserved.
Korean translation copyright ⓒ 2014 by Booknbean
Korean translation rights arranged with OXFORD UNIVERSITY PRESS
through EYA(Eric Yang Agency).

이 책의 한국어판 저작권은 EYA(Eric Yang Agency)를 통한 OXFORD UNIVERSITY PRESS
사와의 독점계약으로 '책과콩나무'가 소유합니다. 저작권법에 의하여 한국 내에서 보호를 받는
저작물이므로 무단전재와 복제를 금합니다.

머리 없이 보낸 15일

데이브 커즌스 지음 | 천미나 옮김

책과콩나무

차례

화요일 ⋯ 7

Day 1 그날 ⋯ 27

Day 2 걱정할 사람은 제이와 나다 ⋯ 54

Day 3 행운은 스스로 만들어 가는 거란다 ⋯ 82

Day 4 현실 세계는 스쿠비 두와는 다르다 ⋯ 107

Day 5 우리는 살았다! ⋯ 125

Day 6 겨우 피자 가지고 ⋯ 159

Day 7 포기는 이르다 ⋯ 183

Day 8 여장 ⋯ 200

Day 9 최종 우승자 ⋯ 226

Day 10 공포 ··· 257

Day 11 그 봉투의 주인은 나라고 ··· 269

Day 12 우리는 엄마가 필요해요 ··· 289

Day 13 마침내 그들이 왔다 ··· 305

Day 14 제이가 죽은 건 엄마 때문이야! ··· 315

Day 15 우리의 친절한 이웃, 사회복지사 ··· 332

오늘 ··· 363

옮긴이의 말 ··· 373

화요일

 현관문이 쾅하고 닫힌다. 엄마다.
 현관 앞에 툭하고 물건을 내던지는 소리가 마치 땅바닥에 시체가 툭 떨어지는 소리처럼 들린다. 엄마는 곧장 부엌으로 향한다. 식탁 위에 탁하고 병을 놓는 소리에 이어, 딸칵 병마개를 따는 소리, 유리잔에다 꿀렁꿀렁 액체를 따르는 소리가 뒤를 잇는다.
 엄마는 쿨럭쿨럭 기침을 내뱉고 끼익 소리를 내며 의자를 끌어내 털썩 주저앉는다.
 나와 제이가 숨을 죽이고 있는 거실로 담배 연기가 흘러들어 온다. '해피 아워'가 시작되기 전까지는 꼼짝 않는 게 상책이다. 처음 들이켠 한 모금의 술이 마법을 발휘하고, 엄마의 얼굴에 미소가 떠오르기 전까지는.

"사랑하는 아들들, 어딨지? 어디 숨었니?"

그게 신호다. 경보 해제. 이제 부엌으로 가도 안전하다. 해피 아워가 시작됐다.

우리는 부엌으로 들어간다. 제이가 조르르 달려가 엄마 품에 안기자, 엄마는 함박웃음을 지으며 제이에게 입을 맞춘다. 나는 머뭇거리며 문간을 지키다 엄마의 손짓에 우물우물 다가가 엄마와 포옹을 나눈다. 튀김 기름 냄새와 담배 냄새에 숨이 막힌다.

제이는 어린이집에서 있었던 일을 재잘재잘 풀어놓는다. 엄마는 귀를 기울이고 빙그레 웃으며 다시 술잔을 채운다. 유리잔 속의 술은 진하고 빨갛다.

서서히 엄마는 집중력이 흐려진다. 눈이 게슴츠레해지고 미소는 희미해진다. 제이는 여전히 수다를 멈추지 않는다. 카랑카랑한 여섯 살배기의 목소리는 야단스럽다. 제이는 종알거리면서 식탁 위에 있던 과일칼을 손으로 빙글빙글 돌린다.

"……그러고 나서 놀이 시간에, 매트가 있잖아……." 휘익. "그런데 우리는 그 놀이가 하기 싫었는데……." 휘익, 탁. "그래서 내가 우리는 다른 놀이를 해야 한다고 했어. 그런데……." 탁, 휘익, 챙! 과일칼이 술병에 챙하고 부딪히자, 엄마의 한쪽 눈이 씰룩인다.

나는 과일칼을 붙잡고 제이에게 자러 갈 시간이라고 이른다.

제이가 나를 보고 얼굴을 찌푸린다.

"잘 시간 아니야."

"맞아, 자러 갈 시간이야."

"아니야!"

"말 들어, 제이."

"그건 형 마음대로 아니잖아."

제이가 엄마를 쳐다본다.

엄마의 두 눈이 더듬더듬 초점을 되찾는다.

"우리 아가, 왜 그러지?"

"나 자러 안 가도 되지, 그지?"

"그럼, 그렇고말고. 이리 와서 엄마 좀 안아 주렴."

제이는 나를 향해 승리에 찬 눈빛을 날리더니 엄마의 무릎 위로 기어 올라간다. 나는 어깨를 으쓱하고 부엌에서 나온다. 그렇지만 부르면 들릴 만한 거리는 벗어나지 않는다.

해피 아워는 대략 한 시간 정도 지속된다. 가끔은 더 짧을 때도 있다. 엄마가 술을 마시지 않았거나 집에 돈이 떨어졌을 때. 술이 없으면 해피 아워도 없다. 엄마는 집 안이 난장판이라며 버럭버럭 소리를 지르고 쿵쾅대며 돌아다닌다. 아니면 온종일 침대에 꼼짝 않고 누워 있거나, 그도 아니면 화장실에 들어가 문을 걸어 잠그고 나오지 않는데, 그럴 때면 어김없이 화장실 문 뒤에서 엄마의 울음소리가 들린다. 어떨 때는 몇 시간이고 화장실에 틀어박혀 있는 바람에 제이를 데리고 밖으로 나가서 쓰레기통 뒤에다 오줌을 누여야 하는 상황이 발생하기도 한다.

여덟 시가 되자, 제이에게 잠옷을 입혀 준다. 제이는 화장실까지 네 발로 어기적어기적 기어가더니 고개를 돌려 나를 바라보며 멍멍 짖는다. 완벽하게 정상적인 행동이다. 다른 사람은 몰라도 제이에게는. 제이가 언제부터 자신을 개라고 생각하기 시작했는지는 알 턱이 없지만, 아무튼 개 흉내를 내기 시작한 건 이 집으로 이사 온 직후부터였다. 그렇다고 제이가 24시간 개 시늉을 하는 건 아니다. 그런 짓을 하면 내가 약이 오를 것 같은 때만 골라서 그런다. 바로 지금처럼.

"얼른 하자, 제이. 이 닦아."

칫솔에 치약을 쭉 짜서 제이에게 내민다.

제이는 고개를 젓는다.

"이 안 닦으면, 이 다 빠져."

제이는 멍멍거리며 나를 향해 이를 부득부득 간다.

이럴 시간이 없다. 제이가 아직 잠자리에 들지 않았다는 걸 엄마가 알면 불벼락이 떨어질 게 뻔하다.

"빨리, 일어나!"

제이를 일으켜 세우려고 한쪽 팔을 붙잡는다.

제이는 으르렁거리며 내 손목을 꽉 깨문다.

나는 깜짝 놀라 칫솔을 떨어뜨린다.

"날 물었어!"

아프지는 않지만 살갗에 제이의 잇자국이 선명하게 남아 있다.
　제이는 나를 보고 의기양양하게 눈웃음을 짓는다.
　이제 나는 화가 치솟는다.
　"좋아!"
　이번에는 제이의 양쪽 어깨를 붙잡아 번쩍 들어 올려 똑바로 세운다. 제이는 나를 또 물려고 요리조리 몸을 꿈틀거려 보지만 그러기에는 내가 힘이 더 세다. 제이가 그걸 모를 리 없다. 칫솔을 집어서 제이의 입술에 들이댄다. 제이는 볼이 벌게져서 입을 꼭 다물고 나를 노려본다. 그러더니 별안간 얼굴을 일그러뜨리며 앙, 울음을 터뜨린다.
　나는 당황해서 양팔로 제이를 감싸 안으려고 한다. 무슨 수를 써서라도 울음을 멈추게 해야 한다.
　제이의 울음소리는 구름을 뚫고 침투하는 몇 안 되는 요소들 중 하나다. '구름'이란 해피 아워 직후에 나타나는 현상으로, 해피 아워보다 훨씬 더 오래 지속된다. 담배 연기와 술이 만들어 낸 눈에 보이지 않는 힘이 작용하는 구역, 그곳이 바로 구름이고, 그 구름 속에 엄마가 있다. 그걸 보면 예전에 텔레비전에서 방영한 〈스타가 되고 싶어요〉라는 프로그램이 떠오른다. 참가자는 어떤 문으로 들어갔다가 잠시 후 연기를 뚫고 등장하는데, 180도 변신한 모습으로 나타난다. 엄마의 경우, 겉모습은 그대로라는 점이 다르다. 대신 180도 다른 성격의 사람이 된다. 엄마처럼 변신하는 프로그램을 만들면 보나마나 시청률은 바닥을 치겠지?

흥분해서 욕을 내뱉어 가며, 킹콩처럼 요란하게 다가오는 발소리가 들린다.

"도대체 뭐하는 짓거리야?"

제이가 울음을 뚝 그친다. 제이는 눈이 휘둥그레지지만 엄마의 목소리에서 위험 신호를 읽어 내기에는 아직 너무 어리다. 제이는 다시 훌쩍거리기 시작하더니 손으로 나를 가리킨다.

"형, 형이 내 팔을…… 아프게 했어."

엄마가 나한테서 제이의 칫솔을 낚아채 내 얼굴에다 불쑥 들이민다.

"도대체가! 넌 생난리를 치지 않으면 제대로 하는 일이 아무 것도 없는 거니?"

엄마의 혓바닥은 새까맣고 입 냄새 때문에 위장이 뒤틀린다.

엄마는 대답을 기다리지만, 그런 질문에 내가 무어라 답할 수 있을까? 나는 어깨를 으쓱한다. 아차. 엄마는 내가 어깻짓을 하면 질색한다. 앞으로는 꼭 명심해야겠다고 생각하는 찰나, 엄마가 철썩 뺨을 때린다.

"나한테 어깻짓 하지 마!"

"죄송해요."

엄마가 제이에게 칫솔을 내민다.

"이 닦고 가서 자. 둘 다. 너희 둘 다 보기만 해도 지긋지긋해."

여덟 시 오 분이다. 나는 열다섯 살인데 여덟 시 오 분에 잠자리에 들어야 한다.

제이는 이를 닦기 시작한다. 일부러 내 시선을 피한다.

뺨이 화끈거리고 눈가가 부풀어 오르는 것 같다. 다 내 잘못이다. 일이 이렇게 될 줄 알았어야 했다.

제이의 침대에 누워 책을 읽어 준다. 제이는 이 닦기 소동이 끝나고 나를 용서했다. 엄마가 나를 때린 일 때문에 괜히 찔리나 보다.

제이가 말한다.

"형, 울었지?"

"안 울었어. 그냥 좀 따끔거려서 그래. 너도 눈에 눈물 생길 때 있잖아. 그렇다고 그게 다 우는 건 아니잖아."

"안 아팠어?"

"응, 별로 안 아팠어."

나는 거짓말을 한다.

우리 방 천장에는 별이 붙어 있다. 예전에는 캄캄해지면 그 별들이 반짝반짝 빛났다. 엄마는 도서관에서 빌려 온 책에 나온 진짜 별자리대로 정성스레 별들을 붙였다. 이 집으로 처음 이사 와서 엄마는 아파트를 통째로 꾸미고 방마다 다른 색깔로 페인트를 칠했다. 원래 거실에는 정말 촌스러운 갈색 꽃무늬 벽지가 있었는데, 어느 날 밤엔가 엄마가 그 벽지를 길쭉하게 쭉쭉 찢어내기 시작했다. 처음에는 엄마가 화가 난 줄 알았다. 그러다 나와 제이도 동참했다. 우리 셋은 엄마의 퀸Queen* 시디의 볼륨을 최대로 키워 놓고 벽지 조각들을 휙휙 내던지고 이리저리 돌아다니며 신 나게 춤을 추었다. 찢어진 벽지 조각들이 눈보라처럼 우리를 에워싸고 빙글빙글 돌았다.

그게 언제 적 일인지. 아직 엄마가 노력하고 있을 때였다.

여기로 이사 오면서 엄마는 새로 출발할 작정이었던 것 같다. 아무도 우리를 모르는 곳에서, 아무런 기록도 없는 곳에서.

우리는 '파크뷰 하이츠'라는 건물의 맨 꼭대기 층에 산다. 그래봤자 4층이니 어이없는 이름이다.** 1층에는 '파크뷰 퍼레이드'라는 상가가 있고, 그 위로 세 층이 아파트인데, 그렇다고 집에서 공원이 보이는 것도 아니다. 동네에서 떠돌아다니는 말 중에 이런 얘기가 있다. '당신이 바닥까지 추락했다는 걸 단박에 확인할 수 있는 방법은? 정답! 자고 일어나 보니 하이츠다!' 우리 집 부엌에는 바퀴벌레들이 우글거리고, 변기는 줄줄 샌다. 그뿐이랴. 창문을 하나라도 열어 놓으면 1층 퍼레이드 상가의 '피시 앤 칩스'*** 식당에서 올라오는 냄새 때문에 온 집에 기름 냄새가 진동을 한다.

＊영국의 유명한 팝 그룹
＊＊파크뷰 하이츠Parkview Heights는 '공원이 잘 보이는 고층 아파트'라는 뜻이다.
＊＊＊영국의 대표적인 패스트푸드로, 흰살 생선 튀김과 감자튀김을 주로 판다.

그렇다고 이사 갈 형편도 못 된다. 엄마는 '브리지웰'에서 살던 우리의 과거를 추적해 이것저것 캐묻기 시작할까 봐 보조금을 청구할 엄두도 못 낸다. 일단 사람들의 입에서 질문이 시작되면 언제나 그들이 만족할 만한 대답을 내놓기란 불가능하고, 일이 틀어지는 건 바로 그때부터다.

지난번처럼. 서류철을 든 어떤 여자가 찾아와서는 엄마가 다시 자립할 수 있을 동안만 나와 제이를 다른 데로 보내면 어떻겠냐고 물었다. 여자의 말이 끝나고 채 10초도 되지 않아 엄마는 그 여자를 문밖으로 내쫓아 버렸다. 바로 그날 밤, 우리는 이곳으로 오는 기차에 올랐다. 황당하게 사라져 버린 가족. 하루 아침에 내가 사라져 버린 걸 알고 학교 친구들은 무슨 생각을 했을까. 아마 아이들 중 절반은 내가 없어졌다는 사실조차 눈치채지 못했으리라. 만약 당신이 어딘가로 떠나는데 애당초 당신이 있는 줄도 몰랐기 때문에 당신이 사라져 버렸다는 걸 그 누구도 알아채지 못한다고 생각해 보라. 참으로 딱한 노릇이 아닌가.

침대 옆 '스쿠비 두' 알람시계가 여덟 시 오십오 분을 가리킨다. 시간이 됐다.

제이가 잠들었는지 확인하고 매트리스 밑에 손을 쑥 집어넣어 공중전화 카드가 든 봉투를 끄집어낸다. 예전에 일하던 신문 가판대에서 엄마가 훔친 카드들이다. 엄마 카드를 내가 다시 슬쩍한 걸 알면 죽이려 들 거다. 엄마는 공짜 카드라면서도 공중전화 부스까지 가는 게 귀찮아서 한 번도 쓰지 않았다. 그때는 우리 둘 다 휴대전화가 있었지만 엄마는 자기 휴대전화를 잃어버리자 내 걸 가져가 버렸다. 그게 벌써 몇 달 전이다. 내 휴대전화를 가지고 다니는 걸 본 지도 한참이 됐으니 내 것마저 잃어버렸나 보다. 엄마는 더 좋은 일자리가 생기면 새 휴대전화를 사 주겠다고 약속했지만 별 기대는 안 한다. 아무튼 그때까지는 이 카드들이 있으니까.

청바지 뒷주머니에 공중전화 카드를 찔러 넣고 창문을 연다. 커스터드 소스처럼 진한 공기를 타고 생선 튀김 냄새가 코를 찌른다.

몸을 지렛대 삼아 난간 위로 몸을 올리고 창문 사이로 다리를 휙 돌린다. 온몸을 휘감아오는 열기를 느끼며 잠시 멈칫했다가 스르륵 몸을 미끄러뜨린다.

우리 방 창문 바로 바깥에는 아래층의 지붕이자, 길이가 2미터 정도 되는 난간이 있다. 난간 표면은 녹아내린 회색 치즈처럼 끈끈하고, 후끈한 열기 탓인지 탄내 같은 게 풍긴다. 가장자리를 따라 틈마다 끈적끈적한 검은색 물질이 새어 나와서 잘못하다 손에 묻기라도 하면 며칠 동안 진한 얼룩이 남는다.

지붕 끝을 따라 살금살금 걷다가 몸을 돌린다. 내가 제일 싫어하는 부분이다. 난간 너머 아래로 내려가야 하는 지점. 건물 옆면에 붙여 놓은 뼈대만 남은 사다리 위에 두 발을 대고, 자그 마치 세 층 아래 딱딱한 콘크리트 바닥은 머릿속에서 지워 버리려고 노력한다. 사다리는 곧바로 비상계단으로 이어진다. 잔뜩 녹이 슬어 당장에라도 부서질 듯한 계단이 발밑에서 우르릉거리고 덜거덕거린다. 땅바닥에 닿기 전, 마지막 계단에는 가로로 사슬이 채워져 있어서 한쪽으로 기어 올라갔다가 상점들 뒤편 진입로를 따라 늘어선 커다란 쓰레기통 중 하나로 발을 디딘다. 사람이 없는지 주위를 살피고 땅바닥으로 훌쩍 뛰어내린다.

 지금까지는 운이 좋았다. 운이 다하면 그 다음에는 어떻게 될까 하는 걱정 따위는 하지 않는다. 어쩌면 그날이 바로 오늘 밤일 수도. 상관없다고 혼자서 중얼거린다. 너무 걱정만 하지 않으면 문제없겠지. 내가 이런 일을 벌이는 걸 엄마가 알면 어떻게 될까 하는 걱정은 더더욱 하지 않는다. 제이를 엄마한테 맡겨 두고 나오는 건 위험한 일이고, 오늘 밤 엄마의 기분을 생각하면 특히나 그렇지만, 나는 이걸 해야만 한다. 우리 모두를 위해서.

 1층 퍼레이드 상가는 대부분 셔터를 내렸지만 빨래방과 와인 전문점은 아직 열려 있다. 주차장을 가로질러 공중전화 부스로 가서 문을 활짝 연다. 오줌 냄새와 담배 냄새가 나를 반긴다. 벌써부터 몸이 부들부들 떨리지만 그건 정상이다. 내가 지금 뭘 하고 있는지 생각하지 않는 게 중요하다. 그냥 하는 거다.

 육중한 수화기를 집어 들고 씹던 껌이 붙어 있지는 않은지,

뱉어 놓은 침은 없는지부터 확인한 다음 주머니에서 뜨뜻해진 엄마의 공중전화 카드를 꺼내 코드 번호를 누른다. 전화번호는 이미 외웠다. 번호를 누르고 누군가 받기를 기다리며 전화벨 소리에 귀를 기울인다.

공중전화 부스의 유리벽은 온통 스프레이 낙서로 가득하지만 틈 사이로 우리 집 창문이 보인다. 엄마가 창밖을 내다본다면 내가 보일 거다. 하지만 그럴 리가 없다. 엄마는 내가 침대에 있는 줄 안다. 술기운이 깨기 전까지는 엄마는 옴짝달싹 않을 거고, 나는 그러기 훨씬 전에 집으로 돌아가 있을 테니까. 제이만 잠이 깨지 않는다면……. 하지만 지금 당장은 그런 생각을 할 여유가 없다. 유쾌한 여자 목소리가 응답을 하고, 나는 방송에 나간다.

라디오에 나가고 있다는 사실만 생각하지 않으면 문제없다. 그냥 디제이 바즈와 대화를 주고받는 것뿐이라고. 바즈는 나에게 몇 가지 질문을 던지고, 그러면 끝이다. 나는 아빠인 척, 라디오 생방송에 출연해 초호화 여행상품권을 타려고 노력하는 중이다.

명심해야 할 사실은, 항상 같은 목소리를 유지해야 한다는 거다. 18세 이상에게만 참가 자격이 주어지고, 내가 아빠로 가장하고 있는 것도 바로 그 때문이다. 걱정 마시라, 아빠는 알 리가 없다. 아빠는 이미 이 세상 사람이 아니다. 아빠의 이름은 대니얼이고, 원래 아빠는 스코틀랜드 식 억양이 없는 편이지만 내 목소리를 위장하고 싶어서 우리 학교 학년주임인 버컨 선생님 흉내를 내고 있다. 아직까지는 방송국 사람들의 의심을 사지 않았고, 오늘로 사흘째다.

바즈는 나를 소개할 준비를 하며 청취자들에게 이야기를 하는 중이다. 제발 빨리빨리 좀 진행해라. 제일 견디기 힘든 게 기다림이다.

"다시 우리의 현 챔피언, 대니얼 로치 씨와 함께할 시간입니다! 안녕하십니까, 대니얼! 행운이 느껴지십니까? 스스로에게 물어봐야 할 질문이 되겠지요, 어떻습니까, **진정 행운이 느껴지십니까?**"

바즈는 그렇게 묻는다. 아주 커다란 목소리로. 나는 행운이 느껴지지 않는다. 다리는 후들거리고 화장실이 급해진다.

"어느 정도는 그렇소."

그러면서 나는 어깨를 으쓱하지만, 상관없다. 이건 라디오니까.

바즈가 따라 말한다.

"**어느 정도라고요?** 글쎄요, 그 정도로 대니얼이 게임에서 살아남을 수 있을지 어디 두고 보기로 하지요. 기억하시기 바랍니다. 대니얼 씨는 세 가지 질문에만 정확하게 대답하면 됩니다. 그러면 우리의 친구, 하다크레 홀리데이즈가 제공해 드리는, 경비가 전액 지원되는 가족여행에 한 발짝 더 다가서 게 됩니다."

수화기를 타고 하다크레 홀리데이즈의 로고송이 흘러나온다. '평범한 휴가는 그만, 당신 인생 최고의 황홀한 시간!'

"자…… 대니얼, 모든 것은 **바로 당신 손**에 달려 있습니다, 부담을 주려는 건 아닙니다만!"

극적인 효과를 위한 건지 대답을 기다리는 건지, 바즈가 잠시 말을 멈춘다.

입안이 바짝바짝 탄다.

바즈가 묻는다.

"대니얼, 준비됐습니까?"

나는 입술을 핥는다.

"그렇소!"

"첫 번째 문제."

밖에서 승용차 한 대가 쾅쾅 음악 소리를 내며 요란하게 지나간다.

"제1차 세계대전은 몇 년도에 끝났습니까? 에이, 1945년이었나요? 비, 1918년? 아니면 시, 1939년일까요? 다시 한 번 읽어 드리겠습니다. 제1차 세계대전은 서기 몇 년도에 끝났습니까? 에이, 1945년이었나요? 비, 1918년? 아니면 시, 1939년일까요?"

후하고 숨을 내쉰다. 방송으로는 마치 허리케인처럼 들렸으리라.

"비, 1918년."

바즈는 말이 없다.

"제1차 세계대전입니다, 대니얼. 당신은 1918년에 그 전쟁이 마침표를 찍고, 끝장을 보고, 짐을 싸서 집으로 갔다 이 말입니까?"

"그렇소."

내가 옳다. 9학년* 때 제1차 세계대전에 대해 배웠다. 아니, 제2차 세계대전이었나? 문득 오싹해진다. 갑자기 자신이 없다.

"정답입니다!"

바즈의 외침과 더불어 수화기 너머로 바즈가 싱글싱글 웃는 소리까지 들리는 것만 같다.

"발동을 걸기에 좋은, 쉬운 질문이었지요, 대니얼! 어떻습니까, 역사에 좀 식견이 있으신가요?"

"그렇지는 않소. 학교에서 배웠소."

나는 아무 생각 없이 대꾸한다.

바즈가 껄껄 웃음을 터뜨린다.

"네, 저도 배우긴 했습니다만, 이젠 바로 **어제 한 일**도 기억이 잘 나지 않으니 말이죠! 혹시 제가 어제 뭘 하고 있었는지 아시는 분 계시면 저에게 전화 한 통 부탁드립니다!"

---

*9학년은 우리나라의 중학교 3학년에 해당한다.

이렇게 부주의할 수가. 후회막급이다. 나는 마흔한 살 먹은 남자가 아닌가. 더 이상 학교에 다니지 않는다 이 말이다!

바즈가 말을 잇는다.

"우리의 챔피언이 기분 좋게 스타트를 끊었습니다! 분명히 역사는 정통하신 것 같습니다만, 대니얼, 스포츠는 어떻습니까?"

"괜찮소."

대답은 이렇게 했지만 거짓말이다. 나는 스포츠는 문외한이다.

"그거 유감이군요. 왜냐하면 다음 질문은…… **음악 문제니까요!**"

바즈의 웃음소리와 더불어 퀴즈 쇼의 가장 유명한 음향효과 중 하나가 흘러나온다.

"미안합니다. 일부러 당신을 혼란시키려는 의도는 아니었습니다!"

다음 질문을 준비하면서도 바즈는 혼자서 낄낄거린다.

"대니얼, 다음에 들려드릴 세 사람 중에서 전설적인 팝 그룹 비틀스의 멤버가 아니었던 사람은 과연 누구일까요? 에이, 리처드 스타키였나요? 비, 피트 베스트? 아니면 시, 줄리안 레논일까요? 혹시 비틀스 팬입니까, 대니얼?"

"좋아하긴 합니다만."

다시 입이 바짝바짝 마른다. 정답은 모르겠지만 교묘한 속임

수가 담긴 질문인 것만은 분명하다. 세 사람 다 처음 듣는 이름이지만 유일하게 비틀스 멤버처럼 들리는 사람은 시다. 그런데 줄리안이 아니라 '존' 레논이었는데……. 최소한 내가 알기로는 그랬다.

"전화를 끊은 건 아니죠, 챔피언?"

"그렇소."

"어서 정답을 말씀해 주셔야 합니다."

나는 침을 꿀꺽 삼킨다.

"시, 줄리안 레논."

말을 내뱉는 순간, 오답임을 직감한다.

바즈가 한숨을 내쉰다.

"정확히 얘기해 봅시다, 대니얼. 당신은 시, 줄리안 레논이 그 기막히게 멋진 머지 강, 걸레머리* 비틀스의 멤버가 아니라고 했습니다. 맞습니까?"

"그렇소."

어차피 대답을 되돌릴 수도 없는데, 아무런 의미도 없는 질문이다. 규칙이 그렇다. 방송국에서는 첫 번째로 말한 대답을 취해야 한다. 나는 바보다.

"정답입니다!"

바즈의 외침과 동시에, 녹음된 박수갈채 소리가 스튜디오를

---

*머지*Mersey* 강은 비틀스의 고향인 리버풀을 흐르는 강이며, 걸레머리*Mop Top*는 비틀스가 잘 하던 더벅머리에 정장 스타일을 일컫는 말이다.

가득 채운다.

"링고 스타로 더 잘 알려진 리처드 스타키, 그리고 피트 베스트는 둘 다 비틀스 멤버였지요. 대니얼도 아시다시피, 줄리안은 존 레논의 아들이지만 비틀스와 함께 연주를 한 적은 단 한 번도 없었습니다. 잘했습니다, 대니얼! 거 봐요, 내가 쉬울 거라고 하지 않았습니까!"

"그렇소."

나는 이마의 땀을 닦아낸다.

"딱 한 문제만 풀면 끝입니다."

바즈가 속삭이듯 덧붙인다.

"대니얼, 준비됐습니까?"

"준비됐소."

"세 번째 문제."

피시 앤 칩스 식당 바로 위층 집의 불이 꺼지고, 우리 집 거실 창문을 통해 텔레비전이 깜빡거리는 모습이 눈에 들어온다.

"결혼식에서 공중에 흩뿌리는 작은 색종이 조각들을 뭐라고 부를까요? 에이, 콘페티입니까? 비, 파피루스? 아니면 시, 파프리카?"

"콘페티. 에이."

"우아! 이번 문제는 곧바로 답이 나오는군요, 대니얼! 최근에 결혼식에 다녀오셨나 보군요!"

"아니오."

"그럼 기혼자시죠, 맞죠?"

나는 우물쭈물하다 간신히 "그렇소."라고 대답해야 한다는 걸 떠올렸고, 방금 천 명 남짓 되는 청취자 앞에서 내가 엄마와 결혼했다고 선언했다는 사실을 깨닫는다.

"얼마나 되셨죠?"

"뭐요?"

바즈가 껄껄 웃음을 터뜨린다.

"사랑스러운 로치 부인과 결혼하신 지 얼마나 되셨습니까? 설마 **깜빡** 잊어버리신 건 아니겠죠? 부디 부인이 이 방송을 듣고 있지 않기를 바랍니다, 대니얼, 아니면 오늘 밤 **큰 낭패**를 보게 되실 테니까요!"

그는 자신이 얼마나 정곡을 찌르는 말을 하고 있는지 모르고 있다.

"아니오, 안 듣고 있소…… 바라건대."

오늘 밤 나의 첫 번째 정직한 대답이다.

바즈가 말한다.

"당신은 진정 **행운아**로군요. 이번에도 정답이니까요! 사람들은 결혼식에서 파피루스나 파프리카를 던지지 않습니다. 최소한 제 고향에서는 그렇습니다. 가끔 돌멩이나 병을 던지기는 합니다만 결단코 **파프리카**는 아닙니다! 드레스에서 파프리카를 떼어 내는 신부가 상상이 되십니까! 그렇습니다, 결혼식장에서 사람들은 **콘페티**를 던집니다. 그 말은 곧, 대니얼,

당신이 여전히 우리의 챔피언이라는 뜻입니다!"

배경으로 〈바즈의 한밤의 행운을 찾아라〉 로고송이 흘러나오기 시작한다.

"그럼, 바로 **당신을, 내일 밤, 이 자리에서** 다시 만나 뵙겠습니다! **같은 시각, 같은 곳, 라디오 햄에서요**……."

공중전화 부스 문을 활짝 열고 공기를 꿀꺽 들이마신다. 온몸이 땀범벅이지만 나도 모르게 씨익 웃음이 나온다. 해냈다. 세 번 성공, 앞으로 일곱 번 남았다. 10회 연속 챔피언 자리를 지키면 나는 공짜 여행상품권을 타게 된다. 술을 마시지 않아도 괜찮을 정도로 엄마의 기분을 북돋아 줄 수 있는 게 있다면, 그건 바로 뜨거운 태양 아래 모든 경비가 지원되는 2주간의 휴가다.

Day 1
그날

별안간 귀청을 찢는 듯한 음악 소리에 잠이 확 깬다. 손을 뻗어 침대 옆 스쿠비 두 알람시계를 탁 누르고, 그대로 침묵이 흐르게 내버려 둔다…….

빨간색 디지털 숫자가 5:01을 깜빡거린다. 맞은편 침대에서는 제이가 투덜거리며 중얼대는 소리가 들리지만 잠에서 깨지는 않는다. 아파트는 고요하다. 눈을 감은지 일 초도 안 된 것 같은데, 어느새 시계는 5:07을 깜박거린다. 다리를 침대 밑으로 내려 벌떡 일어선다. 비몽사몽이지만 그래도 움직인다.

부엌 불을 켜자, 바퀴벌레들이 눈 깜짝할 사이에 후다닥 흩어진다. '로치에게 바퀴벌레를!' 엄마가 잘 하는 우스갯소리다. 우리 성이 로치니까, 엄마는 그 말이 웃기나 보다.*

당연히 농담으로 하는 말이지만 하나도 웃기지 않는다.

지저분한 싱크대 선반에서 컵 하나를 꺼내 물에 헹구고 주전자의 물이 끓기를 기다린다.

엄마는 1층 퍼레이드의 피시 앤 칩스 식당 말고도 시내 건너편 산업 단지의 사무실들에서 새벽 청소조로 일한다. 출근 시간이 여섯 시 삼십 분이지만 전날 밤에 술을 마시면, 안 마시는 날이 드물지만, 엄마는 일어나지 못한다. 월세를 내려면 한 가지 일만으로는 어림도 없다. 엄마를 깨우기 위해 매일같이 내가 새벽 다섯 시에 일어나야 하는 것도 다 그 때문이다.

엄마가 아예 일어날 생각을 안 해서 내가 땜빵을 하는 날도 있다. 출근기록부에 작은 플라스틱 카드를 긋고 다녀갔다는 증거만 남기면 누가 가든 상관없다. 사무실이 청소가 되면 엄마는 돈을 받는다. 엄마가 돈을 받는 한 우리는 먹을 음식과 살 집이 있다. "엄마 혼자 사는 집도 아닌데, 다 같이 돕는 게 당연한 거 아니니?"라고 엄마는 목청을 높이고, 그 말에 토를 달 수도 없는 노릇이다. 그런데 생각해 보면, 엄마한테는 뭐가 됐든 토를 달면 안 된다.

머그잔에 커피 가루를 두 숟가락 넣고 물을 휘휘 젓는다. 엄마는 진한 커피를 좋아한다. 우유가 없어서 대신 설탕을 한 숟가

＊ 로렌스의 성인 로치*Roach*에는 바퀴벌레*roach*라는 뜻이 있다.

락 타서 엄마 방으로 향한다.

방문은 닫혀 있다. 똑똑 문을 두드리고 손잡이를 돌린다.

술 냄새가 트림처럼 확 풍겨 온다.

"엄마?"

엄마는 입을 쩍 벌린 채 잠들어 있고, 옷은 거의 어젯밤 그대로다.

바닥에 너저분하게 깔린 물건들을 요리조리 피해 다가가 침대 옆에 머그잔을 올려놓는다.

"엄마? 엄마!"

시간 낭비다. 대답할 리가 없다. 식탁 위에 빈 와인 병 두 병이 있다.

엄마 머리 위에다 커피를 확 쏟아붓고 싶은 마음이 굴뚝같지만 그런다고 깨어날지도 미지수다. 대신 라디오를 켜서 볼륨을 키우고 방에서 나온다.

다시 침대로 꾸물꾸물 기어들어와 벽에다 귀를 가져다 댄다. 라디오 소리가 뚝 끊기더니 무어라 버럭 소리를 내지르는 엄마 목소리가 들린다. 정확히 알아듣기는 힘들지만 안 들어도 뻔하다. 어둠 속에 가만히 누워서, 쿵쾅거리며 돌아다니다가 현관문을 쾅 닫고 나가는 엄마 소리에 귀를 기울인다. 그제야 다시 편히 숨을 쉰다. 나와 제이가 학교에 가고 나서야 엄마는 돌아올 거다.

너무 피곤해서 속이 울렁거리지만 다시 잠을 청해 봤자 소용이 없다. 부엌으로 가서 컵을 꺼내 곰팡이를 긁어내고 설탕을 듬뿍 타서 내가 마실 커피를 한 잔 만든다. 그런 다음 지붕 위로 올라가 태양이 떠오르는 광경을 지켜본다.

 엄마가 화장실에 토한 게 그대로 남아 있다. 샤워를 하려면 거무스름한 흔적을 씻어 내야 한다. 냄새에 위장이 뒤틀리며 달콤쌉싸래한 커피 맛이 목구멍으로 치받고 올라온다. 비누가 없어서 대신 샴푸로 몸을 씻어 내고 온몸이 오싹해지도록 물을 맞고 서 있다.
 물을 잠그는데 텔레비전 소리가 들린다. 그건 곧 제이가 일어났다는 신호다. 허리에 수건을 두르고 텔레비전 소리를 따라 거실로 간다. 〈스쿠비 두〉가 나온다. 식인종들이 섬을 가로질러 가며 섀기와 스쿠비를 뒤쫓는 장면을 보고 제이는 깔깔대며 웃다가 그만 소파에서 떨어질 뻔한다. 제이에게 와서 옷을 갈아입으라고 이른다.
 우리는 빨래방에 가야 한다. 바닥에 널브러진 교복 와이셔츠 세 벌에 코를 대고 쿵쿵 냄새를 맡아서 그중 제일 냄새가 덜한 옷을 고른 다음, 양쪽 겨드랑이에 탈취제를 뿌린다.
 아침거리가 전혀 없어서 엄마 화장대 위에 흩뿌려진 동전들 중에서 2파운드*를 집어 온다. 학교 가는 길에 슈퍼에 들르면

＊영국의 화폐단위. 1파운드는 우리나라 돈으로 약 1,700원 정도이며, 1파운드는 100펜스이다.

된다.

중앙 현관을 지나는데 우연의 일치인 척 참견쟁이 마녀가 우리를 기다린다. 잠옷 차림에다 우스꽝스럽게 물들인 검은색 머리카락이 머리 망 밑에 잔뜩 짓눌린 몰골로. 진짜 이름은 앨리슨 부인이고, 중앙 현관 바로 옆, 1호실에 산다. 아파트 현관을 드나들 때마다 귀신같이 나타나고, 오만 사람에 대해 아주 빠삭하다.

"안녕, 얘들아!"

아줌마가 개처럼 노란 이와 잇몸을 드러내며 활짝 웃는다.

나는 고개를 까닥하고 제이는 빤히 바라보기만 한다. 그래도 아줌마는 제이를 좋아한다. 누구나 그렇다. 제이는 처음 보는 사람들도 말을 걸고 싶을 만큼 천사 같은 외모를 지닌 금발머리 아이들 중 하나다. 얼마나 예쁘장하게 생겼는지 여자애로 착각하는 사람들도 많다. 그럴 때면 제이는 씩씩거리며 화를 내지만 나는 웃음이 터진다.

아줌마가 허리를 숙여 제이에게 얼굴을 들이민다.

"형이 아침마다 데려다 주니 참 복도 많은 꼬맹이로구나!"

제이는 어깨를 으쓱한다.

"친형 아니에요. 형 아빠랑 우리 아빠랑 달라서 반만 형이에요."

나는 움찔한다. 그런 흥미진진한 정보라면 참견쟁이 마녀는 군침을 흘릴 거다. 제이가 그런 말을 했다는 사실을 알면 엄마가 불같이 화를 낼 텐데. 하긴 굳이 말해 주지 않아도 짐작하고도 남을 만한 일이긴 하다. 제이와 나는 닮은 구석이 전혀 없다. 제이가 길에서 사람들이 쳐다보고 미소를 지을 만한 아이라면, 나는 피해 가려고 슬며시 길을 건너갈 그런 생김새다. 키가 180센티미터가 넘는데다가 내 얼굴에는 사람들을 불안하게 만드는 무언가가 있다. 마치 어울리지 않는 옷처럼, 이목구비가 따로 논다고나 할까. 경찰이 텔레비전에 잘 내보내는 현상수배 사진에다 연갈색 곱슬머리를 더해 보면 어느 정도 그림이 그려지리라.

"엄마는 늦잠 주무시니?"

상냥한 목소리지만 무슨 꿍꿍이속인지 뻔하다.

제이가 대답한다.

"일하러 갔어요."

물론 아줌마는 이미 알고 있는 사실이다. 새벽부터 현관에서 감시하고 있었을 테니까.

"너희끼리만 있는데 착하게 굴었으면 좋겠구나."

그 말을 하면서 아줌마가 나를 쳐다본다.

나는 눈을 피하고 제이의 손을 꽉 붙잡아 현관 쪽으로 잡아끈다.

"가자, 제이. 지각하겠다."

"아프잖아!"

"그러니까 가자고!"

밖으로 나오자 제이는 몸을 확 비틀어 손을 빼낸다.

"그렇게 안 잡아당겨도 되잖아!"

나는 대꾸하지 않지만, 대신 달래는 차원에서 가게로 가서 아침으로 제이가 먹고 싶은 걸 고르게 해 준다. 제이는 활짝 웃으며 양파 맛 몬스터 먼치 감자칩 한 봉지를 골라 나에게 내민다.

우리는 퍼레이드 맨 끄트머리 벽에 기대 앉아 레모네이드 한 캔을 나눠 마신다. 아직 이른 시각이지만 벌써부터 후끈후끈 열기가 느껴지고 겨드랑이가 따끔거린다.

우리 학교 아이들을 태운 버스가 한 대 지나가고, 그건 곧 시간이 됐다는 뜻이다.

제이의 옆구리를 쿡 찌른다.

"준비됐지, 몬스터 보이?"

제이가 얼굴을 찡그린다.

"나 몬스터 아니야."

"맞아."

"아니야! 내가 몬스터라면 이걸 안 먹었을 거야."

제이가 나를 향해 감자칩 봉지를 흔든다.

"왜?"

"이 과자 이름이 몬스터 먼치잖아. 그럼 내가 식인종이게!"

제이는 완전히 진지한 얼굴이지만 나는 깔깔깔 웃음이 터진다.

"오늘 밤에도 먹을 게 없으면 우리는 식인종이 돼서 먹을 사람을 찾으러 다녀야 돼?"

어린이집으로 이어지는 언덕길을 내려가는데, 제이가 아무렇지도 않게 묻는다.

"어쩌면."

제이는 곰곰이 생각을 한다.

"난 참견쟁이 마녀는 안 먹을래."

나 역시 같은 마음이라서 깔깔 웃음을 터뜨리지만, 대신 다른 사람이 먹어 치워 준다면 넙죽 절이라도 올리겠다.

제이의 어린이집은 멀지 않다. 정문 앞까지 제이를 데려다주고 잠시 안으로 들어가는 모습을 지켜보다가 달리기 시작한다. 하다크레 중학교는 시내 반대쪽이다. 운이 좋으면 수업종과 동시에 도착할 거다. 보통 날씨에도 책이 잔뜩 든 가방을 메고 20분을 뛰면 녹초가 되는데, 더군다나 이런 더위라면!

운동장은 텅 비어 있다. 나는 지각을 했고 이미 조례가 시작된 뒤라, 사무실로 가서 지각부에 사인을 한다. 교실로 돌아가 다행히 1교시 수업에 들어가려고 늘어선 아이들 뒤에 때맞춰 줄을 선다. 숨을 헐떡이고 땀을 비 오듯 흘리면서.

교실 안은 무덥다. 다리가 쑤신다. 가만히 앉아 있을 수가 없다. 학교가 끝나려면 앞으로도 30분은 더 버텨야 한다. 교과서의 단어들을 손가락으로 짚어가며 어떻게든 버컨 선생님 수업에 집중하려고 안간힘을 쓰지만 나한테는 이집트 상형문자나 마찬가지다.

선생님은 열띤 목소리로 말을 이어가고 책장의 감촉은 부드럽다. 나는 싸우기를 멈추고 잠시 눈꺼풀이 감기게 내버려 둔다. 차라리 낫다. 눈을 감고도 선생님 목소리는 들리니 아무런 문제가 없다.

버컨 선생님이 셰익스피어 전집을 내 책상 위에 쾅하고 내려놓는 소리에 퍼뜩 잠에서 깬다. 이삼 초 동안 여기가 어딘가 어리둥절하다.

"로렌스, 꿈나라에서 돌아왔다니 기쁘기 그지없군!"

버컨 선생님이 눈썹을 휙 치켜뜬다.

나는 입을 꾹 다물고 아무도 눈치채지 않기를 바라며 입가의 침을 쓱 닦아낸다.

"왜 맥베스가 '커튼을 쳐 놓은 잠을 사악한 꿈이 비웃는구나.'라고 말했는지 우리에게 몸으로 설명해 줄 요량이냐? 최근에 꾼 꿈 중에 우리에게 말해 주고 싶은 꿈 있나?"

누군가가 낄낄거린다.

"없습니다, 선생님."

교실 안의 모든 눈이 나를 주시한다.

버컨 선생님은 한숨을 내쉬고 고개를 젓는다.

"또 꿈나라로 갈 생각하지 마, 로렌스. 최소한 수업이 끝날 때까지는."

고개를 끄덕이고 화끈거리는 얼굴을 책상 쪽으로 되돌리지만 단어들은 여전히 아무런 의미가 없다. 이제 나는 그 꿈에 대해 생각한다. 나의 꿈, 서류철을 든 여자가 제이를 데려가기 위해 다가오는 그 꿈.

꿈은 항상 똑같다. 제이는 스쿠비 두 잠옷 차림으로 복도로 질질 끌려간다. 제이는 내 이름을 울부짖으며 손을 뻗지만 나는 꼼짝할 수가 없다. 온 바닥이 빈 병 천지다. 이리저리 병을 헤집고 걸어가려고 애를 써 봐도, 두 발은 연신 유리에 미끄러진다. 딱딱한 방바닥은 별안간 병들의 바다로 바뀌어 사방에서 나를 에워싼 채 까딱거리고 챙그랑거린다. 걸쭉한 빨간색 바다가 입과 콧구멍 속으로 밀려들어와 나를 사정없이 끌어내리고, 나는 결국 갇히고 만다. 서류철을 든 그 여자가 제이를 데려가 버려도 속수무책이다.

바로 그 부분에서 꿈에서 깬다.

땀을 흘리며.

어둠 속에서.

수업 끝을 알리는 종이 울리지만 버컨 선생님이 나에게 남으라고 이른다. 무슨 일인지 짐작이 되지만 제이를 데리러 가야 해서 너무 시간을 오래 끌지 않기만을 바랄 뿐이다.

"임마, 전투라도 치뤘냐?"

선생님이 책상 반대편 끄트머리에 걸터앉아 나를 찬찬히 바라본다.

"멍이 아주 근사하게 들었는데."

눈을 깜빡 잊고 있었다.

"동생이랑 싸웠어요."

자꾸 하다 보면 거짓말도 는다.

"형한테 멍 자국을 다 남기다니 꽤 덩치가 큰 녀석인가 보네?"

그 말이 웃겨서 긴장이 풀리며 웃음을 터뜨린다. 실수다.

"여섯이에요."

"동생이 여섯이라고?"

"여섯 살이라고요."

버컨 선생님이 껄껄 웃음을 터뜨리는 걸 보니 나쁘지 않다.

"같이 놀아줬는데, 가끔 심하게 흥분할 때가 있어요."

선생님이 고개를 끄덕이더니 팔짱을 낀다.

"셰익스피어 팬은 아닌 것 같던데, 어떠냐?"

나는 어깨를 으쓱한다. 셰익스피어가 무슨 대수랴.

"학생들이 가끔 지루해 하는 걸 알긴 한다만, 내 수업 시간에 대놓고 조는 녀석은 네가 처음이지, 아마."

"죄송합니다. 일부러 그런 건 아니에요."

"별로 놀랍지도 않다만."

선생님은 얼굴을 찌푸리며 이렇게 덧붙인다.

"상태가 아주 안 좋아 보여. 마지막으로 편하게 푹 잔 게 대체 언제냐?"

선생님의 눈이 나의 두개골 뼈와 피부 속까지 샅샅이 살피는 게 느껴진다. 마치 내 머릿속을 훤히 들여다볼 수 있다는 듯. 선생님의 주의를 딴 데로 돌리려면 계속해서 말을 해야 한다. 그래야 선생님이 내 머릿속을 보지 못할 테니까.

"옆집 사는 녀석이 맨날 텔레비전을 커다랗게 틀어놔서요. 귀가 먹었나 봐요. 잠을 자기가 힘들 때가 있어요."

나는 어깨를 으쓱한다.

선생님이 턱을 매만진다.

"알 만하다. 어머니가 직접 항의를 해보시지 왜? 텔레비전 소리 때문에 네가 잠을 못 잔다고."

나는 고개를 끄덕인다.

"그래도 되겠네요."

양쪽 겨드랑이가 화끈거린다. 아침에 뿌린 탈취제와 뒤섞인 시큼한 땀 냄새가 올라온다.

"그래서 출석 시간을 놓치나 보군. 일어나기가 힘드냐?"

버컨 선생님이 종이를 흘깃 쳐다보는데, 나는 선생님이 그 종이를 들고 있는 줄도 몰랐다.

"오늘 네 담임 선생님인 코넬리 선생님한테 쪽지를 받았다. 지난주에 세 번이나 출석 시간을 놓쳤고 오늘 아침에도 또 늦었다고."

"죄송합니다."

차마 동생을 어린이집에 데려다 줘야 해서 늦었다는 말이 나오지 않는다.

"죄송하다는 말로 끝날 문제가 아닌 것 같은데, 로렌스. 10학년은 중등교육자격시험*GCSE*을 생각하면 소홀할 수 없는 학년이고, 앞으로 계속 중요한 시험들이 다가오는데 자꾸 시간 약속을 어기는 습관을 들이면 안 돼. 다행히 학습 면에서는 우려할 만한 점이 크지 않고, 숙제나 기타 할 일들은 제때 하는 것 같다만, 시간 엄수도 학교생활에서 중요한 부분이다, 로렌스."

버컨 선생님이 한숨을 내쉰다.

"수업 중에 조는 부분은 말이다, 다른 선생님들도 다 나만큼 이해심이 많은 건 아니야."

나는 고개를 끄덕인다. 버컨 선생님은 좋은 분이다. 학년주임 선생님인데 그냥 하는 말이 아니라 진심이 느껴진다. 문제는, 그래서 위험하다는 거다. 사실은 자신들 때문에 더 상황이 악화되는 줄도 모르고 반대로 도움을 주고 있다고 착각하는, 그런 사람들 중의 하나랄까. 아무도 내 존재를 알아채지 못하는 편이 훨씬 낫다. 사람들의 눈에 내가 보이지 않으면 괜스레 이것저것 신경 쓸 필요도 없을 테니까. 투명인간이 최고다. 기회만 주어진다면 갖고 싶은 초능력이다. 대부분의 사람들은 막강한 힘이나 투시력, 아니면 하늘을 나는 능력을 원한다. 나는 아니다. 할 수 있다면 그냥 사라져 버리고 싶을 뿐. 그럴 수 있다면 얼마나 좋을까?

"더 일찍 일어나려고 노력하겠습니다."

오늘 아침 동이 터 오는 광경을 지켜보던 때를 떠올리며 선생님한테 말한다.

버컨 선생님은 빙그레 웃으며 종이쪽지를 흔든다.

"좋은 생각이다. 여기에 세 번만 더 찍히면, 일일보고서에 네 이름을 올려야 할지도 몰라. 그렇게 되면 담임 선생님은 물론이고 수업 시간마다 담당 선생님한테 사인을 받아야 돼. 집에 가기 전에는 그 사인을 받은 종이를 가지고 나한테 와야 하고. 저녁마다 너희 어머니 사인도 받아 와야 돼."

선생님이 척 팔짱을 낀다.

"그렇게 번거롭게 만들지 않고, 네가 잘 해내리라 믿는다만. 넌 할 수 있어. 어디, 그런 일은 피할 수 있을지 두고 보자, 알겠냐?"

나는 고개를 끄덕인다. 투명인간은 개뿔. 학교 끝나고 버컨 선생님까지 보고 가게 되면 제이를 데리러 가는 데 막대한 지장이 생긴다. 그러고 보니 서둘러야겠다.

"이제 가도 되죠?"

"그래. 어서 가라. 오늘은 일찍 자겠지?"

"네."

"잠은 중요해, 로렌스, 잠이 보약이야. 맥베스 말처럼, 잠은

'근심에 엉킨 실타래를 풀어 주고, 인생의 향연의 주요한 자양분'이니까."

선생님은 빙긋 웃고 몸을 일으킨다.

"너, 사람들이 '수면 박탈'을 고문의 일종으로 쓴다는 사실 알고 있냐?"

고개를 젓는다. 금시초문이다.

가방을 챙기는데 버컨 선생님의 시선이 느껴지고, 그 눈길은 '나한테 뭔가 감추고 있다는 거 다 알아.'라는 무언의 의미임을, 그 미소는 '나한테는 말해도 괜찮아. 내가 도와줄게.'라는 호의를 품고 있음을 잘 알고 있다. 한편으로는 선생님한테 털어놓고 싶은 마음도 있다. 선생님이라면 도움을 줄 수 있을지도, 적어도 지금보다는 상황이 호전되지 않을까? 그냥 입만 열면 되는데······.

비밀을 꽁꽁 숨기고 복도로 나오는 데 성공한다. 흐르는 땀에 셔츠가 살갗에 찰싹 달라붙고 심장은 가슴을 뚫고 나올 듯 벌렁거린다. 서너 번 심호흡을 하고 출구로 향한다. 제이를 데리러 가려면 쉬지 않고 달려야 한다.

모퉁이를 돌다가 같이 영어 수업을 듣는 한한테 발이 걸려 넘어질 뻔한다.

"야, 로렌스! 괜찮냐? 버컨이 귀찮게 하대?"

어깨를 으쓱하고 버컨 선생님처럼 양 눈썹이 가운데서 만날 정도로 잔뜩 이맛살을 찌푸린다.

"학생들이 가끔 지루해 하는 걸 알긴 한다만, 내 수업 시간에 대놓고 조는 녀석은 네가 처음이지, 아마."

완벽에 가까운 선생님 성대모사로 내가 말한다.

한의 웃음소리가 텅 빈 복도를 따라 메아리친다. 한이 내 팔을 탁 때리며 고개를 흔든다.

"끝내주는데! 텔레비전에 나가도 되겠다, 짜샤!"

'아니면 라디오든지.'

버컨 선생님을 놀림감으로 삼은 게 좀 미안하긴 하지만 어쩌겠는가? 그동안 난 너무도 자주 새로 온 아이가 됐다. 사람들을 웃기는 재주가 있으면 간혹 도움이 된다. 나처럼 생긴 얼굴은 두 가지 선택권이 있다. 조폭, 아니면 코미디언. 한집에 싸움꾼은 한 명이면 족하다.

한이 제 사물함을 닫고 내 옆으로 걸어온다.

"나도 셰익스피어는 참기 힘들더라. 대체 뭔 말을 하는 건지."

"내 말이!"

문을 밀고 나오자 달려오는 버스처럼 뜨거운 열기가 확 덮쳐온다.

"와! 덥다!"

한이 넥타이를 풀어 주머니에 쑤셔 넣는다.

"아케이드 안 갈래?"

"나는 못 가."

그는 어깨를 으쓱한다.

"그럼 나중에 보자, 짜샤."

한이 가는 모습을 지켜보다가 언덕길을 달리기 시작하고, 무쇠라도 녹일 듯한 좌절과 분노가 마음속에서 부글부글 끓어오른다.

진입로를 걸어 들어가는데 벌써부터 애들 소리가 들린다. 요란하게 떠드는 아이들의 목소리. 그중에서도 제이의 목소리가 유난히 두드러진다. 제이를 데리러 가는 건 좀 창피하지만 엄마는 보육 교사한테 지불할 돈이 딱 한 시간어치밖에 없다.

초인종을 누르자, 반투명 유리를 통해 앤지 선생님이 다가오는 모습이 보인다. 원색의 만화경 같은 유리창이다.

"어머나, 왔구나, 로렌스!"

마치 온 세상을 통틀어 나 말고는 문밖에 서 있기를 기대하는 사람이 아무도 없는 사람처럼, 선생님이 나를 보고 환하게 웃는다.

"들어와! 들어와!"

그러더니 얼굴을 찡그린다.

"무슨 일 있었니?"

내 눈을 보고 하는 말이다.

"럭비, 학교에서요."

나는 거짓말 대장이다.

"럭비? 여름 학기에?"

아님 말고.

나는 어깨를 으쓱한다.

"교내에서 그냥 한번 한 거예요."

"아, 이겼기를 바란다. 난 어째 럭비가 항상 야만적인 경기 같더라."

선생님은 고개를 가로젓는다.

"마실 것 좀 갖다 줄게. 이렇게 더운데 얼마나 목이 마를까."

"아뇨, 괜찮아요. 고맙습니다."

매일 의례적으로 반복되는 일이다. 앤지 선생님은 음료수나 빵, 아니면 과자라도 한 봉지 주겠다고 권하고 나는 거절한다. 그런 게 싫어서가 아니라 그냥 빨리 나가야 하니까. 앤지 선생님을 보면 왠지 내가 대낮에 붙잡힌 뱀파이어 같은 기분이 든다.

선생님이 제이를 데리러 가는 동안 복도를 서성인다. 한창 노는 중이었다며 투덜대는 제이의 목소리가 들린다. 뒤이어 땀을 뻘뻘 흘리며 골이 난 얼굴로 제이가 나타난다. 다른 두 꼬마가 따라 나와서 나를 빤히 바라보다가 선생님이 쫓아내자 가 버린다. 제이는 한참만에야 신발을 신고, 마침내 우리는 밖으로 나온다. 이제야 숨통이 트이는 것 같다.

제이가 내 뒤를 쫓아오며 말한다.

"해리가 형더러 괴상하대."

"해리가 누구야? 작고 뚱뚱한 애?"
"해리는 안 뚱뚱해!"
"난 괴상하지 않아."
제이의 눈길이 내 발목을 스치고 지나간다.
"해리가 형 바지가 너무 짧대."
"내 다리가 너무 길어서 그럴걸?"
제이는 말도 안 된다는 표정으로 나를 바라보지만 따로 대꾸는 않는다.
해리 말이 맞다. 내 바지는 너무 짧지만 그건 걱정거리 축에도 들지 않는다. 버컨 선생님이 한 말을 떠올린다. 내가 성질 고약한 어린 동생이나 돌보면서 여기에 처박혀 있는 동안 한은 시내에서 뭘 하고 있을까.

부엌에서 라디오로 바즈가 하는 말을 듣고 있다. 퀴즈 시작 시간이 임박해 온다. 공중전화 부스로 내려가야 하지만 아직 엄마가 돌아오지 않았다. 왔어도 한참 전에 왔어야 한다. 수요일이면 엄마는 일곱 시에 일이 끝나고, 와인 전문점에 들른다 쳐도 일곱 시 십오 분이면 어김없이 돌아온다.
별 수 없이 제이를 데려가야겠다. 집에 제이만 두고 갈 수는 없다. 엄마가 돌아와서 제이 혼자 있는 걸 보면 길길이 뛸 거다. 피시 앤 칩스 식당에서 최 부인을 돕느라 좀 늦는 듯하니, 어쩌면 공중전화 부스에 있는 우리를 볼 수도 있다. 그것 또한 내가 감당해야 할 위험 요소다. 제때 라디오 방송국에 전화를 걸지 않으면 나는 실격 처리다.

식탁 위에다 제이를 데리고 공원에 다녀오겠다는 쪽지를 남긴다. 밤늦도록 제이를 데리고 돌아다닌다고 혼이 나겠지만, 그 정도는 감당할 만하다.

"조용히 해야 돼."
공중전화 부스로 비집고 들어가며 제이에게 주의를 준다.
제이가 얼굴을 찡그린다.
"이상한 냄새 나."
"알아. 신경 쓰지 마."
"우리가 왜 여기에 있는데?"
"형이 말했잖아. 전화를 걸어야 한다고."
"누구한테?"
"학교에서 아는 사람한테, 친구야. 숙제 얘기야. 조용히 해."
내가 번호를 누르자 제이가 혀를 쑥 내민다.
"라디오 햄입니다."
귓속으로 목소리가 흘러들어 온다.
"여보세요, 〈바즈의 한밤의 행운을 찾아라〉의 대니얼 로치요."
"안녕하세요, 로치 씨. 늘 걸던 그 번호인가요? 셰릴한테 다시 걸라고 할게요."

"고맙소."

나는 도로 수화기를 내려놓는다.

제이가 나를 보고 얼굴을 찌푸린다.

"형이 무슨 대니얼 로치야. 로렌스 로치잖아. 왜 그렇게 말했어?"

"암호야. 서로 특별한 이름이 있어. 그냥 게임이야."

"아! 나하고 매트도 그거 해. 나는 으르렁이고 걔는 야수야. 그런데 빌리가 끼면, 걔가 야수고 매트는 날쌘돌이야. 그런데 빌리는 보통 축구를 해서 매트가 야수가 되는데, 가끔 내가 기분이 내키면…… 나는 날쌘돌이고……."

전화벨이 울린다.

"여보세요, 대니얼. 셰릴입니다."

"안녕하시오, 셰릴."

버컨 선생님 흉내를 내며 내가 말한다.

"오늘 저녁 기분은 어떠세요?"

"좋습니다. 고맙소."

"좋아요. 거의 절반은 왔네요, 정말 잘하고 계세요."

"고맙소."

"이 음악만 끝나면 곧바로 퀴즈로 들어갈 거예요, 한 2분쯤 뒤에. 버즈 목소리가 들리면 방송 중이라는 신호예요. 알겠죠? 행운을 빌어요!"

"고맙소."

"왜 이상하게 말해?"

제이가 척 팔짱을 끼고 나를 올려다보며 묻는다.

"목소리도 가짜로 하는 거야. 이제 조용히 해야 돼."

제이는 얼굴을 찡그린다.

"내가 왜 조용히 해야 돼? 형 마음대로 아니잖아."

"제발, 제이! 딱 몇 분만. 형 집중해야 돼."

제이는 얼굴을 찡그리더니 나에게서 등을 돌리는데 음악이 차츰 끝나가더니······.

"아홉 시가 됐습니다!"

바즈의 목소리가 내 귀에 쩌렁쩌렁 울린다.

"그 말은 곧 시간이 됐다는 뜻입니다! 기다리고 기다리던 〈바즈의 한밤의 행운을 찾아라〉가 돌아왔습니다."

자동차 경적 소리와 요란한 환호성이 스튜디오 안을 가득 메운다.

"그의 **네 번째 도전**에 또다시 함께하신 것을 기쁘게 생각합니다. 여러분, **우리의 현 챔피언, 대니얼 로우우우우치 씨**를 소개합니다! 기분이 어떻습니까, 챔피언?"

"괜찮소."

바즈가 껄껄 웃음을 터뜨린다.

"이래서 당신이 마음에 듭니다. 무슨 일이 있어도 당황하지 않지요. **얼음처럼 냉정합니다!** 앞으로 딱 **이레**밖에 남지 않았습니다. 여러분, 세어 보십시오, 우리의 좋은 친구 하다크레 홀리데이즈에서 협찬하며, 여행 경비가 전액 제공되는 **일생일대**의 여행상품권을 타 낼 그날이 딱 **7일** 앞으로 다가왔습니다!"

시작을 알리는 신호가 울린다.

"자, 대니얼. 묻겠습니다. 행운이 느껴지십니까?"

제이가 공중전화 부스 벽에 입술을 붙이더니 유리를 핥기 시작한다. 나는 제이를 확 끌어당긴다.

"떨어져!"

제이가 나를 잔뜩 노려본다.

"우아!"

바즈의 목소리가 귓가에 울린다.

"혼자가 아니시군요, 챔피언?"

"네, 괜찮아요, 죄송합니다!"

너무 늦었다. 버컨 선생님 흉내를 깜빡 잊었다. 원래 내 목소리 그대로 바즈에게 말해 버렸다!

"오늘 밤에는 **도우미**가 함께하는 것 같은데요."

눈치챘나? 눈치챈 게 틀림없어!

"아니오! 어⋯⋯ 그냥 친구 중 한 명이오."

"아! 그분이 누구신지 알아볼까요, **소개 부탁드립니다!**"

"음, 제임스*와 함께 있소."

＊제이는 제임스의 애칭이다.

"여보세요! 제임스! 그런데 혹시 연세가?"
"여섯 살이오."
제이가 끼어든다.
"난 형 친구 아니야."
바즈가 낄낄거린다.
"뭐라고요? 여보세요, 친구 분 좀 바꿔 주세요."
심장이 쿵쾅거린다. 제이가 방송에 나오는 것만은 절대 안 된다.
"어…… 글쎄올시다, 수줍음이 많은 편이라."
"난 수줍음 없어!"
제이가 카랑카랑한 목소리로 끼어든다.
"그렇소, 오늘 밤은 행운이 많이 느껴지는군요, 바즈."
재빨리 화제를 바꾼다. 나는 제이를 노려보며 입술에 손가락을 가져다 댄다.
"그렇다니 기쁘군요. 정말 기쁩니다. 오늘 밤 꼬마 제임스가 당신에게 행운의 마스코트가 되어 주길 바랍니다."
"고맙소."
내가 대답하는데 제이가 내 다리를 악물더니 마구 깨물기 시작한다. 청바지를 한입 가득 물고 있으면 최소한 시끄럽게 구는 일은 없으리라.

집으로 되돌아왔지만, 우리를 기다리는 건 바퀴벌레들뿐이다. 식탁 위에 두고 간 쪽지를 구겨서 쓰레기통에 던져 버린 다음 제이에게 잠 잘 시간이라고 말한다.
"잠 잘 시간 아니야."
"맞아."
"형 마음대로 아니야!"
"엄마가 없으니까 형이 정하는 거야."
맞받아칠 말을 궁리하느라 제이의 얼굴이 일그러진다.
"형이 나한테 전화하러 가자고 했다고 엄마한테 이를 거야."
"그래서?"
미처 그 생각은 못했지만, 상관없다. 숙제 때문에 한한테 전화해야 했다고 둘러대면 된다. 어차피 엄마는 제이 말은 귀담아듣지 않는다.
제이는 으르렁거리며 네 발로 기더니 이를 딱딱거리며 나를 향해 다가온다. 여섯 살배기들은 다 이런가, 아니면 나만 미치광이 같은 남동생을 둔 건가.

제이의 방해에도 불구하고, 아무튼 오늘 밤은 무사통과였다. 문제들이 쉬웠다. 이번에도 세 문제 중에 세 문제를 다 맞혔다. 앞으로 엿새만 통과하면 끝이다. 딱 열여덟 문제. 이제 정말로 내가 우승자가 될지도 모른다는 믿음이 생기기 시작한다.
여행상품권을 내밀었을 때 엄마의 얼굴을 머릿속에 그려 본다.

'엄마는 피시 앤 칩스 식당에서 막 돌아와 식탁에 앉아 한 손에는 담배를 들고, 다른 손에는 와인 잔을 든 채 멍한 눈으로 앉아 있다. 내가 엄마에게 봉투를 건네고 엄마는 얼굴을 찡그리며 봉투를 빤히 쳐다본다. 내가 퇴학을 당했다든지 했다는 학교에서 보낸 통신문이려니 싶을 거다. 봉투에 든 하다크레 홀리데이즈라는 글자를 보기 전까지는.

엄마는 몸을 앞으로 기울이면서 담배를 재떨이에다 내려놓는다. 왜냐하면 이제 관심이 생겼으니까. 봉투에서 상품권과 여행지를 소개하는 안내 책자를 꺼내고 뒤이어 나를 쳐다본다. 게슴츠레한 눈빛은 이미 사라지고 없다. 얼굴 표정이 확 바뀐다. 원래 엄마의 표정 같다. 몇 년 전 내가 기억하는 그 모습으로 돌아오고 있다. 엄마의 얼굴에는 빙그레 미소가 떠오르고 뺨을 타고 눈물이 줄줄 흘러내리지만 행복의 눈물이다. 눈물 때문에 엄마의 두 눈이 반짝반짝 빛난다.'

숙제를 하고 커피 한 잔을 타서 거실로 간다. 제이는 소파에서 잠들어 있다. 텔레비전을 끄고 제이를 침대로 데려간다. 제이는 몸을 꿈틀거리며 야수가 어쩌고저쩌고 알아듣지 못할 말을 중얼거리지만 잠이 깨지는 않는다. 스쿠비 두 알람시계는 열 시 삼십칠 분을 깜빡거린다.

엄마는 오늘 월급을 받아 술집에 간 게 틀림없다. 자정쯤이면 정신없이 취해서 들어와 소파에서 잠이 들 테고, 그 말은 곧 내일 아침은 엄마 대신 내가 청소하러 가야 한다는 뜻이다.

그 생각을 하니 버컨 선생님 말씀이 떠오른다. 앞으로 세 번만 더 지각하면 일일보고서에 내 이름이 올라간다. 엄마는 당연히 짜증을 내겠지.

눈가의 말랑한 부분을 손으로 만져 본다. 무슨 수를 써서라도 제시간에 출석 체크를 해야 한다. 투명인간과 초스피드, 두 가지 초능력이 동시에 생길 수는 없을까? 그래야 가능한 일일 것 같다.

귀를 쫑긋 세우고 어둠 속에 누워 있다. 엄마 소리를 들으려고. 어느새 자정이지만 정신이 초롱초롱하다. 다섯 시간 뒤면 알람이 울릴 거다.

어떤 나라에서는 수면 박탈을 고문의 일종으로 사용한다.

Day 2
걱정할 사람은 제이와 나다

알람이 울리기도 전에 알람을 끈다. 엄마 소리에 귀를 기울이느라 몇 시간째 잠과 의식 사이를 헤매는 중이다.

비틀비틀 엄마 방으로 가는데 복도의 불빛이 눈을 확 찌른다. 잠시 문간에 서서 눈을 깜빡거리며 빈 방을 쳐다보다가 다시 거실을 확인한다. 거실에도 엄마는 없지만 그다지 놀랍지도 않다. 엄마가 외박을 한 건 처음 있는 일이 아니다.

엄마 대신 일을 나가야 하지만 제이 혼자 아파트에 둘 수가 없다. 엄마가 돌아와서 일하러 가지 않고 집에 있는 걸 보면 버럭 화를 낼 거다. 하지만 엄마가 돌아와서 제이 혼자 있는 걸 보면, 그래도 화를 낼 거다.

엄마가 벌써 나갔는데 내가 못 들은 건 아닐까?

하지만 엄마의 청소복은 아직 엄마 방 의자에 그대로 걸쳐져 있다.

엄마가 어디에서 밤을 보냈던 곧바로 일하러 갔을지도. 엄마한테 카드 키가 있을지 모른다. 말이 된다.

나는 엄마가 늘 카드 키를 넣어 두는 청소복 주머니를 뒤져 보지 않는다. 그냥 도로 침대로 간다.

텔레비전 소리에 잠이 깬다. 제이의 침대가 텅 비어 있고, 창문으로 빛이 쏟아져 들어온다. 스쿠비 두 시계의 숫자가 우리가 늦었음을 말해 준다.

거실에는 잠옷 차림의 제이가 물구나무서기 자세로 소파에 누워 있다. 나는 텔레비전을 끄고 제이에게 옷을 입으라고 재촉한다.

"나 배고파."

"우리 늦었어."

"아침 먹고 싶어."

제이는 일어나 도로 텔레비전을 켠다.

"제이! 시간 없어!"

오늘은 지각하지 않을 방법이 없다. 버컨 선생님의 목록에 한 번 더 체크다.

두 번째로 텔레비전을 끄고 다시 텔레비전을 켜려는 제이를 꽉 붙잡는다.

"가서 옷 입어!"

"나 텔레비전 보고 싶어!"

제이가 나를 향해 주먹질을 한다.

"때리면 안 돼! 엄마가 때리면 어떻다고 했어?"

"엄마도 형 때렸잖아!"

제이가 나를 노려본다.

"가서 옷 입어, 그럼 형이 토스트 만들어 줄게."

"토스트 안 먹어!"

"집에 그것밖에 없어."

"나 토스트 싫어!"

제이가 소리를 꽥 지르고 쿵쾅거리며 자기 방으로 간다.

빵은 이미 딱딱해져 버렸고, 채소는 하나도 보이지 않는다. 토스터기에 빵 두 조각을 넣어 놓고, 제이가 옷을 휙휙 내던지는 방으로 간다. 어젯밤에 깜빡하고 빨래방에 가지 않았다. 내 교복은 여전히 방바닥의 지저분한 옷 무더기 속에 있다. 하는 수 없이 그중 하나를 집어 탈취제로 샤워를 시킨다. 끈적끈적해진 옷감이 두드러기처럼 내 살에 착 달라붙는다.

토스트 타는 냄새가 코를 찌르는가 싶더니 곧바로 화재경보기가 울린다.

"얘 정말 끝내줘!"

한이 휴대전화로 다시 그 사진을 보여 준다. 너무 흐릿해서 여자애의 얼굴이 잘 보이지 않지만 어쨌든 나는 고개를 끄덕인다.

"괜찮네."

"괜찮다고? 야!"

한이 화면을 가만히 쳐다본다.

"너도 어젯밤에 아케이드에 갔어야 했는데. 애가 친구들을 데려왔거든!"

한의 양쪽 눈썹이 파도를 탄다.

"일요일에 만나기로 했는데, 축제에서 말이야. 너도 가자."

"무슨 축제?"

"일요일 공원에서. 밴드도 엄청 오고 그런대. 벌써 다 정해졌어, 정말이야!"

"시간 되면 갈게."

엄마가 기분이 좋으면. 제이를 맡기고 가도 괜찮을 정도로 기분이 좋으면 잠시 나갈 수 있을지도.

한이 주머니에 도로 휴대전화를 집어넣는다.

"한 게임 할래? 마이크가 축구공 가져왔던데."

나는 고개를 가로젓는다.

"숙제를 다 못 끝냈어."

한이 어깨를 으쓱한다.

"알았어. 그럼 잘 가!"

도서관은 학교의 구 건물 쪽이다. 천장이 높고 키 큰 창문이 달린 좁고 긴 방이다. 도서관은 오늘 같은 날에도 축축하고 퀴퀴한 냄새가 난다. 미디어 센터로 이어지는 어둑어둑한 책장 사이를 걷는다. 방 끝에 컴퓨터가 일렬로 놓여 있고 책상 몇 개가 다인데 이름만 거창하다. 이용하는 학생이 거의 없어서 나한테는 제격이다.

숙제를 하겠다는 건 거짓말이지만 할 일이 있긴 하다. 어젯밤 바즈가 말한, 스포츠에 대한 질문이라는 말이 계속 머릿속을 맴돈다. 그 말을 듣고 보니 나는 스포츠에 대해서는 일자무식임을 깨달았다. 전에는 일부러 공부할 생각까지는 없었는데, 이제 정말로 우승할 가능성이 있다는 생각이 들기 시작했다. 나에게 기회를 주고 싶다. 어차피 손해 볼 것도 없는데.

컴퓨터 하나를 골라 로그인을 한 다음 검색창에 '스포츠 상식'이라고 친다. 어떤 페이지가 뜬다. '흥미진진한 사실들 : 스포츠와 게임, 열 가지 스포츠 상식, 특이한 스포츠 상식.' 첫 번째 문제에 도전해 보지만 기원전 776년 원조 올림픽 경기와 고대 로마인들이 깃털을 채워 만든 가죽 공과 막대기로 골프 같은 게임을 어떻게 했는지 등을 묻는 완전히 구식 문제다. 바즈가 그런 문제를 물어볼 것 같지는 않다. 다음 사이트는 미국 스포츠다. 야구에 대해 엄청나게 많은 정보와 미국 미식축구 선수들은 왜 눈 밑에 까만색을 칠하는지 등등.

다른 걸 찾아보기로 한다. 이번에는 '스포츠 퀴즈 문제'라고 치고, 끝에 '영국'이라고 덧붙인다. 첫 번째 웹사이트에 질문들로 가득한 페이지가 뜬다. '스누커*에서 게임을 시작할 때 당구대 위에는 빨간 공이 몇 개가 있을까? 기온에 따라 다른 색깔의 공을 사용하는 스포츠는? 다트 판에서 숫자 1과 정반대에 있는 숫자는?' 질문마다 맨 끝에 답을 알아보기 위한 버튼이 있다. 정답을 아는 게 하나도 없다. 좀 적어 둬야 하나? 오늘 밤에 대비해서 몇 개만 외워 보면 어떨까. 하지만 질문만 세 화면 가득인데, 몇 시간이 걸릴지 모르겠다.

읽으면 읽을수록 공포감만 커진다. 바즈는 아마 이 질문들 중 하나 아니면, 백만 개쯤 되는 다른 질문들 중 하나를 물어볼 거다. 지금부터 꼼짝 않고 앉아서 이걸 다 훑는다고 해도 아는 건 거기서 거길 거다. 그냥 관두는 편이 나을까? 운명을 믿자. 지금까지는 성공적이었다.

"이런 멍청이!"

가까이에서 목소리가 들린다. 어떤 여자애가 프린터 책상 앞에 서서 욕을 내뱉는다. 여자애는 프린터로 들어가는 종이를 획 낚아채며 툴툴대더니 컴퓨터로 자리를 옮겨 탁탁 자판을 두드리기 시작한다. 한 번 자판을 칠 때마다 매번 다른 욕이 튀어나온다. 정말 대단하다. 욕하는 사람들은 많지만, 다양성 면이나 창의력 면에서 단연 최고다.

"넌 도와줄 거니, 아니면 그냥 거기 앉아서 얼빠진 사람처럼 쳐다만 볼 거니?"

＊하얀색 큐볼 하나로 빨간색 공 열다섯 개나 다른 색깔의 공 여섯 개를 일정한 순서대로 쳐서 포켓에 넣는 당구의 일종

여자애가 몸을 휙 돌리더니 나를 노려본다.

"뭐?"

여자애가 손으로 컴퓨터를 가리킨다.

"애가 내 말을 안 듣잖아!"

말투가 좀 희한한 게 북부 사투리가 섞인 듯하다.

"뭐가 문젠데?"

나는 자리에서 일어선다. 원하든 원하지 않든 도와주지 않으면 안 될 분위기다.

"여기다 출력하려고 하는데 계속 이상한 크기로 나오잖아."

여자애가 나를 향해 돌돌 만 종이 뭉치를 흔들어 보인다.

"얼마나 큰 종이를 원하는데?"

"거기다 맞추고 싶다고 했잖아."

여자애가 나를 멍청이 보듯 쳐다본다.

나는 컴퓨터 앞에 앉는다. 나는 기계치다. 집에 컴퓨터를 가져 본 적도 없다. 그래도 학교 프린터가 변덕을 잘 부린다는 건 알고 있다.

"봐, 여기를 선택해야 돼."

나는 화면을 손으로 가리킨다.

"그런 다음 '인쇄 가능 영역에 맞추기'를 선택해."

"그렇게 했어!"

프린터가 웅웅거리는 소리를 내더니 종이를 뽑아내고 나는 어깨를 으쓱한다.

"됐다!"

여자애가 그 종이를 잡고 신이 나서 허공을 향해 주먹을 흔든다.

"넌 천재야! 좋아, 스무 장 뽑아 줘."

여자애가 활짝 웃는다.

프린터가 칙칙거리며 스무 장을 뽑아내는 동안 우리는 기다린다. 나를 쳐다보는 여자애의 시선이 느껴진다.

잠시 뒤 그 애가 묻는다.

"그런데 넌 여기서 뭐해? 애들이랑 운동장에서 축구해야 되는 거 아니야?"

"난 축구 별로야."

"정말? 다들 온통 축구 얘기밖에 안 하는 줄 알았는데. 내가 운이 좋았네, 그치?"

나는 그 애를 쳐다보고 침을 꿀꺽 삼킨다.

"내 말은, 꼭 필요할 때는 공붓벌레들이 눈을 씻고 찾아봐도 없다 이 말이야."

"난 공붓벌레 아니야!"

그 애가 깔깔 웃음을 터뜨린다.

"그냥 놀려 주려고 하는 말이야, 덩치 큰 친구! 기분 나쁘게 하려는 뜻은 없었어. 어차피 네가 공붓벌레라도 상관없어. 나는 공붓벌레들 아주 좋아하거든."

화끈거리는 느낌만큼 제발 얼굴이 빨갛지 않기만을 바라며,

몸을 돌려 프린터가 뽑아내는 종이 한 장을 집어 든다.

"어…… 그런데 이건 왜 뽑는 건데?"

포스터 맨 위에는 '공원에서 즐기는 팝 콘서트'라는 문구가 적혀 있다. 한이 말한 그 축제가 틀림없다는 생각이 머리를 스친다. 하다크레만의 특별한 여름 음악 축제. 들어 본 적도 없는 지역 밴드들도 눈에 띄지만 주 공연, 즉 불꽃놀이 직전의 피날레는 여왕 헌정밴드다. 엄마가 좋아하겠다. 어쩌면 다 같이 갈 수 있을지도? 엄마만 기분이 좋다면.

"이거 나 가져도 돼?"

여자애가 얼굴을 찡그린다.

"도와줬으니까 뭐. 갈 거야?"

"어쩌면."

여자애가 목록 중간쯤 있는 이름 하나를 손가락으로 가리킨다.

"이게 나야. '브라스-오!'"

"너 밴드 해?"

나는 깜짝 놀란다. 외모로 봐서는 밴드를 할 애가 아닌데.

"너는 뭘 연주하는데?"

"트럼펫…… 브라스 밴드거든. 브라스-오! 이해가 돼? 〈하와이 파이브-오〉*처럼. 우리는 대신 브라스가 들어가지만. 광

---

*미국의 인기 액션 수사 드라마

택제 이름이랑 똑같잖아. 우리 〈하와이 파이브-오〉 주제가도 연주해."

"멋지다."

여자애는 어깨를 으쓱한다.

"별거 아니야! 그런데 난 선택의 여지가 별로 없어. 우리 아빠가 밴드 리더거든. 다섯 살 때부터 시작했어."

"정말?"

여자애가 포스터를 한데 모은다.

"자, 종 치기 전에 가지고 올라가는 게 좋겠다. 도와줘서 고마워, 넌 구세주야!"

"천만에."

왠지 비꼬는 느낌이다.

"아, 내 이름은 미나야."

가방을 챙기며 그 애가 덧붙인다.

"사람들은 네 묘비에 뭐라고 새길까?"

"뭐라고?"

"아니면 그냥 번호만 주고 말았겠니?"

"뭐?"

"네 이름이 뭐냐고, 덩치 큰 친구야!"

그 애는 한숨을 내쉬더니 고개를 가로젓는다.

"가끔 여기 남부 지방 애들은 우리랑 다른 언어를 쓰는 애들이 아닌가 싶어."

"아, 그래…… 로렌스, 로렌스 로치야."
"만나서 반가웠어, 로렌스 로렌스 로치. 그럼 일요일에 봐."
말투만 보면 초대라기보다는 명령에 더 가깝다.

집에 도착하니 참견쟁이 마녀가 자기 집 우편함 앞에 서 있다.
"안녕, 얘들아!"
절로 끙 소리가 나온다.
"어머니는 어떠시니? 몸이 좋지 않으시냐?"
"괜찮으신데요."
"오늘은 안 보이시던데."
내 얼굴을 보면 뭔가를 눈치챌까 봐 일부러 눈길을 피한다. 지난밤에 엄마가 외박했다는 걸 아는 건가.
"오늘 아침에 불났지?"
"네?"
"너희 집 화재경보기 울리는 소리 들었는데!"
"불난 거 아니었어요, 그냥 토스트기가 좀……."
"천만다행이구나."
아줌마의 눈이 자동추적 미사일처럼 내 눈을 따라온다.
"너희끼리만 있는데 무슨 일이라도 생기면 큰일이잖니."
"그럴 일 없어요."
왠지 불길한 느낌에 휩싸여 아줌마를 되돌아본다.

"가자, 제이, 엄마 보러 가자."

계단을 다 올라가도록 아줌마의 시선이 우리를 뒤쫓는다.

"엄마!"

제이가 앞장서서 달려가며 큰 소리로 부른다.

"엄마?"

제이는 집 안으로 들어가 방마다 들락날락하더니 나에게 와락 달려든다.

"형이 엄마 있다며!"

어깨를 으쓱하고 현관에 책가방을 털썩 내려놓는다,

"참견쟁이 마녀 입을 다물게 하려고 한 말이지."

제이는 으르렁거리더니 쿵쾅거리며 거실로 달려가 쾅하고 문을 닫는다.

나는 집 안을 확인한다. 변한 건 아무것도 없다. 엄마는 집에 오지 않았다.

어젯밤 누군가와 같이 거나하게 취했다가 술집에서 나와 어딘가에서 밤을 보낸 게 틀림없다. 모르긴 해도 하루 종일 잠을 자다가 시간에 맞춰 식당으로 출근했을 거다. 걱정할 건 전혀 없다. 그러다 잔뜩 성질이 나서 지독한 숙취에 시달리며 집으로 돌아오겠지. 그럼 모든 건 다시 정상으로 돌아올 거다.

나는 숙제를 하러 부엌으로 들어간다. 학교에서 더 이상 문제를 일으키고 싶지는 않다.

가스레인지 옆 벽에 바퀴벌레 한 마리가 보인다. 더듬이를 흔들며 앉아 있다. 그 모습을 보니 오싹하다. 보기만 해도 소름이 쫙 돋는다.

가만가만 싱크대에서 프라이팬을 집어 든다.

바퀴벌레는 움직이지 않는다.

나는 한 발자국 더 가까이 다가선다.

무기는 감촉이 좋고 육중하다.

조준을 하고…… 맛 좀 봐라.

프라이팬으로 벽을 내리치자 굉음이 울린다. 프라이팬 바닥을 확인하는데 양쪽 귀가 아직도 윙윙거린다. 벽에는 바퀴벌레의 잔해 대신 기름 자국과 회벽에 남은 움푹 팬 자국뿐이다.

"형, 뭐해?"

나는 고개를 돌린다. 제이가 문간에서 나를 쳐다보고 있다.

"바퀴벌레 잡아."

"잡았어?"

"아니."

제이는 고개를 잘래잘래 흔든다.

"형은 걔네들 못 죽여."

"뭐?"

"바퀴벌레는 머리가 잘려도 안 죽어."

"엉터리 같은 소리 하지 마!"

제이가 얼굴을 찡그린다.

"엉터리 같은 소리 아니야! 어린이집에서 배웠어. 쇼 선생님이 그러는데 바퀴벌레는 머리가 없어도 며칠 동안 살 수 있대!"

"프라이팬으로 짓이기면 어떻게 된대?"

제이는 어깨를 으쓱한다.

"몰라. 그건 안 배웠어."

싱크대에 도로 프라이팬을 내려놓는다.

제이가 말한다.

"나 배고파. 엄마는 어디 갔어?"

"일하러."

나는 그렇게 말하고 마지막 남은 오래된 빵을 토스터기에 툭 떨어뜨린다.

"나 토스트 싫어!"

"이거밖에 없어."

제이의 눈이 어두워진다.

"엄마가 집에 왔으면 좋겠어. 형은 엉터리야."

제이는 발을 구르며 방으로 가더니 쾅하고 문을 닫는다.

"좋아, 그럼 내가 먹지. 굶든지 말든지."

잼을 찾아 찬장을 뒤지며 바퀴벌레들에게 말한다.

화재경보기 소리에 화들짝 놀란다. 의자 위로 올라가 건전지를 빼내고 아래층에서 참견쟁이 마녀가 감시 일지에 기록하는 장면을 머릿속에 그려 본다. 트집거리가 하나 더 늘었군.

전화를 거는 동안 조용히 있으면 선물을 사 주겠다고 제이를 꼰다.

제이는 그래도 공중전화 부스 안에 들어가고 싶은 마음이 없다.

"쉬 냄새 나."

"좋아, 넌 밖에서 기다려도 돼. 그런데 꼼짝 말고 있어야 돼, 공중전화 부스 옆에. 어디로 달려가면 안 돼!"

제이가 나를 쳐다본다.

"그건 형 마음대로 아니야!"

"가만히 있지 않고 떠들면 아무것도 안 사 줄 거야."

제이는 나를 쏘아보고 야구 모자를 푹 눌러쓰며 공중전화 부스에 등을 기댄다.

오늘 밤은 불안하다. 예전보다 더 불안하다. 화면을 따라 몇 페이지씩 이어지던 온갖 스포츠 문제들이 머릿속을 떠나지 않는다. 모르는 게 너무도 많은.

바즈는 오늘밤 스포츠 문제를 물을 거다. 직감이 온다.

"두 문제 통과, 앞으로 **한 문제** 남았습니다!"

바즈의 말이 끝나자, 트럼펫 팡파르 소리가 이어진다.

밖에는 전화를 걸려고 기다리는 사람이 있고, 제이는 유리창 너머로 얼굴을 잔뜩 찡그린 채 나를 쳐다본다. 나는 그 둘을 모두 무시하고 바즈가 하는 말에 애써 집중한다. 지금까지는 운이 좋았다. 스포츠 문제는 없었다.

바즈가 말한다.

"세 번째 문제! 플로렌스 나이팅게일은 가는 곳마다 주머니에 무언가를 넣어 가지고 다녔습니다. 그것은 무엇일까요? 에이, 청진기였을까요? 비, 등불? 아니면 시, 올빼미? 다시 한 번 읽어 드리겠습니다……."

쉬운 문제다. 플로렌스 나이팅게일은 '등불을 든 여인'이었다. 누구나 안다.

"등불. 비."

전화기가 조용하다.

"대니얼?"

바즈가 아주 조용하고 침착하게 내 이름을 부른다. 내 대답이 정답이고, 따라서 다음 라운드로 진출하는 데 성공했다는 말을 하기 직전이면, 마치 나쁜 소식을 전하려는 사람처럼 바즈는 늘 이런 목소리로 말한다.

그런데 이번에는 아니다.

"오답입니다."

심장이 쿵 내려앉아 잃어버린 축구공처럼 데구루루 굴러다니는 느낌이다.

바즈가 말을 잇는다.

"플로렌스 나이팅게일은 주머니에 **아기 올빼미**를 가지고 다녔습니다! 그 말은 곧, 우리의 **도전자**를 소개할 시간이 되었음을 뜻하겠지요! 오늘 밤 2번 전화에는 누가 연결되어 있죠, 셰릴?"

"여보세요?"

여자다. 긴장한 목소리다.

"아하! **여자 분**이로군요! 좋습니다! 이름이 어떻게 되시나요?"

"안녕하세요, 바즈, 저는 셜리예요…… 셜리 파워즈, 마스턴 출신이고요."

"**셔얼리 파워즈! 환영합니다, 셜리. 파워즈**, 훌륭한 이름이로군요! 그럼 파워즈 부인이신가요? 그 이름은 결혼해서 생긴 이름인가요? 아니면 원래부터 파워풀한 분인가요?"

셜리가 웃는다.

"우리 남편 성이에요."

"아, 그럼 이제 당신의 이름이기도 하지요! 자, 셜리, 오늘 밤 파워풀한 기분이 느껴지나요? 우리의 챔피언에게 도전할 파워가 있으신가요?"

"네. 물론이죠, 바즈."

시간이 지날수록 점점 자신감에 찬 목소리로 셜리가 응답한다.

"훌륭합니다! 바로 제가 듣고 싶었던 말입니다! 그런데 더 중요한 게 있습니다. **행운이 느껴지십니까?**"

셜리에게는 행운이 느껴진다.

나에게는 행운이 아니라 공중전화 부스 밖에서 기다리는 사람의 날카로운 눈길이 느껴진다. 그는 슈퍼히어로 복장을 한 바트 심슨*이 그려진 '바트맨-악의 복수자' 티셔츠를 입고 있다. 티셔츠 속의 불룩 튀어나온 배 때문에 바트맨이 비뚤어지고 일그러져 보이기는 하지만. 지금껏 내가 본 중에 악의 복수자와는 가장 거리가 멀게 생긴 사람이다.

셜리에게 주어진 첫 번째 문제는 스포츠 문제다. 나는 모르는 문제지만 셜리는 안다. 문제가 나오자마자, 손쉽게. 행운일까? 그냥 아는 거다.

두 번째 문제, 음악. 이번 문제는 얼마나 쉽게 만들었을까? 장담컨대 바즈는 신중하게 질문을 고른다. 처음부터 정해진 각본이 있는 게 분명하다. 그들은 누가 됐든 최종 우승자의 탄생은 원하지 않는다!

남자가 유리벽을 탕탕 치며 소리를 지른다.

"오래 걸리냐?"

나는 고개를 젓고 미안하다는 뜻으로 어깻짓을 해 보인다. 그는 나를 쏘아보고 손목시계를 흘깃거린다. 제이는 나를 향해 얼굴을 찡그리기를 그만두고 바트맨을 열심히 바라보는 중이지만, 지금 두 사람은 내 관심 밖이다. 방금 기적이 일어났다. 셜리가 문제를 틀렸다! 그 말은 곧 나에게 아직 기회가 있

---

* 미국의 인기 만화영화인 〈심슨 가족〉의 등장인물

다는 뜻이다.

바즈가 외친다.

"결국 이렇게 됐군요, 신사숙녀 여러분! 목숨을 건 전투에서 **두 위대한 전사들이 치열한 접전**을 벌이고 있습니다! 좋습니다, 목숨까지는 아닐지 모르지만, 여러분! 여러분은 〈바즈의 한밤의 행운을 찾아라〉를 듣고 계십니다! 한가한 놀이 시간이 아니라 이 말입니다!"

영화 〈록키〉의 주제가가 배경음악으로 흘러나오기 시작한다.

"자, 여러분께 소개드립니다. **청 코너**, 우리의 챔피언, **아이스맨** 대니얼 로치. **홍 코너**, 우리의 도전자, 우리의 원더우먼, 셜리 슈퍼 파워즈! 셜리는 현재 한 문제를 통과하고 한 문제를 놓쳤으며 현 〈바즈의 한밤의 행운을 찾아라〉 챔피언인 대니얼에게 **한 번 더** 기회가 돌아갔습니다. 대니얼은 단판 결승을 치룰 기회를 얻었습니다! 하지만……."

바즈가 잠시 말을 멈춘 사이 전화선이 웅웅거린다.

"만약 셜리가 이 문제를 틀리면, 대니얼은 다음 라운드로 자동 진출하게 됩니다. 당신에게 달려 있습니다, 셜리. 파워가 충전이 되셨나요? 준비됐습니까?"

"준비됐어요."

여전히 자신감에 찬 목소리로 셜리가 대꾸한다.

"행운이 느껴지시나요?"

밖에서 시끄러운 소리가 들려서 셜리의 대답이 들리지 않는다. 꺄악 하는 이상한 비명 소리.

유리창을 통해 보니 제이가 바트맨을 이로 꽉 물고 바지에 대롱대롱 매달려 있다. 남자가 또다시 나한테 따질 기미를 보이자, 제이가 공격 모드로 변신했다고밖에 달리 짐작 가는 바가 없다.

수화기를 손으로 꽉 틀어막고 문을 열어젖힌다.

"제이! 뭐하는 거야?"

제이가 나를 보더니 남자를 놓아준다.

"얘 왜 이래?"

바트맨이 물러서며 따진다.

"죄송합니다."

"죄송해? 쟤는 감금해 놔야 돼. 정상이 아니야!"

제이는 으르렁거리며 다시 그에게 달려든다. 그 악의 복수자는 도망가려고 허둥대다가 발이 걸려서 넘어질 뻔하다가 간신히 중심을 잡는다.

"제이! 놔! 이리 와, 착하지!"

내가 허벅지를 탁탁 치며 제이를 부른다. 이상하게 들리겠지만 제이가 개로 돌변하면 이렇게 해야 말을 듣는다.

남자가 우리 둘을 빤히 쳐다본다.

"너흰 미쳤어, 둘 다. 경찰에 신고할 거야!"

순간 나는 당황한다. 그것만은 절대 안 돼! 문득 내가 손에 뭘 쥐고 있는지 떠오른다.

나는 남자를 향해 수화기를 흔들며 소리친다.

"그래 보시든지. 그런데 통화 중이라 이를 어쩌지!"

나는 제이를 붙잡아 공중전화 부스 안으로 확 끌어당긴 뒤 다시 수화기를 귀에다 댄다. 제발 아무 소리도 듣지 못했어야 할 텐데.

전화가 끊겼다.

안 돼!

내가 진 건가? 내가 탈락이라서 전화를 끊었나?

그렇지만 셜리가 정답을 말했다면 그건 곧 단판 결승이라는 말인데…….

정신없이 방송국으로 다시 전화를 건다. 한참만에야 누군가 전화를 받는다.

"여보세요, 라디오 햄입니다!"

"여보세요, 대니얼 로치요. 전화가 끊긴 것 같소만."

"네?"

"대니얼 로치요. 〈바즈의 한밤의 행운을 찾아라〉 퀴즈를 하고 있었소."

"죄송하지만 너무 늦은 것 같은데요, 퀴즈는 벌써 시작했습니다."

"아니! 알고 있소! 내가 그 퀴즈에 나왔소. 그런데 전화가 끊겼단 말이오!"

"죄송합니다, 선생님. 너무 늦었습니다."

순간 평소에 전화를 받던 사람과 다른 목소리라는 걸 깨닫는다. 이 사람은 내가 누군지 모른다!

"잠깐만! 결승전을 하려면 내가 필요하단 말이오! 전화가 끊겼다니까! 셰릴, 바즈의 피디한테 물어보시오. 셰릴한테 대니얼 로치가 전화했다고 전해 주시오, 제발!"

여자는 긴 한숨을 내쉰다. 내가 자신의 시간을 낭비한다고 여기는 게 틀림없다.

"잠깐만 기다리세요."

이윽고 전화기에서 딸칵 소리가 나더니 바즈의 목소리가 들린다…….

"대니얼, 들리십니까?"

"그렇소, 나요!"

"대니얼과 연결이 끊긴 것 같군요. 드디어 아이스맨이 부담감을 이기지 못하고 와장창 깨져 버린 걸까요?"

"아니오! 나 여기 있소!"

전화기에 대고 소리를 지르지만 바즈는 내 목소리를 듣지 못한다!

이제 그는 '공원에서 즐기는 팝 콘서트'에 대해 말하고 있다.

"라디오 햄에서는 티셔츠, 모자, 배지 등 엄청나게 많은 선물을 준비할 예정입니다. 그리고 특별 방송도 준비되어 있습니다. 공원에서 바즈의 행운의 퀴즈쇼를! 우승자에게는 깜짝 놀랄 선물도 준비되어 있습니다! 놓치면 후회하실 겁니다!"

뒤이어 음악이 흘러나오고, 퍼뜩 어떻게 된 상황인지 깨닫는다. 라디오 햄에 전화를 걸면, 일단 대기를 시키면서 전화기를 통해 현재 라디오에서 방송되는 프로를 들려준다. 바즈는 지금 나한테 말을 하고 있는 게 아니라 방송 중인 거다. 그렇다면 퀴즈는? 부담감을 이기지 못하고 깨져 버렸다는 말은 무슨 뜻일까?

딸칵 소리가 나고 아까 그 여자가 다시 나온다.

"금방 연결해 드리겠습니다, 선생님."

"여보세요, 대니얼."

셰릴의 목소리가 이렇게 반갑게 들린 적은 처음이다.

"전화가 끊겼소. 무슨 일인지 모르겠소."

"모르겠어요. 그냥 갑자기 전화가 끊겼어요."

셰릴은 어디까지 들었을까.

"걱정하지 마세요. 언제 전화가 끊겼는지는 모르겠지만 기쁜 소식이에요. 셜리가 세 번째 문제를 틀려서 선생님은 자동으로 다음 라운드로 진출하게 되셨습니다."

땀을 줄줄 흘리며 비틀비틀 공중전화 부스에서 나온다. 다행히도 바트맨은 보이지 않는다. 그래도 되돌아올지 모르니 재빨리 자리를 뜨는 편이 좋겠다.

"너 그 아저씨는 왜 물었어?"

제이가 대꾸한다.

"난 안 물었어. 형이 전화 잘 해야 하니까 조용히 하라고 내가 말했는데 아저씨가 내 말을 무시하잖아. 그래서 내가 스쿠비 두로 변신했고, 스쿠비 두가 아저씨를 문 거야."

나는 고개를 끄덕인다.

"알았어…… 잘했어. 착한 개야!"

나는 제이의 머리를 손으로 헝클어뜨린다.

"난 개 아니야, 멍청아!"

"미안! 그럼…… 다음에 스쿠비를 만나면 형이 고맙다고 말했다고 전해 줘."

"응."

이틀 밤에 걸쳐 두 번째, 부엌으로 가서 엄마 앞으로 남긴 쪽지를 구겨 버린다.

엄마는 어디에 있을까? 지금쯤은 돌아와야 한다. 만약 엄마한테 무슨 일이 생겼다면?

그 생각을 하자 등골이 서늘해진다.

애써 그 생각을 떨쳐 버리고 엄마가 며칠 동안 우리만 두고 사라진 게 이번이 처음이 아님을 상기시킨다. 게다가 사고든 뭐든, 만약 나쁜 일이 생겼다면 지금쯤은 경찰에서 찾아왔을 게 아닌가.

엄마는 괜찮을 거야. 걱정할 사람은 제이와 나다. 겪어 봐서 잘 안다.

이 집으로 이사 오기 전, 엄마는 자살을 시도한 적이 있다.
학교를 마치고 돌아왔을 때 문을 여는 순간, 뭔가 이상한 느낌이 들었다. 텔레비전이 켜져 있었지만 거실은 텅 비어 있었다. 나는 큰 소리로 이름을 불렀지만 아무도 대답하지 않았다. 나가고 없나 싶었지만 카펫 위에는 음료수가 쏟아져 있고 소파는 빵 부스러기 천지였다. 엄마는 절대 이렇게 어질러 놓은 적이 없었다. 그때는 그랬다.
부엌으로 갔다가 마당을 확인하고 위층으로 올라갔다. 제이와 내가 같이 쓰는 방에는 아무도 없어서 화장실로 갔다. 마지막으로 엄마 방으로 들어갔다.
커튼이 닫혀 있었다. 방 안은 어둡고 잘 보이지 않았지만 둘이 침대에 누워 있는 모습은 볼 수 있었다. 순간 나는 둘이 죽은 줄 알았다. 꼼짝도 할 수가 없고 토할 것 같은 기분이 들어서 문간에 그대로 서 있었다. 그때 제이의 머리가 쑥 올라오며 나를 보고 활짝 웃었다.
"형이 부르는 소리 못 들었어?"
불쑥 화가 나면서도 동시에 마음이 놓였다.
제이는 깔깔깔 웃더니 재미있는 놀이처럼 "야아!" 하고 소리를 쳤다. 그때 나는 엄마가 여전히 꼼짝하지 않는다는 사실을 깨달았다.

"엄마 자!"

제이가 엄마를 쿡 찌르며 말했다.

"엄마 너무 오래 자! 나 심심해."

제이가 침대에서 기어 내려왔다.

"와서 나랑 놀자."

나는 그때 엄마가 죽었다고 확신했다.

제이를 데리고 아래층으로 내려가 텔레비전을 보고 있으라고 일러두었다. 다시 위층으로 가고 싶지 않았지만, 가야만 했다.

방에서는 이상한 냄새가 났다. 불을 켠 순간 카펫 위에 토한 자국이 눈에 띄었는데, 그 자국은 이불을 따라 엄마의 입까지 묻어 있었다. 두 눈은 감겨 있고 피부는 퍼런 접착제 같은 색깔이었지만 엄마는 아직 숨을 쉬고 있었다.

나는 당장 집 밖으로 달려 나가 옆집에 사는 쉴라 아줌마를 데려왔다. 그게 나의 첫 번째 실수였다. 그렇지만 그때는 달리 어찌 해야 좋을지 몰랐고, 여전히 사람들을 믿었다. 도움이 필요하면 경찰을 부르거나 어른을 찾으라고, 그럼 그 사람들이 방법을 알려 줄 거라고, 다들 항상 나에게 그렇게 말했다.

구급차가 와서 엄마를 데려갔고, 나와 제이는 옆집에 사는 쉴라 아줌마와 그래엄 아저씨네 집에 가서 지내야 했다. 쉴라 아줌마는 마음씨가 착했고 가끔 놀러 와서 엄마와 함께 커피를 마시는 사이였지만 그래엄 아저씨에 대해선 잘 몰랐다. 아저씨는 우리가 자기네 집에 사는 걸 싫어하는 눈치였다. 그래서 되도록 방해가 되지 않으려고 제이가 잘 시간이 되면 나도 알아서 위층으로 올라갔다.

우리는 커다란 더블 침대를 같이 썼는데, 제이가 보채면서 나를 깨운 걸 보면 내가 잠이 들었던 게 틀림없었다. 처음에는 그냥 엄마가 보고 싶어서 그러려니 했지만 곧 제이의 잠옷이 축축하다는 게 느껴지고, 이불 위의 얼룩이 눈에 띄었다. 때마침 쉴라 아줌마가 와서 우리가 잘 자는지 확인만 하지 않았다면 모르고 넘어갔을 거다.

그래도 아줌마는 혼을 내지 않고 벽장에서 깨끗한 이불을 꺼내 오겠다며 나갔지만, 곧이어 아저씨가 들어왔다. 아저씨는 상황을 파악하고 불같이 화를 냈다. 제이는 울기 시작했고, 아저씨는 제이에게 입을 다물라며 버럭버럭 고함을 질렀다. 제이가 그치지 않자 아저씨는 제이를 때렸다.

순간 아무도 움직이지 않았다. 마치 모든 동작이 멈추고, 카메라가 돌아가며 한 사람 한 사람의 얼굴을 비춰 주는 영화 속 장면처럼. 침대 반대편에서 제이에게 몸을 수그린 아저씨의 목에 핏줄이 툭 불거져 보였다. 정신을 차리고 보니 내가 아저씨를 향해 몸을 날리고 있었다. 내 돌발 행동에 아저씨가 균형을 잃었던 것 같다. 우리는 한 무더기가 돼서 바닥에 뒤엉켰는데, 그때부터 나는 아저씨에게 미친 듯이 주먹을 날리기 시작했다. 결국 나는 쉴라 아줌마 손에 질질 끌려 나갔다.

그 후로 쉴라 아줌마와 그래엄 아저씨에게 제이 혼자 남겨 두고 나는 학교 친구네 집으로 가서 지내야 했다. 저녁마다 아저씨가 퇴근하기 전까지는 가서 제이를 만나도 됐지만, 내가 가야 할 시간이 되면 제이는 진짜로 속상해 했다. 끔찍했다. 난 몇 골목 떨어진 집에 누워, 혼자 두고 온 제이를 떠올리며 잠을 이루지 못하고 뒤척였다.

내가 할 수 있는 건 아무것도 없었다. 사람들에게 하소연을 해보았지만 아무도 들으려고 하지 않았다. 심지어 '자살을 시도한 엄마에 대한 슬픔과 분노를 그래엄 아저씨에게 전가하려고 한다.'며 나를 의사에게 보내기까지 했다.

할머니는 '실수를 통해 아무것도 배우지 못한다면 실수는 실수일 필요가 없다.'라고 입버릇처럼 말씀하셨다. 그래서 나는 스스로에게 약속했다. 다음에는, 만약 다음이 있다면, 똑같은 실수를 되풀이하지 않겠노라고. 다음에는 나와 제이를 위한 최선이 무엇인지 내가 직접 결정하겠노라고. 그리고 그 누구도 다시는 우리를 갈라놓지 못할 거라고.

그것은 곧 엄마가 여기에 없다는 사실을 아무에게도 알릴 수 없다는 뜻이다. 제이에게조차. 제이의 입을 어떻게 믿을까. 제이한테는 엄마가 연장 근무를 한다고 둘러댔다. 엄마가 돌아올 때까지 우리는 평소와 똑같이 지내야만 하고, 누가 됐든 엄마가 집에 있다고 믿게 만들어야 한다.

앞으로 닥칠 일이 암담할 따름이다.

Day 3
행운은 스스로 만들어 가는 거란다

 엄마 방 옷장 바닥 비닐봉지에서 가발을 발견한다. 숱이 많은 적갈색 곱슬머리 가발이다. 아침을 먹으러 내려와 보니 엄마가 머리카락을 몽땅 밀어 버리고 앉아 있던 그날 아침이 떠오른다. 엄마는 꼬박 이틀을 울더니 나가서 가발을 사 왔다. 진짜 엄마 머리와 거의 똑같았고, 다시 머리카락이 자랄 때까지 엄마는 6개월 가까이 항상 그 가발을 쓰고 다녔다.
 간질간질한 가발 망 속에 내 칙칙한 갈색 곱슬머리를 밀어 넣고 이리저리 매만져 보지만 전혀 엄마 같지 않다. 립스틱을 바르면 좀 효과가 있을까? 화장대 위의 통들을 꼼꼼히 뒤져서 '뱀파이어의 키스'라는 립스틱을 고른다. 그 립스틱은 이상한 맛이 나고, 이에도 잔뜩 묻는다. 엄마 방 어두운 거울에 비친, 핏자국이 스민 듯한 입술에 적갈색 곱슬머리 가발을 쓴 사내 아이를 보고 얼굴을 찡그린다. 이런 식으로는 어림 반 푼어치도 없다.

  그래도 시도는 해봐야 한다. 모든 걸 정상으로 보이게 만들어야 한다. 평소와 똑같이. 아침마다 참견쟁이 마녀는 출근길에 아파트 현관을 나서는 엄마를 지켜본다. 어제만 빼고. 아줌마의 눈에 오늘도 엄마가 보이지 않으면 의심은 더욱 심해질 거다.

  엄마의 청소용 작업복으로 갈아입고 거울에 비친 뒷모습을 바라본다.

  궁금하다. 아줌마의 눈에 비친 사람은 엄마일까? 아니면 팬터마임의 여주인공처럼 변장한 나일까?

  침실 창문을 닫히지 않게 고정해 두고 제이가 잠들어 있는지 확인한 다음, 마음이 바뀌기 전에 복도를 지나 현관 밖으로 나간다. 조용히 현관문을 닫다가 엄마는 항상 쾅 소리가 날 정도로 문을 세게 닫는다는 사실을 떠올린다. 그렇지만 엄마처럼 했다가는 제이를 깨울 위험이 있다. 더구나 다른 집에서 사람이라도 튀어나오면 큰일이다. 하지만 새벽 여섯 시고, 이 시각에 깨어 있을 만한 사람이 참견쟁이 마녀밖에 더 있을까. 중요한 건 바로 그거다. 그런데 아줌마는 왜 그렇게 참견하길 좋아할까. 아니, 대체 뭣 하러 그렇게 일찍 일어나냐 이 말이다. 하는 거라곤 하루 종일 자기 집에 앉아서 남들 감시하는 일밖에 없으면서. 절대 외출도 안 하고, 내가 보기에는 친구 하나 없다. 아줌마가 맨날 뚱한 게 다 그 때문일지도.

계단을 내려가 유리문을 통과해 중앙 현관으로 들어선다. 이번에는 문이 쾅 닫히게 내버려 둔다. 문소리가 쓰레기통 속 축구공처럼 양쪽 벽에 부딪쳤다 튕겨 나오고, 바닥의 타일은 출입구 앞 가로등 불빛에 주황색으로 빛나며 웅웅거린다. 아줌마네 집 앞을 지나며 일부러 아파트 출입구만 뚫어져라 쳐다본다. 나 혼자 내기를 한다. 밖으로 나갈 때까지 한 번도 숨을 쉬지 않으면, 내 작전은 성공이라고.

내 머리가 꼭 풍선 같다. 한 걸음 걸을 때마다 양쪽 귀에서 심장이 쿵쾅거리는 소리가 들린다. 출입구에 다다랐지만 미는 문을 잘못해서 당기는 바람에 해제 버튼을 눌러야 한다. 마침내 밖으로 나오는 데 성공하고, 차가운 새벽 공기를 꿀꺽꿀꺽 들이마신다. 아줌마네 집 창문에서 내 얼굴이 보일세라 조심조심 계단을 내려간다. 가는 내내 뒤통수에서 아줌마의 시선이 느껴진다.

그런데 아줌마는 누구를 보고 있을까?

나? 아니면 엄마?

골목 끝까지 최대한 멀리 갔다가 고개를 푹 수그리고 상점들 뒤편 측면도로를 이용해 가던 길을 되짚어 온다. 도로 집으로 들어가는 모습이 아줌마 눈에 띄면 안 되니까 비상계단을 이용한다. 침실 창문으로 한쪽 다리를 집어넣는데 제이가 침대에 똑바로 앉아서 나를 빤히 쳐다보고 있다.

"뭐해?"

창틀에 다리를 벌리고 올라앉는 순간, 얼음이 되지만 제이의 눈을 보고 비몽사몽 중임을 깨닫는다. 제이는 간혹 이러는데, 보통은 한밤중에 자주 그런다. 한참 제이와 이야기를 주고받았는데 아침에 일어나면 제이는 하나도 기억을 못한다.

창문을 닫고 제이의 침대로 다가간다. 나를 보고 제이가 얼굴을 찡그린다. 문득 내가 엄마 복장을 하고 있다는 사실을 떠올린다.

엄마 목소리를 흉내 내려고 노력하며 제이를 달랜다.

"아직 일어날 시간 아니야."

제이는 잠시 몸을 떨다가 도로 눕더니 찡그리며 눈을 감는다. 침대 옆에 무릎을 꿇고 앉아 제이의 머리카락을 살살 쓰다듬어 주는데, 몇 분이 지나자 제이의 숨소리가 차분해진다. 나는 가만히 일어나 슬그머니 방에서 빠져나온다.

아직 이른 시각이지만 머릿속이 너무 복잡해서 다시 잠을 청하기가 힘들다. 교복을 입고 텔레비전을 켠다. 딱히 볼 만한 프로가 없어서 〈핑구〉 3화를 보다가 잠이 든다. 깨어나 보니 제이가 내 옆에 앉아 있다.

나는 제이에게 엄마가 밤늦게 왔다가 지금은 출근하고 없다고 말해 준다. 제이가 남들한테 엄마가 집에 없다고 떠벌리면 큰일이다.

"나도 알아. 엄마 봤어."

"뭐라고?"

속에서 뭔가가 가슴을 뻥 걷어차는 느낌이다.

"엄마 가기 전에 나 엄마 봤어. 형은 자고 있었고."

마음이 실타래처럼 뒤엉킨다. 내가 소파에서 잠든 사이에 엄마가 왔었나? 아니면 그보다 일찍, 내가 나가기 전에?

"우리 방에 있었어. 창문에 앉아서."

그제야 제이가 내 얘기를 하고 있다는 걸 깨닫는다.

나는 숨을 내쉬고 얼굴에 웃음을 되찾는다. 새벽의 사기 치기 대작전이 생각보다 훨씬 효과가 있었나 보다. 부디 참견쟁이 마녀도 쉽게 속아 주었기를.

방과 후, 어린이집이 이상하리만치 조용하다.

"애들이 디브이디를 보고 있어서……."

앤지 선생님이 얼굴을 찡그리며 디브이디 케이스를 들여다본다.

"〈외계의 우주 원숭이 해적들〉 2편이네."

선생님이 얼굴을 찡그리며 덧붙인다.

"평소에는 텔레비전을 잘 보게 하지 않는데 로버트가 특별히 가져온 디브이디라서 '안 돼.'라고 잘라 말하기가 어렵더라고."

그때 〈외계의 우주 원숭이 해적들〉 주제가가 거실에서부터 흘러나오고, 순간 나는 아홉 살로 되돌아간다. 혀에는 달콤한 아이스크림 맛이 느껴지고 내 옆자리에서 깔깔거리는 엄마 목소리가 들린다.

엄마는 특별 선물로 나를 데리고 〈외계의 우주 원숭이 해적들〉을 보러 갔다. 내가 본 첫 영화였다. 시내에 있는 대형 멀티플렉스 영화관이었다. 그런 곳은 처음 보았다. 문마다 반짝반짝 불이 들어온 영화 제목들이 붙어 있고, 매표소 안과 옆에는 마분지로 만든 거대한 영화 속 주인공들이 세워져 있었다. 나는 '그리섬'이라는 주인공이 제일 마음에 들었다. 말수는 적었지만 터프하고 용감했다. 그는 사람들이 위험에 처할 때마다 짠하고 나타나 도와주었다.

그해 그레그 아저씨한테 크리스마스 선물로 그리섬 액션피겨를 선물로 받았다. 아직 제이의 아빠가 되기 전, 그냥 엄마의 남자친구였을 때다. 나는 그레그 아저씨가 좋았다. 아주 유쾌한 사람이었고 엄마도 행복했다. 그런데 아저씨가 떠나 버리자 엄마는 우울증이 도져서 다시 술을 입에 대기 시작했다. 아저씨가 원망스러웠다. 우리를 버렸다며 아저씨를 미워했다. 그리섬을 가지고 놀 때마다 그레그 아저씨가 사 준 선물이라는 게 생각나서 점점 그리섬도 미워하기 시작했다.

그래서 나는 그를 죽였다.

그리섬을, 그레그 아저씨가 아니라.

나는 그리섬이 위험한 임무를 맡았다가 잘못된 척 하면서 내

방 창문 밖으로 획 던져 버렸다. 그리섬은 집 밖 도로에 떨어졌고 가만히 누워서 나를 올려다봤다. 차 한 대가 와서 치고 지나갔지만 그리섬은 부서지지 않았다. 나는 그리섬을 미워하지 않았기에 정말 미안했다. 사실 난 그리섬을 진심으로 아꼈다. 하지만 그레그 아저씨한테 너무 화가 치밀어서 가만히 앉아 있을 수가 없었다. 뭐든 부숴 버리고 싶었다. 그렇게 하면 결국 속상할 사람은 나라고 할지라도. 내려가서 다시 그리섬을 데려올 수도 있었지만 그러지 않았다. 나는 더 많은 차들이 달려오는 광경을 지켜보면서 꼼짝 않고 자리를 지켰고, 이윽고 대형 트럭 한 대가 지나가고 나자, 그리섬은 사라져 버렸다. 순식간에.

한낱 장난감일 뿐이었지만 울음이 터져 나왔다. 무언가가 죽어 버린 느낌이랄까. 마음속에 뻥 구멍이 뚫리기라도 한 것처럼. 도무지 메울 방법을 모르는 커다란 구멍이.

"얘, 괜찮니?"

앤지 선생님이 고개를 한쪽으로 갸웃하며 나를 보고 얼굴을 찡그린다.

"네…… 괜찮아요."

"디브이디가 끝나려면 얼마나 남았는지 모르겠구나…… 뭐라도 좀 마시는 게 좋겠다."

그러면서 내가 거절하기도 전에 내 손에 얼른 우유 한 잔을 떠넘긴다.

"엄마는 괜찮으시니?"

숨이 턱 막힐 뻔했다.

"네, 그럼요."

"다행이구나! 보통은 금요일에는 직접 오시길래…… 다음 주 원비를 계산하러."

앤지 선생님은 짧게 기침을 하며 말을 끝맺는다. 갑자기 발밑에서 방바닥이 스윽 사라져 버리는 기분이다.

돈!

돈을 깜빡했다!

"엄마가 봉투를 안 주셨어요. 죄송해요! 엄마가…… 엄마가 오늘은 못 오세요."

삐질삐질 땀이 흘러나온다. 앤지 선생님은 나무 말뚝을 들고 나를 향해 서서히 다가오고, 나는 다시 뱀파이어가 된다.

"깜빡하셨나 봐요. 내일 올 때 가져올게요."

내가 어깨를 으쓱한다.

가끔은 어깨를 으쓱이는 게 딱 어울릴 때가 있다. 열다섯 살밖에 안 된 내가 뭘 알겠냐며 어물쩍 넘기면 상황을 모면하고 지나가기도 한다. 선생님은 내가 아무것도 모른다고 여길 테니 선생님을 실망시킬 일도 없고, 나는 무사히 위기를 벗어난다. 지금 당장은.

"아, 괜찮아!"

앤지 선생님이 손을 내젓는다.

"서두를 필요 없어. 다음 주에 가져와도 돼."

다음 주.

그때까지는 엄마가 돌아올 테니 걱정할 건 아무것도 없다.

집으로 가는 길에 제이는 〈외계의 우주 원숭이 해적들〉 2편의 줄거리를 읊느라 바쁘다. 제이는 내가 그 만화를 잘 아는 걸 알고는 깜짝 놀란다. 내가 어렸을 때도 그 만화가 있었다는 게 신기한가 보다. 제이에게 나의 그리섬에 대해 말해 주지만 그의 최후는 언급하지 않는다.

퍼레이드의 신문 가판대 앞에 멈춰 서서 약속했던 포켓몬 카드를 제이에게 사 준다.

"오늘 밤에도 공중전화 부스에 갈 거야?"

제이가 카드 상자를 흘깃거리며 나에게 묻는다.

"아마도."

"내가 또 조용히 했으면 좋겠어?"

나는 한숨을 내쉬고 주머니에 손을 넣어 동전 한 개를 더 꺼낸다. 엄마 화장대에서 가져온 마지막 잔돈이다. 집에 돈이 좀 더 있기를. 제대로 끼니가 될 만한 음식을 사야 한다. 오늘 밤에도 토스트로 때우면 제이는 심술보가 터질 거다.

냉장고 위에서 끄집어 내리는데 다행스럽게도 도자기 돼지 저금통은 느낌이 묵직하다. 돼지 배에 있는 고무마개를 억지로 비틀어 열고 식탁 위에다 내용물을 와르르 쏟아 놓는다.
　제이가 감탄사를 내뱉는다.
"우아! 우리 부자다!"
"그렇지도 않아."
　엄마가 잔돈은 다 여기다 넣는 편이라 1, 2펜스짜리가 대부분이지만 더러 은화도 눈에 띈다. 10펜스, 20펜스, 심지어 50펜스짜리도 한 개 있다. 손으로 동전 무더기를 쫙 펼쳐 본다.
"동전 세는 거 도와줄래?"
"응."
　그런데 제이가 이내 얼굴을 찌푸린다.
"이거 엄마 돈이잖아, 형 돈 아니잖아!"
"괜찮아. 엄마가 좀 써도 된다고 했어. 먹을 걸 사려면. 오늘 밤에도 또 늦을지 모른다고 했거든. 그러니까 우리끼리 저녁을 사 먹어야 돼."
　제이한테 동화로 탑을 쌓으라고 하고, 그러는 동안 나는 은화를 세어 본다.
"엄마는 왜 돈을 돼지한테 넣어?"
　제이가 한쪽 눈을 반쯤 감고 위태롭게 쌓아 놓은 무더기 위에 동화를 하나 더 얹으면서 아슬아슬하게 균형을 맞춘다.
"예전에 외할머니가 동전을 모으셨어. 너 할머니 생각나?"
　제이는 얼굴을 찌푸리더니 고개를 젓는다.
"할머니는 돼지 저금통이 아주 많았어. 색깔도 다 다르고. 할

91

머니네 집 부엌 선반 위에 줄줄이 진열해 놨었는데. 너 어렸을 때 할머니가 가지고 놀게 해 주셨잖아."

제이가 하던 일을 멈추고 나를 쳐다본다.

"그 돼지들은 지금 어디 있어?"

"음…… 할머니가 돌아가셨을 때 엄마가 우리 집으로 가져왔어."

"정말?"

순간 제이의 얼굴이 환해지더니 금세 다시 찌푸린다.

"아니야, 거짓말. 나는 한 마리도 못 봤어. 어디 있는데?"

"더는 없어. 딱 이거 하나뿐이야."

"다 어디 갔어?"

"몰라. 엄마가 없애 버렸나 봐."

자다가 깨서 침입자가 들어온 줄 알고 깜짝 놀랐던 그날 밤 이야기는 제이에게 하지 않는다. 너무 무서워서 꼼짝도 못하고 아래층에서 들려오는 와지끈 쨍그랑 소리에 귀를 세우는데, 뒤이어 다른 소리가 들려왔다. 한참 만에야 그게 무슨 소리인지 깨달았다. 진짜 강도라면 강도짓을 하다가 울음을 터뜨리는 짓 따위는 하지 않을 테니까.

계단을 절반쯤 내려가다가 엄마를 보았고, 산산조각 난 돼지 저금통의 바다 속에서 엄마가 무릎을 꿇고 기어다니고 있었다고, 이유는 모르겠지만 너무 두려워서 계단을 내려갈 수가 없었다는 말을 제이에게는 하지 않는다.

그 이튿날 아침, 식탁에 앉아 있는 엄마를 발견했다. 엄마는 창백하고 피곤해 보였고 얼마나 울었는지 두 눈이 빨갰다. 양손과 손목에는 하얀 밴드가 덕지덕지 붙어 있고, 식탁 위에는 깨진 돼지 조각들이 가득했다. 엄마는 그것들을 도로 붙이려고 했다.

"엄마가 너희 할머니 돼지에다 무슨 짓을 했나 좀 봐."

애써 웃음을 지으며 엄마가 말했다.

나는 대꾸할 말을 찾지 못하고 식탁을 차지한 깨진 조각들로 눈길을 돌렸다. 개중에 몇 개는 제법 조각들이 컸다. 웃는 얼굴이 보이는 온전한 머리들, 동그랗게 말린 꼬리가 달린 엉덩이, 둥그렇고 뚱뚱한 배에서 튀어나온 돼지 발 하나. 다시 엄마를 쳐다보니 엄마는 몸을 부들부들 떨며 소리 없이 울고 있었고, 얼굴에는 눈물이 줄줄 흘러내렸다.

제이는 그런 줄도 모르고 바닥에서 놀았다. 나는 어찌 해야 좋을지 몰랐다. 어렸을 때 내가 울면 엄마는 나를 무릎에 앉혀 꼭 안아 주었고, 그러면 나는 기분이 좋아졌다. 그 반대로 해 주면 되겠지만 엄마를 내 무릎에다 앉힐 수는 없는 노릇이 아닌가? 스스럼없이 다가가서 엄마를 안아 줄 수가 없었다. 그때 나는 열세 살이었고, 그건 너무 어색하게 느껴졌다.

달리 어찌 해야 좋을지 몰라서 엄마한테 돼지 붙이는 걸 도와주겠노라고 말했다. 얼빠진 사람처럼 가만히 쳐다보고만 있을 수는 없었다.

내 말에 엄마는 오히려 더 크게 흐느꼈지만 그러면서도 얼굴에는 미소가 떠올랐다.

그 모든 돼지들 가운데, 못해도 쉰 개가 넘었는데, 우리는 간신히 돼지 한 개를 도로 붙이는 데 성공했다. 분홍색 물방울무늬 나비넥타이를 맨 파란색 사팔뜨기 못난이 돼지. 우리는 그 돼지를 험프티*라고 이름 붙였다.

나는 지금 식탁에 앉아 몸통 여기저기 누런 접합선을 따라 풀 자국이 줄줄이 말라붙은 험프티를 쳐다본다. 〈프랑켄슈타인〉의 괴물 같은 돼지 저금통. 천신만고 끝에 험프티가 탄생하자, 엄마는 정말 기뻐했다. 그 뒤로도 엄마는 이것저것 팔고 깨부쉈지만 험프티만은 절대로 건드리지 않았다.

험프티 안에는 생각보다 돈이 많다. 6파운드가 넘고, 1, 2펜스짜리는 아직 세지도 않았다. 우리는 퍼레이드의 슈퍼마켓으로 내려가 아침으로 먹을 빵과 시리얼, 우유를 사고, 저녁에 먹을 피자도 샀다. 너무 배가 고파서 허겁지겁 과식을 한다. 먹고 나서 30분 동안 얼마나 크게 트림을 해 댔는지 제이는 깔깔거리며 웃다가 소파에서 쾅당 떨어진다.

엄마가 돌아와야 할 시각에서 30분이 지났지만 그런 줄도 몰랐다. 당장은 머릿속이 다른 생각들로 가득하다. 매트리스

---

*영국 동요에 나오는 달걀 모양의 땅딸보 캐릭터로, 가사에 따르면 담장에서 떨어져 다시 붙일 수 없게 되었다.

밑에서 공중전화 카드를 꺼내고 제이에게 시간이 됐다고 알린다.

"미안합니다, 대니얼, 틀렸습니다!"
또야! 오늘 밤은 상황이 좋지 않다. 이미 한 문제를 운 좋게 때려맞혔다. 어쩌면 여기서 끝일지도. 결국엔 나의 행운도 끝나고 말리라. 지금으로서는 오늘 밤의 도전자가 형편없는 사람이라서 다시 한 번 기회를 얻기를 바라는 수밖에.
바즈가 그를 소개한다…….
"과연 2번 전화에는 누가 연결돼 있을까요?"
"안녕하시오, 바즈, 나는 맥이오!"
"맥? 자, 저는 셜록 홈스는 아닙니다만 혹시 **스코틀랜드** 분이십니까?"
맥이 껄껄 웃는다.
"그렇소!"
"우리는 **침략**을 당하고 있습니다. **두 스코틀랜드 인들**이 정면대결을 펼칩니다! 영화 속 한 장면 같군요, 무슨 영화였죠, 숀 코네리와 대형 검이 등장하는, **오직 한 사람만이 남을 수 있다!**"
맥이 말한다.
"〈하이랜더〉죠."
"바로 그겁니다!"

양동이째 차가운 물벼락을 얻어맞은 사람처럼 사태의 심각성을 깨닫는 찰나, 바즈가 말한다.

"맥, 당신의 **고향 친구**이자 〈바즈의 한밤의 행운을 찾아라〉의 현 챔피언, 대니얼 로치 씨와 인사 나누시죠!"

"안녕하시오, 대니얼. 어디 출신이오?"

순간 입이 바싹 마르는데, 오히려 다행이다. 하마터면 '스코틀랜드'라는 말이 튀어나올 뻔했다.

"킬마너크요. 조니 워커*아시죠."

양쪽 귀에서 심장 소리가 쿵쿵 울린다. 언젠가 버컨 선생님한테 들었던 말이다. 나는 그게 무슨 뜻인지도 모른다. 그 말이 왜 튀어나왔는지도 모르겠다.

"아! 킬마너크 롱파크에 삼촌이 한 분 사십니다만."

"그래요?"

롱파크가 어디지?

바즈가 묻는다.

"맥은 고향이 어디시죠?"

"글래스고요."

"아! 레인저스인가요, 셀틱**인가요?"

"레인저스요!"

"**축구** 좋아하나요, 대니얼? 혹시 마이티 킬리*** 팬이신가요?"

'누구?'

"아니오, 축구를 별로 좋아하지 않아서."

"축구를 좋아하지 않아요? 정말 스코틀랜드 사람 맞습니까?"

무슨 뜻이지? 내 억양이 가짜라는 걸 눈치챘나? 진짜 스코틀랜드 사람이 옆에 있으니, 엉터리로 〈하이랜더〉 흉내를 내는 바즈 못지않게 내 목소리도 가짜 티가 두드러진다.

맥이 껄껄 웃으며 끼어든다.

"그렇게 죽을 쑤는데, 킬마너크 출신이라면 나라도 축구는 좋아하지 않았을 거요."

"우, 이렇게 도전장을 던지시는 건가요!"

바즈가 흐뭇하게 낄낄거린다.

"좋습니다, 신사 분들! 경기를 시작합시다! 잊지 마십시오…… **오직 한 사람만이 남을 수 있다!**"

맥에게 주어지는 질문들이 얼마나 식은 죽 먹기인지 제이라도 맞힐 수 있을 정도다! 방송국에서 의도적으로 꾸민 짓이다! 나는 우승이 코앞이고, 그들은 내가 탈락하기를 원한다.

그때 맥이 한 문제를 틀린다. 그 말은 곧 〈바즈의 한밤의 행운을 찾아라〉 단판 승부가 시작됐음을 의미한다.

＊스코틀랜드의 위스키 브랜드로, 양조공장이 킬마너크에 있다.
＊＊레인저스와 셀틱은 둘 다 글래스고를 연고지로 한 스코틀랜드 프리미어 리그의 프로축구 팀이다.
＊＊＊Mighty Killie. 킬마너크를 연고지로 하는 스코틀랜드 프리미어 리그 축구 팀인 킬마너크 FC(Kilmarnock FC)의 별칭

바즈는 완전히 흥분 상태다.

"킬트를 입은 **두 남자**가 커다란 검을 **휘두르면서** 험준한 언덕 꼭대기에 서 있는 형세로군요!"

이제 배경으로 영화의 사운드트랙이 흘러나온다. 〈하이랜더〉에 나오는 음악인 것 같다.

"신사 분들, 다시 한 번 규칙을 말씀드리겠습니다. 우리의 현 챔피언, 대니얼이 먼저 시작합니다. 만약 대니얼이 정답을 맞히면 대니얼이 이깁니다, 너무도 간단하지요. 그렇지만······ 대니얼이 틀리면······ 그때는 맥의 차례입니다. 맥의 대답이 정답이면 경기는 끝입니다. 오직 한 사람만이 남을 수 있으니까요······. 신사 분들, **스코틀랜드 인들이여!** 준비됐습니까? **행운이 느껴지십니까?**"

나는 거짓말을 한다.

"그렇소."

맥이 말한다.

"느껴집니다."

바즈가 말한다.

"대니얼, 다음에 말씀드리는 회전하는 기상 현상 중에서 그 규모가 가장 작은 것은 무엇일까요? 에이, 태풍일까요? 비, 허리케인? 아니면 시, 토네이도일까요? 다시 한 번 읽어 드리겠습니다······."

백 번을 읽어 줘도 나는 답을 모른다. 몸이 부들부들 떨리고 땀이 줄줄 흐른다. 공중전화 부스 안에 땀 냄새가 진동한다.

'생각해, 로렌스. 정신을 집중해.'

태풍, 이름만 들어서는 규모가 클 것 같지 않지만 그건 토네이도도 마찬가지다. 모르겠다, 허리케인인가? 그리 나쁘게 들리지는 않는다. 그렇기는 하지만······.

바즈가 대답을 재촉한다.

"대니얼, 어서 대답을 해 주십시오."

나는 심호흡을 한다.

"비, 허리케인."

정답은 셋 중 하나다. 운이 따를지 모른다.

별안간 귓속 가득 칼끼리 챙하고 부딪치는 효과음이 울려서 화들짝 놀란다.

"오직 한 사람만이 남을 수 있습니다."

바즈는 이상하리만치 차분한 목소리다.

"대니얼, 안타깝지만 가장 규모가 작은 기상현상은 토네이도입니다."

기회를 날렸다. 맥이 이번 문제를 맞히면 나는 아웃이다.

공중전화 부스의 차가운 유리에 머리를 기대고 제이가 막대기로 나무를 공격하는 모습을 지켜본다. 인도를 따라 나무 세 그루가 늘어서 있다. 제이는 머릿속으로 한바탕 싸움을 벌이면서 한 나무에서 다른 나무로 달려가고, 다시 빙글빙글 돌며 막대기를 검처럼 휘두른다. 하루 중 절반은 현실이 침범할 수 없는 또 다른 세계에서 보낼 수 있으니, 여섯 살이 된다는 건 얼마나 신 나는 일인가.

바즈가 맥에게 다음 질문을 던진다.

"'퍼지 논리*Fuzzy Logic*'는 다음 중 어떤 그룹의 데뷔 앨범이었을까요? 에이, 슈퍼 퍼리 애니멀스? 비, 악틱 몽키즈? 아니면 시, 프랭크 자파?"*

맥이 말한다.

"아, 프랭크는 아니오."

"자파 팬이시로군요, 그렇죠? 〈노란색 눈은 먹지 마세요!〉"**

둘이서 깔깔 웃는다, 이제 끝이다, 나는 아웃이다.

"음…… 추측으로 고르는 수밖에 없겠구려. 비, 악틱 몽키즈로 하겠소."

다시 한 번 검들이 챙하고 부딪치는 효과음이 나오더니 잠시 침묵.

"얕은 자상을 입었습니다. 그렇지만 두 분 모두 아직 **숨은 붙어 있습니다.** 안타깝지만 '퍼지 논리'는 슈퍼 퍼리 애니멀스의 데뷔 엘피 판입니다. 대니얼, **다시 한 번** 기회를 얻었습니다!"

---

* Super Furry Animals. 영국의 록밴드, Arctic Monkeys. 영국의 4인조 록밴드, Frank Zappa. 미국의 음악가
** 〈Don't eat the yellow snow〉, 프랭크 자파가 부른 노래 제목

이럴 수가! 하지만 축하할 시간이 없다. 바즈가 벌써 다음 문제를 읽고 있기 때문이다.

"대니얼, 우리가 숨 쉬는 공기의 약 78퍼센트를 차지하는 이 성분은 과연 무엇일까요? 에이, 질소일까요? 비, 산소? 아니면 시, 아르곤?"

산소. 우리는 산소로 숨을 쉰다. 설마, 너무 쉬운데? 교묘한 질문이 틀림없다. 그렇지만 속임수가 아니라면?

마음이 바뀌기 전에 대답을 툭 내뱉는다.

"비, 산소."

또 한 번 챙하고 칼 소리. 이제 그 소리만 들으면 짜증이 치민다.

바즈가 끙 신음소리를 내고, 나는 오답임을 직감한다.

"오늘 밤은 자멸하시는군요, 대니얼! 우리가 숨 쉬는 공기의 78퍼센트를 차지하고 있는 주성분은 바로 질소입니다."

따져 보려고 입을 떼지만 바즈는 이미 맥에게 이야기를 하고 있다.

"이제 운명은 당신 손에 달려 있습니다, 맥. 우리의 챔피언을 물리칠 사람이 있다면 바로 지금이 그 주인공이 탄생하기에 가장 근접한 순간입니다. 같은 고향 사람으로서 당신이 바로 그 주인공이 될 것 같습니까, 맥? **행운이 느껴지십니까?**"

놀랠 노자로군. 맥은 운이 좋다. 왜 아니겠는가? 바즈 말대로, 오늘 밤 난 스스로 자멸하고 있으니.

"문제 나갑니다. 영화 〈코렐라인〉의 원작자는 누구일까요? 에이, 로알드 달? 비, 팀 버튼? 아니면 시, 닐 게이먼?"

맥이 대꾸한다.

"그 영화 봤소. 좋은 영화지요!"

'얘기 끝났네. 완전히 끝이다.'

"그런데 누가 그걸 썼는지 알고 싶단 말이요? 어…… 확실하지는 않소만…… 로알드 달 아닐까요? 아니오…… 잠깐만, 팀 버튼일 것 같소만."

"그러니까 〈코렐라인〉의 원작자로 비, 팀 버튼을 선택하시겠다는 겁니까?"

"그럽시다!"

"확실합니까?"

그가 맞혔다. 바즈는 정답일 때만 이렇게 되묻는다.

맥이 대답한다.

"아니오, 하지만 그걸로 밀어붙여 보겠소."

바즈가 숨을 고르는 소리가 들린다. 이제 드디어…….

"맥, 안타깝습니다만, 영화 〈코렐라인〉의 원작자는 **닐 게이먼**이라는 사실을 말씀드려야겠군요."

맥의 입에서 탄식이 터져 나온다.

"힘을 냅시다, 두 분! 지금은 스코틀랜드의 지혜를 광고하기에 좋은 자리는 아닌 듯싶군요! 누구든 한 문제를 마칠 때까지 계속 가겠습니다. **밤을 새서라도** 말이죠!"

맥이 웃는다. 나는 아무런 대꾸도 하지 않는다. 온몸이 부들부들 떨린다. 나는 얼마나 더 이 자리를 감당해 낼 수 있을까?

바즈가 부른다.

"대니얼? 끊은 건 아니죠?"

"그렇소."

"힘내십시오, 대니얼! 당신은 우리의 **챔피언**입니다. 충분히 오랫동안 경쟁자들을 농락해 오지 않았습니까. 과연 이번에는 **끝낼 수** 있을까요?"

"최선을 다하겠소."

"좋습니다!"

제이는 아직도 나무들과 전투를 벌이는 중이다. 공중전화 부스로 달려왔다가 다시 공격하러 뛰쳐나갔다가 다시 되돌아왔다가, 또 다른 나무로 달려나가기를 반복한다. 나무를 고르는 데 특별한 순서는 없어 보이는데, 어떤 때는 똑같은 나무를 두세 번 연달아 공격하기도 한다. 조만간 누군가 다가와 제이에게 그만하라고 하기 십상일 거다.

"대니얼, 다음 나라 중에서 프랑스와 **국경을 접하지 않은** 나라는 어디일까요? 에이, 모나코일까요? 비, 안도라? 아니면 시, 네덜란드?"

지리다! 왜 하필이면 지리일까?

정신이 멍해진다. 직감도 없고 본능도 없다. 아무것도 없다.

제이가 나무와 싸우는 광경을 지켜본다. 제이는 공중전화 부스로 달려왔다가 다시 나무들과 맞서기 위해 몸을 돌린다. 나무는 셋이다. 에이, 비, 아니면 시.

"대니얼?"

"네."

제이는 검처럼, 어마어마한 검인 양 손에 막대기를 들고 싸울 태세를 취한다. 나무 에이, 나무 비, 아니면 나무 시. 오직 하나만이 남을 수 있다.

"대답을 해 주십시오, 챔피언."

제이는 나무 비를 향해 나아가더니 느닷없이 방향을 바꿔서 나무 시를 향해 강타를 날린다.

내가 바즈에게 말한다.

"나무 시. 아니, 시로 하겠소."

바즈가 껄껄 웃는다.

"부담감 때문에 **흔들리는** 건가요, 챔피언? 목이 잘릴까 봐 걱정이 되는 건가요?"

나는 간신히 웃음을 토해 낸다.

"어디 정확하게 얘기해 봅시다. 당신은 시라고 말했지요, 아름다운 프랑스와 국경을 접하지 않은 나라는 과연 네덜란드일까요? 정확합니까?"

제이가 나무 시를 인정사정없이 내리친다.

"그렇소."

침묵.

"오직 한 사람만이 남을 수 있습니다."

바즈가 속삭이듯이 말한다.

"대니얼…… 정답입니다!"

전화기를 타고 〈하이랜더〉의 사운드트랙이 커다랗게 울려 퍼진다.

"맥, 수고하셨습니다. 챔피언을 줄곧 밀어붙였습니다만, 처음부터 말했다시피 오직 한 사람만이 남을 수 있습니다!"

오늘은 제이를 억지로 일찍 재우지 않았고, 그래서 자러 갈 시간이라고 했을 때도 제이는 별로 투덜대지 않는다. 솔직히 말해서, 나는 친구가 필요하다. 오늘 밤 우리 집은 너무 크고 너무 조용하다.

창가에 서서 서서히 땅거미 속으로 스러져 가는 하다크레의 잿빛 변두리 너머를 내다본다.* 엄마는 저기 어딘가에 있다. 나는 안다. 그렇지만 어디에? 엄마는 언제 집으로 돌아올까?

순간 머릿속 깊은 곳에서 반짝 떠오르는 생각, 번쩍이는 의문의 불씨…… 만약 엄마가 돌아오지 않는다면?

나는 고개를 젓고, 그 불씨는 이내 사그라진다.

'행운은 스스로 만들어 가는 거란다.' 할머니는 입버릇처럼 그렇게 말씀하셨다. 할머니는 사람이 최악을 기대하면 결국

---

* 영국을 비롯한 북유럽은 여름에는 낮이 길어서 밤 아홉 시나 열 시경이 되어야 깜깜해진다.

그렇게 된다고 믿었다. 하지만 반대로 좋은 일이 생길 거라고 믿으면 대부분은 믿는 대로 이루어진다고 여기셨다. 긍정의 힘. 할머니는 그것을 그렇게 불렀다.

 할머니가 지금 여기에 계시면 얼마나 좋을까. 할머니는 어떻게 해야 좋을지 아실 텐데.

 하지만 아무리 어마어마한 긍정의 힘으로도 그것만큼은 절대로 이루어질 수가 없다.

Day 4
현실 세계는 스푸비 투와는 다르다

제이는 기분이 나쁘다. 엄마가 어디에 있는지 알고 싶어 한다.

그건 좋은 질문이다.

내가 그 대답을 알면 얼마나 좋을까.

나는 엄마가 일하고 있다고 대답한다. 제이가 깨기 전에 일찍 집에서 나가야만 했다고. 출근하기 전에 제이를 보러 들어왔다가 제이가 드르렁드르렁 코를 골아서 우리 둘이 얼마나 깔깔대고 웃었는지 모른다며 없는 이야기까지 지어낸다.

제이는 내 말을 믿지 않는다.

그렇다고 무슨 대꾸도 않는다. 그저 나를 쏘아보고는 텔레비전 소리를 키울 뿐. 그렇지만 그 질문이 없어지는 건 아니다.

그동안 모든 게 정상인 것처럼 지냈다. 제이와 참견쟁이 마녀, 그리고 누구든 우리를 지켜보고 있을지 모르는 그 사람을 상대로. 최소한 지금까지 나는 그 사람들 때문이라고 믿었다. 그런데 어쩌면 다른 누구 못지않게 바로 나 자신을 위한 노력이 아니었을까. 일단 시늉을 멈추면, 남은 건 닥쳐올 현실뿐이니까. 그리고 그 현실은 두렵기 그지없다.

부엌으로 가서 주전자에 물을 가득 채운다. 뭘 마시고 싶어서가 아니다. 그저 당장의 내 의무를 피하기 위해 꾸무럭대는 중일 뿐. 그래서 초인종이 울렸을 때 멍하니 아무 생각도 없었다. 초인종의 주인공을 두고 퍼뜩 두 가지 가능성이 떠오르기 전까지는.

경찰.

사회복지사.

괜찮아. 문 열어 줄 필요 없어.

다시 한 번 초인종이 울린다.

누군지는 몰라도 정말 들어오고 싶은가 보다.

그렇지만 내가 보고 싶은 사람은 아무도 없다. 엄마만 빼고. 엄마는 열쇠가 있다…… 잃어버리지만 않았다면?

그때 현관으로 콩콩 뛰어가는 작은 발소리가 들린다…….

제이를 붙잡으러 후다닥 달려 나가지만 너무 늦었다. 제이는 어느새 문을 열었다.

제이가 부른다.

"엄마!"

한참이 지난 뒤에야 나의 두 눈은 문간에 서 있는 여자에게 초점을 맞추고, 거기서 또 몇 초가 더 지나고 나서야 나의 뇌는 내가 지금 보고 있는 얼굴이 엄마가 아님을 인지한다.

제이의 어깨가 축 처진다.

"엄만 줄 알았네."

참견쟁이 마녀가 빙그레 웃는다.

"실망시켜서 미안하구나, 아가. 엄마는 집에 안 계시니?"

"엄마 어딨는지 몰라요."

어느새 도로 텔레비전으로 향하며 제이가 대꾸한다.

"일하러 가셨어, 형이 말했잖아."

아줌마가 들으라고 부러 제이에게 일깨워 준다.

"토요일인데?"

아줌마의 양쪽 눈썹이 동시에 수직 이륙을 시도하는 걸 보니 내 말을 믿지 않는 눈치다.

내가 아줌마에게 묻는다.

"뭐 필요하신 거 있으세요?"

달콤한 미소가 차츰 사라진다.

"너희 엄마랑 이야기를 좀 했으면 했는데. 언제 돌아오시니?"

나는 일부러 어깨를 으쓱한다.

"몰라요. 야근을 하셔야 할지도 몰라서요. 저희는 친구네 집에 갔다가 밤늦게 올 거예요."

"알겠다."

아줌마는 내 속을 꿰뚫고 있다. 내 말을 눈곱만큼도 믿지 않는다. 어제 아침에 엄마 옷을 입고 아파트를 나간 사람이 바로 나라는 걸 알고 있는 걸까.

아줌마가 말한다.

"괜찮다. 좀 있으면 만나게 되겠지."

아줌마는 나를 보며 이를 드러낸다. 웃으려고 한 모양이지만 뜻대로 되지 않는다.

아줌마가 발을 질질 끌며 계단을 내려가는 모습을 지켜본다.

위험한 돌계단.

딱딱한 돌계단.

'한 번만 툭 치면 데굴데굴 굴러 떨어질 거야……'

아줌마는 지금껏 엄마가 집을 비운 사실을 알고 있다. 의심의 여지가 없다. 아줌마의 전화 한 통이면 박애주의자들이 경찰 특공대처럼 득달같이 문 앞에 나타날 거다.

'잽싸게 한 번만 밀면 문제는 사라진다.'

발을 헛디디면 좋으련만. 그러면 쉬울 텐데.

'어서 해! 지금, 너무 늦기 전에. 제이를 위해서 하란 말이야.'

"왜?"

아줌마가 한 발을 계단 위에 올린 채 몸을 휙 돌린다.

어느 틈에 내가 층계참 가운데까지 와 있다. 아줌마한테서 겨우 한 팔 정도밖에 떨어지지 않은 거리다. 나는 내가 현관 밖으로 나온 줄도 몰랐다.

아줌마가 눈을 깜빡이자 작디작은 주황색 메이크업 부스러기가 뺨으로 떨어진다. 순간 아줌마의 눈에 분노와 함께 공포가 스치고 지나간다. 마치 내 머릿속을 훤히 꿰뚫고 있는 듯, 내가 무슨 짓을 하려고 했는지 아는 사람처럼.

나는 고개를 흔들고 재빨리 현관으로 달려 들어가 등 뒤로 쾅하고 문을 닫는다.

양손이 부들부들 떨린다.

속이 울렁거린다.

나는 정말 아줌마를 계단에서 밀어뜨리려고 했을까? 잘못하면 죽일 수도 있었다!

하지만 내 목적이 바로 그거였다, 그렇지 않나?

화장실로 가서 세면대에 물을 가득 채우고 차가운 물에 얼굴을 풍덩 담근다. 숨을 꾹 참다가 폐가 터질 지경이 되어서야 얼굴을 들고 거울을 들여다본다. 거울 유리는 없다. 어느 몹시 취한 날 밤에 엄마가 깨부숴 버렸다. 깜빡 잊고 있었지만 내 모습을 볼 수 없는 게 차라리 다행이다. 내 모습에 내가 겁이 날까 두렵다.

제이와 함께 텔레비전을 보려고 하지만 집중이 되지 않는다. 머리를 따라 새빨간 얼룩이 서서히 퍼지며 계단 밑바닥에 드러우운 참견쟁이 마녀의 모습이 계속 눈앞에 어른거린다. 만약 아줌마가 돌아보지 않았다면 나는 저지르고 말았을까? 아줌마를 밀어 버렸을까?

그건 내가 대답할 수 없는 또 하나의 문제다. 머릿속이 온통 그 생각으로 가득 차 우리 집 부엌의 바퀴벌레들처럼 쉭쉭거리며 내 머릿속을 이리저리 헤집고 돌아다닌다. 그 소리가 너무 듣기 싫어서 아예 머리를 뜯어내고 싶을 지경이다.

하지만 언제까지나 정상인 척 살 수는 없다. 엄마는 이토록 오랫동안 우리만 두고 사라진 적이 한 번도 없었다.

나는 엄마가 또 술병이 도진 거라고, 며칠 지나고 돈이 떨어지면 돌아올 거라고 계속해서 스스로를 위로했다. 그런데 아니었다. 게다가 아줌마는 당장 엄마와 대화를 원하고, 자신이 원하는 것을 얻을 때까지 끊임없이 우리를 따라다니며 괴롭힐 기세다. 엄마를 찾아야 한다. 그런데 어디부터 시작한다?

내가 아는 게 뭐가 있지?

별로 없다. 엄마는 수요일 밤 일이 끝난 뒤부터 집으로 돌아오지 않았다.

하지만 그게 시작점이다. 내가 확실히 알고 있는 그 한 가지부터.

좋아…… 찾아보면 안 될 거 뭐 있어?

무슨 일이 생겨서 엄마가 집으로 올 수 없거나, 아니면 엄마가 집이 아닌 다른 어딘가로 가기로 마음먹었을 가능성이 크다. 엄마가 자살을 했거나, 사고를 당했거나, 체포됐다면 지금쯤은 누구에게든 알려졌을 테니까. 경찰이 엄마의 신원을 알아냈을 테고, 그렇다면 당연히 나와 제이를 데리러 나타났을 거다. 그 말은 곧, 엄마는 엄마가 원치 않아서 집으로 돌아오지 않았다는 뜻이다.

그런데 대체 엄마는 어디로 갔을까?

엄마 방부터 시작한다. 서랍을 싹 비워 보고, 침대 밑과 화장대 위를 살핀다. 무얼 찾고 있는지는 모르겠다. 뭐라도 좋다. 엄마가 갔을지 모르는 곳에 대한 실마리를 알려 주는 것이라면 뭐든지.

엄마 방은 지저분한 옷가지들과 빈 병들, 거기다 수북하게 쌓인 재떨이들로 엉망진창이다. 케케묵은 담배 냄새와 튀김 기름 냄새, 향수 냄새가 진동을 한다. 허락 없이 엄마 물건을 뒤지는 일이 잘못인 것 같고, 왠지 몸을 돌리면 문간에 엄마가 서 있을 것 같아 등골이 오싹하다. 설령 그렇다 해도 얼마나 좋을까. 엄마 물건을 마음대로 뒤진다고 뺨을 철썩 얻어맞는다 한들.

그런데 여기에는 아무것도 없다. 그저 엄마가 남긴 쓰레기들뿐. 구석에 퍼레이드 와인 전문점 쇼핑백에 담긴 진흙투성이 운동화 한 켤레, 침대 옆에는 잡지 책 몇 권과 오래된 신문들이 보인다. 하지만 빨간 펜으로 동그라미 치거나 관심을 끌 만하게 오려 놓은 부분은 하나도 없다. 비밀스런 편지도, 영수증도,

하다못해 시내 싸구려 술집의 멤버십 카드 하나 보이지 않는다. 실마리는 없다. 그저 소지품들뿐. 어느 누구의 방에서나 볼 법한 물건들.

 엄마의 청소용 작업복이 내가 둔 그 자리, 침대 위에 그대로 있지만 피시 앤 칩스 식당 유니폼은 보이지 않는다. 그러니까 수요일 오후에는 일하러 갔던 게 틀림없다. 그런데 엄마는 왜 집으로 돌아오지 않았을까?

 엄마가 작정하고 사라졌다고는 생각지 않는다. 내가 아는 한, 엄마는 챙겨 간 게 아무것도 없다. 만약 떠날 마음이 있었다거나 계획을 세워 놓았다면…… 무슨 계획이 됐든…… 애초에 출근도 하지 않았을 거다. 엄마가 식당에 출근을 했다면, 일하는 사이에 무슨 일이 생겼던 게 분명하다. 그리고 만약 그랬다면, 엄마는 몇 시에 떠났을까? 동행자가 있었을까? 알아봐야만 한다.

 제이가 소파에 물구나무를 서서 〈스쿠비 두〉를 보고 있는 거실로 돌아간다. 벨마*가 미스터리를 해결해 낸 방법을 알려 주는 에피소드의 끝부분이다. 벨마가 자랑스레 말한다.

 "이런 일쯤은 땅 짚고 헤엄치기지. 그냥 그의 발자국을 되짚어갔다가 단서를 따라갔지!"

---

*외모는 촌스러우나 〈스쿠비 두〉에서 명석한 두뇌로 사건 해결을 도맡아 하는 등장인물

"엄마 보러 갈 거야?"

피시 앤 칩스 식당이 보이자, 제이가 묻는다.

"아니, 엄마는 다른 데서 일하셔."

"아."

실망한 눈치다.

"가자, 스쿠비 두. 우리는 단서를 찾으러 왔다는 사실을 잊지 마."

최대한 〈스쿠비 두〉에 나오는 섀기 목소리를 흉내 내서 말한다.

지금 당장은 제이가 그저 개 흉내나 내면서 부디 관심을 끊었으면 좋겠다. 제이는 미쳤나 하는 눈길로 나를 빤히 쳐다본다. 이게 먹힐 거라고 생각하는 내가 어쩌면 정말로 미쳤을지도 모르지만, 달리 어떻게 해야 할지도 모르겠고, 그렇다고 가만히 앉아 있을 수도 없다.

"내가 들어가서 단서를 찾는 동안 넌 여기서 계속 망을 봐, 스쿠비."

피시 앤 칩스 식당 앞에 다다르자, 나는 제이에게 지시를 내린다.

제이는 얼굴을 찡그린다.

"나도 같이 가고 싶어. 스쿠비는 항상 섀기랑 붙어 다닌단 말이야."

"이 식당은 개 출입 금지라서 그래, 친구!"

나는 계속 섀기 목소리를 흉내 내며 말한다. 지나가는 사람들이 우리를 쳐다본다.

"스쿠비 스낵* 갖다 줄게!"

입술이 파르르 떨리지만 제이는 결국 고개를 끄덕인다.

"알았어. 근데 너무 오래 걸리면 안 돼."

내 동생은 자기가 아는 것보다 그 개와 훨씬 더 닮은 구석이 많다.

최 부인의 피시 앤 칩스 식당 안으로 들어서는 순간, 이 안에 엄마가 없다는 걸 잘 알면서도 살갗이 따끔거리며 엄마의 존재가 느껴진다.

최 부인은 축구복 반바지와 조끼 차림의 어떤 남자에게 비닐봉지에다 감자튀김을 퍼 주고 있다. 그동안 몇 번 엄마를 보러 들렀던 터라 부인은 내 얼굴을 알고 있다.

"너희 엄마는 어떻게 된 거니?"

부인의 말에 심장이 쿵 내려앉는다.

"무슨 말씀이세요?"

"출근을 안 하잖아, 이틀이나! 소금, 식초?"

부인이 남자에게 묻는다.

부인은 아무것도 모른다는 걸 깨닫는다. 엄마는 갑자기 출근

---

*스쿠비와 섀기가 상으로 잘 먹는 과자

을 하지 않은 거다.

"편찮으세요."

남자가 몸을 돌려 나를 쳐다본다. 남자의 얼굴이 햇볕에 타서 빨갛다.

"언제쯤 나온대니?"

"몰라요. 금방……."

"너무 늦으면 조만간 다른 사람을 써야 돼."

빨간 얼굴이 감자튀김을 받고 밖으로 나간다.

"넌 뭘 줄까?"

부인이 감자 푸는 삽을 들고 기다린다.

물어보고 싶은 게 있지만 막상 들어오니 어디서부터 시작해야 좋을지 모르겠다.

"뭐 먹을래?"

공짜로 준다는 말인가?

"감자튀김 1인분 주세요."

부인은 끙 앓는 소리를 내더니 봉지에 감자튀김을 푸기 시작한다.

"수요일 날 엄마 오셨었죠?"

"수요일은 왔고, 목요일은 안 왔지. 소금, 식초?"

"네, 주세요."

부인이 나에게 감자튀김을 건넨다.

"1파운드 50펜스다."

문이 열리는 소리가 나서 제이인가 싶었는데 제이는 잔뜩 찡그린 얼굴로 식당 밖에서 나를 쳐다보고 있다. 선글라스를 낀 여자가 들어와 내 뒤에 선다.

나는 부인을 향해 돌아선다.

"엄마 괜찮으셨나요? 그러니까…… 몇 시에 나가셨어요…… 수요일 날?"

부인이 나를 쳐다본다.

"맨날 그 시간이지."

"누구랑 같이 있었나요?"

부인이 얼굴을 찌푸린다.

"왜 그런 게 궁금하지? 무슨 일 있어? 너희 엄마 괜찮아?"

"네! 괜찮으세요. 그냥 좀 편찮으셔서…… 그런데……."

부인이 고개를 젓는다.

"화요일까지는 나와야 돼, 알겠지? 아니면 새로 사람 뽑는다."

부인은 선글라스를 낀 여자에게 몸을 돌린다.

"네, 뭘 드릴까요?"

나란 놈은 정말 쓸모없는 녀석이다. 들어가기 전에 미리 무슨 질문을 할 건지 생각해 뒀어야 했다. 감자튀김만 빼면 시간 낭비였고, 감자튀김을 사느라 돈까지 썼다.

우리는 빨래방 벽 옆쪽에 그늘진 곳을 발견하고 자리를 잡고 앉는다. 비누 냄새와 훈훈한 세탁물 냄새가 톡 쏘는 식초 냄새와 뒤섞이지만, 감자튀김은 맛이 좋다. 지저분한 갈색 개 한 마리가 침을 줄줄 흘리며 우리를 쳐다본다.

"윽, 더러워!"

그러면서 제이는 개에게 감자튀김 하나를 툭 던져 준다. 그 개는 한입에 감자튀김을 후루룩 빨아들이고 비틀비틀 좀 더 가까이 다가온다. 나는 제이에게 무시하라고 하지만 제이는 한 개 더 던져 준다.

퍼레이드를 둘러본다. 최 부인의 말에 따르면 엄마는 수요일 밤에 평소처럼 퇴근을 했고, 그 말은 곧 엄마가 집으로 오는 데 몇 분밖에 걸리지 않는다는 뜻이다. 그럼 엄마는 왜 돌아오지 않았을까? 엄마는 식당에서 나와 어디로 갔을까?

만약 엄마가 오른쪽으로 도는 대신 왼쪽으로 돌았다면 우리가 지금 앉은 자리를 지나쳐 우체국과 손톱 관리점을 지나 빨래방 쪽으로 걸어갔을 거다.

제이가 불쑥 말한다.

"멍청이!"

갈색 개가 인도 위로 갈색 쇼핑백을 쫄래쫄래 따라가는데, 가까이 갈 때마다 바람에 쇼핑백이 휘리릭 날아간다. 제이는 그 모습이 우스운가 보다. 결국 개는 따라가기를 포기하고, 쇼핑백은 도로 우리가 있는 상가 쪽으로 날아온다. 주류 판매점 쇼핑백이었는데 엄마 방에 바로 이렇게 생긴 쇼핑백이 하나 있었다…….

퍼레이드 와인 전문점은 텅 비어 있고, 은백색 머리카락을 하나로 질끈 묶은 꾀죄죄한 남자가 여섯 캔들이 맥주 한 상자와 레드와인 한 병을 사고 있을 뿐이다. 남자가 가기를 기다렸다가 계산대로 다가간다. 계산대에 있던 남자가 얼굴을 찌푸린다.

"술을 사려면 신분증이 필요해."

"뭘 사려는 게 아니라 우리 엄마를 찾고 있어요."

그는 텅 빈 가게를 가리킨다.

"여기는 없는데."

"오늘 말고요. 지난 수요일에요."

"수요일?"

남자가 고개를 흔든다.

"나는 수요일 날 여기 없었어. 앤이 근무하는 날이었거든."

"언제 나오는지 아세요?"

"누구, 앤?"

"네."

"당번표를 확인해 봐야 돼."

"고맙습니다."

내가 빙긋 웃는다.

그는 한숨을 쉬고 뒤뚱뒤뚱 걸어가 뒷벽에 처박혀 있는, 귀퉁이가 접힌 종이 한 장을 가져온다. 손가락으로 당번표를 죽 훑으며 그가 말한다.

"앤. 월요일, 수요일, 금요일. 여섯 시부터."

"고맙습니다. 그럼 그때 올게요."

그는 고개를 끄덕이더니 내가 여기에 있다는 사실을 방금 안 사람처럼 갑자기 나를 휙 쳐다본다.

"얘, 잠깐만. 왜 지난 수요일 일이 궁금한 거지? 벌써 사흘 전인데. 그때부터 너희 엄마를 못 본 거야?"

문득 내 실수를 깨닫는다.

"아뇨! 그건 아니에요!"

나는 뒷걸음질 치기 시작한다.

"그건 상관없어요. 아무튼 고맙습니다."

"어, 조심해."

내 몸이 진열장에 부딪치는 바람에 술병들이 볼링 핀처럼 흔들린다. 가까스로 두 병은 잡았지만 세 번째 병은 내 손을 벗어나 탁 소리와 함께 바닥으로 떨어진다! 설마 깨지랴 싶었는데 유리가 산산조각이 나면서 와인이 튀고 온 바닥에 빨간 거품이 강물을 이룬다.

나는 달린다. 나오는 길에 바구니 안에 와인 병 두 개를 내려놓는다.

남자가 소리친다.

"야! 너 와인 값 물어내야 돼!"

"저 신분증 없어요!"

나는 문간에서 제이를 번쩍 안아 들고 상가를 가로지르며 전

력으로 질주한다.

공원에 다다르고 나서야 달리기를 멈춘다.

"왜 뛰어?"

바닥에 내려놓자 제이가 묻는다.

"잘못해서 술병을 깼어."

"큰일 나는 거야?"

나는 어깨를 으쓱한다.

"아니!"

큰일까지는 아니라도 환영은 못 받겠지. 앤에게 물어보면 실마리를 얻을지 모르지만 질문은 다른 질문들로 이어지고, 결국엔 내가 하고 싶지 않은 대답을 할 수밖에 없다는 걸 깨닫기 시작한다.

공원은 평소와 다르게 분주하다. 맨 끄트머리에는 트럭들이 줄지어 서 있고, 그 옆으로는 금속관 모양의 이상한 건축물과 대들보가 보인다. 들판을 따라서는 인부들이 무리를 지어서 화물 트럭에서 회색 울타리 부품을 내리느라 바쁘다. 내일 이곳에서 열릴 축제 준비가 한창인 게 틀림없다. 원래 엄마한테 여왕 헌정밴드의 공연을 보고 싶은지 물어볼 생각이었지만, 그건 엄마가 사라지기 전의 일이다.

제이는 미끄럼틀을 타다며 쪼르르 달려가더니 금세 미끄럼틀이 너무 뜨겁다고 투덜댄다. 피시 앤 칩스 식당의 남자가 떠오르면서 목뒤가 따끔거린다. 제이한테 모자를 씌우든지 선크림이라도 발라 줄 걸…….

불현듯 엄마의 사진이 뇌리를 스친다. 엄마는 커다란 밀짚모자를 쓴 채 나한테 얼굴을 바싹 대고 깔깔거리며 선크림을 발라 준다. 코에선 선크림 냄새가 나고, 선크림을 문질러 주는 엄마의 손에선 깔깔한 모래의 감촉이 느껴진다. 제이가 태어나기 전 우리의 마지막 휴가였다. 나와 엄마, 그리고 외할머니, 오로지 세 사람만의.

우리는 바다에서 도로 하나만 건너면 나오는 작은 민박집에 머물렀고, 매일같이 해변에서 시간을 보냈다. 저녁에는 산책로 끝에 있는 유원지까지 걸어가서 동전 오락기 게임을 실컷 했다. 할머니가 나를 데리고 범퍼카를 타러 간 것도 바로 그때였다. 엄마는 겁을 냈지만 나는 정말 재밌었다. 그 소리와 냄새, 머리 위에서 파란색 불빛들이 춤을 추는 광경, 그리고 미친듯이 깔깔거리며 다른 사람들과 쾅쾅 부딪치던 할머니의 모습. 범퍼카를 탄 뒤에는 태양이 바닷속으로 지글거리며 떨어지는 동안, 우리는 피시 앤 칩스를 먹고 다시 바닷가로 돌아왔다.

까마득한 옛일인 것만 같다. 정말 있었던 일인지조차 가물가물하다. 그 세상은 더 이상 존재하지 않는다. 제이가 태어나기 전의 세상, 그 세상에는 할머니가 있었고, 엄마는 여전히 행복했다. 지금은 할머니는 돌아가셨고 그때의 엄마 또한 죽었다. 그리고 범퍼카를 타던 그 아이, 그 애는 어디에 있을까?

제이가 그네를 밀어 달라고 한다. 제이에게 5분만 밀어 주겠다고 한다. 5분이 지나면 우리는 가야 한다. 어서 집 안으로 들어가고 싶다. 밖에서는 모두가 우리를 지켜보는 것만 같다.

"오늘 밤에도 공중전화 부스에 갈 거야?"

신문 가판대를 지나며 제이가 묻는다.

"오늘은 아니야."

바즈는 주중에만 나온다고 말할 뻔하다가 제이는 내가 학교 친구한테 전화를 거는 줄 안다는 사실이 머리를 스친다. 제이한테는 사실대로 말할 수 있다면 좋으련만. 비밀은 어딜 가나 힘들게 끌고 다녀야만 하는 가방과도 같다. 매일 새로운 거짓말이 추가되고, 가방은 점점 더 무거워져서 혼자서 짊어지고 다니기에는 힘이 부친다.

"엄마는 언제 집에 와?"

아파트로 가는 계단을 오르며 제이가 묻는다.

"몰라. 금방."

"지금 엄마가 와 있으면 좋겠다."

제이가 기름지고 뜨거운 손으로 슬그머니 내 손을 잡는다.

"응, 나도."

현실 세계는 스쿠비 두와는 다르다. 찾기 쉽게 놓인 단서도 없고, 따라가기 좋은 야광 발자국도 없다. 아무리 벨마라 해도 이 문제는 해결하기가 어려울 거다.

Day 5
우리는 살았다!

"엄마 어딨어?"

엄마가 없는 게 마치 내 잘못인 양 제이가 나를 나무라듯 쳐다본다.

"말했잖아, 일하러 가셨다고."

제이는 고개를 흔든다.

"일요일이잖아. 일요일에는 일하러 안 가. 앤지 선생님이 그랬어."

앤지 선생님은 왜 제이한테 그런 말을 했을까? 제이가 무슨 말을 했길래?

"어떤 사람들은 일요일에도 일해. 가게에서 일하는 그 사람들은 다 어쩌고?"

"엄마는 가게에서 일 안 해."

"새로 일이 생겼어, 다른 일."

"가게에서? 우리가 가서 볼 수 있어?"

"가게는 아니고…… 집 근처도 아니야. 다른 도시로 가야 돼. 당분간 거기에서 지내셔야 할지도 몰라…… 그러니까 잠시 동안은 너랑 나, 우리끼리 있어야 할 거야."

심장이 쿵쾅쿵쾅 경고음을 울리지만, 나는 제이에게 할 말이 있다.

"엄마는 집에 안 와?"

제이의 목소리가 떨린다.

나는 억지로 웃음을 짓는다.

"아니, 당연히 오지. 그냥 며칠만 못 온다고. 그리고 올 때는 돈을 엄청 많이 벌어 와서 우리 셋이 여행을 떠날 거야!"

내가 지금 무슨 소리를 하는 거지? 어차피 스스로 무덤을 파는 거라면, 차라리 커다랗게 파는 편이 나으리라.

제이의 얼굴이 환해진다.

"바닷가로?"

"그래! 그런데 아무한테도 말하면 안 돼."

"놀러 가는 거?"

"아니, 엄마가 여기 없다는 거."

"왜 안 돼?"

"그러면 사람들이 우리끼리 잘 못 지낼 거라고 생각할지도 몰라. 그럼 우리를 다른 사람한테 보내서 지내게 하든지, 아니면 참견쟁이 마녀가 와서 우리를 돌보게 할 거야. 너, 그랬으면 좋겠어?"

제이는 얼굴을 찡그리고 고개를 흔든다.

"그럼 아무한테도 말 안 할 거지? 앤지 선생님한테도 안 돼."

제이는 다시 한 번 고개를 흔든다. 그리고 이렇게 덧붙인다.

"선생님이 물어보지 않으면."

"뭐라고?"

"선생님이 나한테 안 물어보면 아무 말도 안 할 거야."

"아니야! 선생님이 물어봐도 아무 말도 하지 마."

"그럼 거짓말 하는 거잖아!"

"아니, 거짓말이 아니야! 그건…… 그러니까 나쁜 거짓말이 아니라, 그냥 사실대로 말하지 않는 것뿐이야."

제이는 의아한 표정이다.

"봐, 너 참견쟁이 마녀가 우리를 돌봐 주는 거 싫잖아, 안 그래?"

제이는 고개를 끄덕인다.

"만약에 남한테 엄마가 집에 없다고 말하면, 정말 그렇게 될지도 몰라. 그건 형도 어떻게 할 수가 없어."

제이는 얼굴을 찡그리고 입술을 깨문다. 그러더니 한숨을 내쉰다.

"알았어. 아무한테도 말 안 할게."

먹을 게 떨어져 간다. 냉장고와 찬장의 남은 음식을 확인해 먹을 만한 건 뭐든 식탁 위에 올려놓는다. 별로 많은 공간을 차지하지 않는다.

토스트와 잼, 그리고 몬스터 먼치로 얼마나 더 버틸 수 있을까.

험프티에서 꺼내 쓰고 남은 돈은 아직 식탁 위에 있다. 동전별로 쌓아 놓고 세어 본다, 두 번씩. 그래봤자 총액은 그대로다. 5파운드 38펜스. 간신히 이틀이나 버티면 다행이다.

이번에는 엄마 방으로 들어가는 게 그다지 무단 침입 같은 기분이 들지 않는다.

이 방 안에 뭔가가 있어야 한다. 엄마가 어디로 사라졌는지를 알려 줄 만한 단서가.

내 원대한 계획은 수포로 돌아가고 있다. 만약 엄마를 찾지 못하면 여행상품권을 얻은들 무슨 소용이랴. 언제까지 이렇게 지낼 수는 없다. 누군가는 엄마가 없다는 사실을 알아낼 테고, 그 다음엔?

'정녕 그렇게 생각한다면, 너한테는 무슨 희망이 있느냐?'

할머니의 목소리가 내 머릿속에서 울린다.

할머니 말씀이 옳다. 엄마를 찾을 수 있다고 믿어야 한다. 그 방법을 모른다 할지라도.

빛이 들어오게 커튼을 열어 놓고 침대 위에다 서랍을 하나하나 비우기 시작한다. 금세 이불 위에 물건들이 가득 흩뿌려진다. 낡은 라이터, 화장품, 장신구. 쓸 만한 건 하나도 없다. 화장대 밑바닥의 가방과 상자들은 대부분 옷과 신발들이다. 무릎까지 오는 엄마의 부츠 한 켤레가 구석에 세워져 있다. 엄마가 좋아하던 부츠…… 이 부츠를 정말 아꼈다. 부츠를 한쪽으로 치워 놓는데 부츠 한쪽이 무겁게 느껴진다. 안에 뭔가가 숨겨져 있다. 뭔가 귀중한 것이, 반드시 그래야 한다.

내가 무얼 기대하는지 나도 잘 모르겠다. 보석들이 박힌 조각상? 우리에게 닥친 모든 문제에 대한 해답? 악, 이건 아니야! 엄마가 몰래 숨겨 둔, 1층 슈퍼에서 산 스카치위스키 반 병. 기운이 빠져 털썩 무릎을 꿇는다. 그 술을 팔아도 되겠지만, 과연 누구한테? 유일하게 떠오르는 단 한 사람, 바로 엄마다. 우습지도 않다.

술병을 도로 부츠에 밀어 넣고 수색을 계속한다.

옷장에 걸린 청바지와 치마, 외투 주머니까지 몽땅 뒤진 결과, 엄마의 코트 안감 속에서 46펜스를 더 찾아낸다. 우리가 가진 새로운 현금 총액은 5파운드 84펜스다! 터무니없게도 나는 기쁘다.

방을 찬찬히 훑어본다. 어딘가에 돈이 더 있어야 한다.

옷장 위에 엄마의 낡은 초록색 여행 가방이 있다. 가방을 침대 위에다 던져 놓고 자물쇠를 탁 젖힌다. 가방 속 물건은 딱딱하고 네모난 것을 감싸 놓은 낡은 티셔츠 한 벌이 전부다. 그것은 사진으로 가득한 마분지 상자다. 사진 속의 인물들은 거의 알아보기가 힘들지만 누구인지는 알겠다. 대부분이 엄마와 할머니 사진이고, 아빠 사진도 더러 보인다. 나는 아빠를 전혀 기억하지 못한다. 나를 임신했다는 걸 알고 엄마 아빠가 아주 어린 나이에 결혼했다고 할머니한테 들었다. 얼마 가지 않아 아빠는 다른 누군가와 사랑에 빠졌고, 아빠는 엄마를 떠났다. 두 주 뒤, 아빠는 사고로 목숨을 잃었다. 할머니는 엄마가 술을 마시기 시작한 게 바로 그때부터라고 했다.

엄마와 아빠가 함께 찍은 사진이 한 장 있다. 엄마는 웃으면서 양팔로 아빠의 어깨를 감싸 안았고, 아빠는 카메라를 똑바로 쳐다보고 있다. 이 사진을 보니 등골이 오싹하다. 이럴 수가, 옷만 빼면 난 줄 알았다. 우리가 닮았다는 말은 들었지만 이건 흡사 거울을 들여다보는 것 같다. 내가 아빠를 이렇게 쏙 빼닮았다면 엄마에게는 너무나도 견디기 힘든 일이었으리라.

나는 그 사진을 도로 사진 무더기 속에 떨어뜨려 놓고 상자 밑바닥에서 뭔가 다른 걸 발견한다. 얇은 빨간색 통장이다. 내가 태어났을 때 할머니가 나를 위해 만들어 준 계좌다. 까맣게 잊고 있었다. 그런데 통장을 열어 보니 맨 꼭대기에는 내가 아니라 제이의 이름이 찍혀 있다. 당연히, 할머니는 제이에게도 통장을 만들어 주었다. 내 두 눈은 날짜와 숫자를 주르륵 줄달음질 쳐 내려가는데, 매월 정기 입금액이 대부분 10파운드씩, 때로는 더 큰 금액이 찍혀 있다. 제이의 생일날에는 50파운드,

크리스마스에는 20파운드다. 총 잔액은 통장의 오른쪽 네모 칸 안에 기록돼 있다. 통장을 든 손이 바들바들 떨려서 숫자를 두 번이나 되풀이해서 확인한다.

453파운드 76펜스!

우리는 부자다!

"고맙습니다, 할머니!"

통장에 입을 쪽 맞추는데 바로 그때 다음 줄이 눈에 들어온다. 금액은 50파운드인데 이번에는 그 숫자가 출금 칸에 기록돼 있다. 날짜는 작년 3월. 할머니가 돌아가신 뒤다. 제이가 그 돈을 인출한 게 분명했다…… 하지만 제이는 할 수가 없다.

어떻게 된 영문인지 차츰 정리가 된다.

얼음처럼 차갑게.

통장의 페이지를 넘기는 내 손가락이 부들부들 떨린다. 숫자들이 쉴 새 없이 이어지고 이번에는 모두 출금 칸이다. 150파운드 75펜스! 내 눈은 재빨리 마지막 칸으로 향하고 맨 끝 줄의 잔액은 이렇다. 1파운드 97펜스.

엄마가 다 써 버렸다.

400파운드가 넘는 돈을 몽땅!

나는 몸을 일으키고 상자가 바닥으로 툭 떨어지며 사진들이 카펫 위로 흩날린다.

엄마가 제이의 돈을 가져갔다니!

쓸모없는 통장을 방에다 내팽개치고 침대의 이불을 확 잡아

당겨 엄마의 물건들을 바닥에 와르르 쏟아 버린다. 쾅쾅 발을 구르고, 발길질을 해 대고, 엄마의 물건을 바닥에 대고 박박 문지르는데 무슨 소리가 들린다. 분노와 좌절로 가득한 낮은 으르렁 소리가. 우뚝 동작을 멈추고 나서야 바로 나한테서 나오는 소리임을 깨닫는다.

 난장판 한가운데에 털썩 무릎을 꿇고 손으로 머리를 감싸 쥔다. 목구멍이 따끔거리고 나오지 않는 눈물에 마음이 저리다. 차라리 통장을 찾지 못했더라면. 그동안 통장들이 존재했다는 사실조차 까맣게 잊어버렸다.

 나는 똑바로 앉는다.

 그동안 '통장들'이 존재했다는 사실조차 까맣게 잊어버렸다!

 통장은 두 개였다. 하나는 제이 거, 하나는 내 거!

 뒤죽박죽이 된 바닥을 정신없이 헤치고, 찢긴 채로 화장대 밑에 반쯤 가려진 상자를 찾아낸다. 상자에는 아직 사진 몇 장이 남아 있을 뿐, 다른 건 아무것도 없다. 그럼 다른 통장은 어딨지? 어쩌면 엄마가 다른 데 두었을지도 모른다. 어쩌면 엄마가 가지고 있을지도 모른다.

 내가 무슨 생각을 하고 있지? 엄마가 제이의 돈을 써 버렸다면 내 통장이 살아남을 가능성도 희박하다.

 할머니는 당신이 죽어 가고 있다는 사실을 알고 우리에게 그 통장을 주셨다. 할머니 병문안을 갔던 때가 생각난다. 엄마가 화장실에 가고 없을 때, 할머니가 나에게 통장이 든 봉투를 주었다. 할머니는 엄마한테는 비밀로 하라고 했고, 그래서 나는 그 통장을 비밀 양철통에 담아 내 방에 숨겨 두었다. 하지만 그건 옛날 집에 살 때 얘기다. 이사하면서 통장은 어떻게 됐을까?

나는 현관을 가로질러 제이와 함께 쓰는 내 방으로 달려갔고, 서랍마다 샅샅이 뒤지지만 여기에 통장이 없다는 건 내가 더 잘 안다.

'생각해, 로렌스, 통장을 어디에 뒀어?'

우리는 한밤중에 너무 급하게 떠났다. 짐을 싸라며 소리치던 엄마의 모습이 떠오른다. 가방에 들어가지 않는 건 두고 와야만 했다. 만약 통장을 두고 왔다면? 생각만 해도 속이 울렁거린다.

큰 희망은 없었지만, 방 안의 벽장과 서랍, 선반까지 샅샅이 뒤진다. 통장이 여기에 없다는 사실을 받아들이는 것보다 차라리 계속 찾아보는 쪽이 훨씬 마음이 편하다.

그렇지만 통장은 없다.

있다면 찾았을 거다.

그게 아니라면······.

배를 대고 누워 잃어버린 양말짝들과 제이의 버려진 장난감들 사이를 뚫고 침대 밑으로 꾸물꾸물 기어 들어간다. 뒤쪽, 벽옆에서 무언가가 보인다······. 알고 보니 그것은 구부러지고 휘어져 버린 나의 책,『보물섬』이다. 통장은 여기에 없다. 시간 낭비야. 이리저리 발을 움직이며 침대 밖으로 나오는데 한쪽 발이 맨 구석에 있는 물건을 탁 친다. 한참 꼼지락거린 끝에 몸을 돌리고, 가슴속에는 나도 모르게 희망이 솟아난다. 맞춤한 모양에다 손가락을 쫙 뻗어 보니 금속 상자의 딱딱한 모서리가 만져진다. 먼지 속에서 상자를 질질 끌어내 환한 빛 속으로 끄집어낸다.

나의 비밀 양철통.

감히 열어 볼 엄두를 내지 못하고 두 손으로 상자를 들고 잠시 가만히 기다린다. 상자 속에는 할머니와 함께 놀러 갔던 바 마우스의 바닷가에서 가져온 조약돌 하나와 클로에 레이븐이 나에게 자기와 결혼해 달라며 써 준 쪽지가 들어 있다. 우리는 그때 둘 다 여덟 살이었다. 굳이 뚜껑을 열지 않아도 상자 속 물건은 하나하나 꼽아볼 수 있지만, 갑자기 그 무엇도 아무런 의미가 없게 느껴진다……. 그 통장만 빼고.

만약 상자 속에 아직 그대로 있다면.

제발 있어라.

뚜껑을 탁 여는데 경첩이 삐걱거리며 내가 너무도 잘 기억하는 그 냄새를 뿜어낸다. 희미한 바다 냄새가 섞인 쇠 냄새. 그리고 나는 나의 옛날 방으로 되돌아간다. 아래층에서 할머니가 엄마에게 이야기하는 말소리가 들린다…….

통장은 아직 상자에 그대로 있다.

앞면에 내 이름이 적힌 봉투에 변함없이 그대로.
그렇다고 엄마가 통장에 손을 대지 않았다는 뜻은 아니다.
봉투를 꺼내 천천히 통장을 무릎 위에 내려놓는다.
이번에는 통장 겉면 안쪽에 내 이름이 찍혀 있다. 다시, 정기 입금액이 페이지별로 계속해서 이어진다.
손이 부들부들 떨린다.
숨을 쉴 수 없을 지경이다.
다음 칸으로 시선을 옮긴다. '출금'이라고 찍힌 칸으로…… 하지만 이 계좌는 할머니가 마지막 입금을 한 뒤로 손을 댄 흔적이 전혀 없다.
손등으로 눈을 비비고 마지막 줄의 잔액을 읽어 본다.
1,435파운드.
살았다!

'공원에서 즐기는 팝 콘서트'가 시작됐다. 아파트에서도 음악 소리가 둥둥 울린다. 제이는 유원지에 가고 싶어서 안달이다. 나도 한과 만나기로 약속을 했다. 한이 아는 그 여자애들도 올 거다.
엄마를 찾아봐야 하지만 너무 늦어서 어차피 지금은 힘들다. 하룻밤 미룬다고 달라질 건 없겠지. 우리도 즐길 자격이 있다.

한이 담배를 뻐끔거리며 정문 옆에서 기다린다. 제이를 보더니 고갯짓을 한다.

"동생은 왜?"

"엄마가 일하셔. 어쩔 수 없어."

한은 얼굴을 찡그리지만 곧 밝아진다.

"야! 여자애들은 꼬맹이들 좋아하잖아, 그렇지 않냐? 잘했어, 로치, 잘 생각했어, 짜샤."

그가 내 어깨에 한쪽 팔을 두른다.

"진짜 잘 될 거야. 이제 만나기만 하면 돼."

"걔네들은 어디서 만나는데?"

"유령 열차 밖에서. 같이 유령 열차를 타는 거야. 안이 캄캄하잖아, 무섭고. 우리한테 안 넘어오고 못 배길걸!"

한의 양쪽 눈썹이 다시금 파도를 탄다.

좋은 생각이지만 제이는 너무 어려서 유령 열차를 탈 수가 없고, 그렇다고 제이 혼자 밖에 둘 수도 없다. 나는 도대체 왜 나 혼자 뭘 할 수가 없을까? 한은 남동생을 데리고 나올 필요가 없다. 한한테는 집에 엄마와 아빠, 그리고 누나가 있다. 그건 제이의 잘못이 아니다.

공원은 몰라볼 정도로 탈바꿈했다. 어제 봤을 때만 해도 뼈대만 있던 지지탑은 이제 어엿한 무대가 되었다. 검은색 반구형 지붕이 있고, 양쪽 옆구리에는 거대한 스피커들과 조명장치가 자리를 잡았다. 무대 위에 밴드가 있지만 앞에 놓인 장벽에 기댄 몇몇 사람들 말고는 특별히 관심을 보이는 이가 없어 보인다.

우리는 유원지 쪽으로 향하며 잔디밭 위에 흩어진 사람들 사이를 요리조리 헤집고 지나간다. 사람들은 휴대용 의자나 돗자리 위에 앉거나 아무렇게나 벌렁 드러누워 일광욕을 즐긴다. 들판 맨 끄트머리, 밝은 색으로 페인트칠을 한 우마차들과 천막들 쪽으로 제이가 앞장서서 달려간다.

햄버거와 핫도그를 파는 트럭들이 줄지어 있고, 당장 뭐라도 먹고 싶은 유혹을 느끼지만 음식 값은 터무니없이 비싸고 어차피 있다가 또 먹어야 한다. 이런 곳이라면 5파운드 84펜스는 눈 깜짝할 사이에 없어져 버리고 말 금액임을 깨닫기 시작한다.

제이는 곧장 회전목마로 달려간다. 한 번 타는 데 1파운드다. 나무 비행기에 앉아 몇 번 빙글빙글 돌다 끝나는 것치고는 터무니없이 비싼 금액 같지만 나는 제이에게 돈을 준다. 제이는 날개에 검은색 십자가가 그려진 빨간색 비행기를 고른다. 비행기에 오른 제이는 입으로 다다다다 기관총 소리를 내면서 사람들에게 총을 쏘는 시늉을 한다.

옆에서는 한이 미친 듯이 문자를 보낸다.

"15분이면 올 거야."

한이 새로 담배에 불을 붙이더니 나를 보고 씩 웃으며 덧붙인다.

"정말이야, 걔네들 끝내줘, 짜샤!"

한이 손가락을 핥으며 지글거리는 소리를 낸다.

"저 형 왜 그래?"

제이가 우리 옆으로 나타나며 묻는다.

"벌써 다 탔어?"

제이는 고개를 끄덕이고 다시 손으로 가리킨다.

"나 롤러코스터 타고 싶어."

이번 건 2파운드다. 다행히 제이는 키가 작아서 탑승 불가다. 나는 그걸 증명해 보이려고 키 재기 자 옆에 제이를 세우지만, 제이는 마치 그게 내 탓이라는 양, 나를 보고 투덜거리며 여전히 뿔이 나 있다.

"나 배고파."

제이가 뾰로통해서 말한다.

유령 열차 옆에서 휴대전화만 뚫어져라 쳐다보며 서성거리는 한을 놔두고 제이를 데리고 나온다. 한이야말로 위아래로 내닫는 열차 같다. 한의 머리 위로 담배 연기가 풀풀 솟아오른다.

피시 앤 칩스 트럭 앞에는 줄이 길게 늘어서 있고, 감자를 튀기면서 올라오는 자욱한 연기 때문에 앞이 잘 보이지도 않는다. 배 속이 요동을 친다. 트럭 옆에 기대어 놓은 메뉴판을 읽고 제일 싼 메뉴를 계산해 본다. 나는 감자튀김을 권하지만 제이는 핫도그를 원한다. 핫도그를 사면 가진 돈의 절반을 날려야 하지만 제이의 기분을 망치고 싶지 않다. 제이가 한 번 심통을 부리기 시작하면, 다 포기하고 그냥 집으로 가는 편이 낫다.

"늦어지나 봐. 공원 입구에서 좀 내려간 자리에서 만날 거야."
한이 애써 실망한 기색을 감추며 말한다.
"알았어."
더 돈을 쓸 거리를 발견해내기 전에 제이를 유원지 밖으로 데리고 나가게 돼서 다행이다.
입구 근처, 스피커 무더기 옆쪽에 빈자리가 눈에 띈다. 막 밴드 연주가 끝나고 무대 위에서는 검은색 티셔츠 차림의 많은 사람들이 장비를 옮기느라 분주하다.
제이가 투덜댄다.
"이건 재미없어. 나 또 유원지 가고 싶어."
"세상에, 제이! 여기 온 지 얼마나 됐다고!"
제이는 마음이 상한 얼굴이다. 괜스레 미안해진다.
"미안해…… 봐, 금방 다른 밴드가 올라온다."
나는 빙그레 웃지만 제이는 팔짱을 끼고 등을 휙 돌린다. 공원 나들이가 잘한 결정이었나 싶은 후회가 밀려오기 시작한다. 열기 탓에 머리가 지끈거리고 너무 배가 고파서 배 속이 뒤집힐 지경이다. 사방이 먹는 사람들이다. 걸어가면서 입안에 햄버거를 쑤셔 넣거나, 돗자리에 앉아서 진수성찬을 즐기는 사람들까지.

한이 옆구리를 쿡 찌른다.

"쟤 누구야?"

"뭐?"

"무대 위에."

고개를 들어 보니 빨간색에 금색 재킷을 입은 여자애가 나를 보고 손을 흔든다. 무대 위에는 한 무리의 사람들이 올라가 있고 죄다 똑같은 제복 차림이다. 그중 한 사람이 '브라스-오'라고 쓴 팻말을 들고 있는 걸 보고서야 도서관에서 만난 그 애임을 알아챈다. 마주 손을 흔들어 주려고 손을 들어 올리지만 여자애는 이미 고개를 돌린 뒤다.

한이 묻는다.

"쟤 알아?"

"별로. 한 번 만난 게 다야. 우리 학교 다녀."

"이름이 뭔데?"

"미나…… 뭐라더라. 잘 몰라."

한은 어깨를 으쓱하고, 고개를 돌려 들판을 유심히 훑어본다. 벌써 백 번째는 되는 것 같다.

"대체 어딨는 거야?"

한이 혼잣말처럼 중얼거린다.

브라스-오는 생각보다 훌륭하다. 텔레비전 주제가와 유명한 노래들을 여러 곡 연주하는데, 다 트럼펫과 그 비슷한 악기들이다. 나는 주로 미나에게서 시선을 떼지 않지만 미나는 다시 나를 내려다보지 않는다. 이윽고 〈하와이 파이브-오〉를 끝으로 연주가 막을 내리고, 밴드가 퇴장하자 왠지 모르게 섭섭한 기분마저 든다.

"참 잘한다!"

연주 내내 내 머리카락을 꽉 붙잡고 목말을 탄 채 구경하던 제이가 말한다. 한은 여전히 기분이 말이 아니다.

"안 받아. 와도 한참 전에 왔어야 되는데."

전화기에 대고 얼굴을 찌푸리며 한이 툴툴거린다.

"점점 사람이 많아지잖아. 벌써 왔을지도 몰라."

한이 고개를 끄덕인다.

"응. 내가 문자해 볼게."

사람들을 유심히 훑어보는데 누가 내 옆구리를 쿡 찌른다.

"아까 손 안 흔들더라."

미나가 브라스-오 제복 차림으로 내 옆에 서 있다.

얼굴이 빨개지는 느낌이다.

내가 미나에게 말한다.

"너 대단하더라."

미나가 얼굴을 찡그린다.

"그럭저럭. 〈YMCA〉를 연주하는 내내 반음이 내려가 있었어."

"우리는 몰랐어. 제이는 그 노래 좋다던데."

미나가 제이를 내려다보고 활짝 웃는다.

"꼬맹이들과 노인네들은 뭐든 소리만 나면 박수를 치잖아."

"미나!"

짧은 치마에 조끼를 받쳐 입은 금발의 여자애가 나를 밀치고 지나가며 미나를 껴안는다.

금방까지 풀죽어서 말이 없던 한이 별안간 흥미진진한 표정이 된다.

미나가 여자애의 팔을 풀고 나에게 돌아선다.

"에이미 알지, 같은 학곤데?"

조금 낯이 익기도 하다.

"얘는 로렌스 로렌스 로치야."

에이미가 고개를 끄덕인다.

"너 본 적 있어!"

한이 우리 사이로 대뜸 어깨를 들이밀며 끼어든다.

"나는 한이야. 담배 필래?"

한이 요란하게 담배를 내밀다가 절반이나 땅바닥으로 우르르 떨어뜨린다.

에이미는 고개를 젓고 미나의 팔짱을 낀다.

"가자. 유원지로 가자."

한이 담배를 주워 담으려고 잔디밭을 이리저리 뒤적거린다. 제이가 한을 도와주면서 담배 피면 죽는다고 핀잔을 준다.

미나가 나에게 말한다.
"가자. 우리는 유원지로 갈 거야. 솜사탕 사 주면 무례하게 군 거 용서해 줄지도 몰라!"

유원지는 아까보다 훨씬 더 북적인다. 멀리 무대 위의 밴드가 뿜어내는 쿵쾅거리고 두둥거리는 소리에 맞서기라도 하는 듯, 보이지 않는 스피커들에서는 팝송이 악을 쓰듯 흘러나온다. 공중에는 놀이기구를 타며 질러대는 꺄악 하는 비명 소리가 가득하다. 모든 게 움직인다. 열기 속에서 밀치고 눌러대는 몸뚱이들을 뚫고 형형색색 불빛들이 번쩍번쩍 빛나고 빙글빙글 돌아간다. 나는 제이의 손을 단단히 붙잡고 개미 떼처럼 모여든 군중을 뚫고 미나의 빨간 재킷을 따라가는데, 문득 내가 여기서 뭘 하는 건가 싶은 생각이 든다. 허기진데다 햇빛을 너무 오래 받은 탓에 속이 울렁거린다. 집으로 가야 하나. 지금 내가 즐거운 시간을 보내긴 하는 건가.

그래도 한은 즐거운 눈치다. 그는 마술처럼 주머니에서 보드카 한 병을 꺼내는데 덕분에 에이미한테 단단히 점수를 딴 것 같다. 여자애들은 팔짱을 끼고 서로 머리를 맞댄 채 앞장서서 걸어간다. 한이 활짝 웃으며 나에게 술병을 내민다.
"아냐, 난 괜찮아."
"마셔, 짜샤! 마시면 긴장이 풀릴 거야."
한이 눈썹을 씰룩거리며 미나를 향해 고개를 까딱인다.

"잘 하면 금방 일 치르겠다. 문제없어."

나는 고개를 내젓는다.

"그냥 친구 사이야."

친구이기나 한 건지. 우리가 무슨 관계인지 모르겠다. 나는 미나를 잘 알지도 못한다.

우리는 유령 열차 밖에 서 있다. 한과 에이미가 낄낄거리며 비틀비틀 줄을 서려고 다가가는데 잠시 어색한 기운이 감돈다. 미나는 기대하는 눈빛으로 나를 쳐다본다.

나는 어깨를 으쓱한다.

"제이는 못 타게 할 거야. 미안."

제이가 끼어든다.

"아냐, 타게 해 줄 거야!"

"너는 너무 어려."

제이가 얼굴을 찌푸린다.

"아냐, 안 어려! 그리고 그건 형 마음대로 아니잖아."

나는 유령 열차 입구에 서 있는 남자를 손으로 가리킨다.

"그래, 저 아저씨 마음대로야."

제이가 으르렁거리며 발을 쾅쾅 구른다.

미나가 제이의 손을 잡으며 말한다.

"어차피 저기는 재미없어. 훨씬 더 재미있는 데 내가 알아."

제이는 미나의 손을 잡고 나를 향해 혀를 쏙 내민다.

미나는 유원지 맨 끄트머리에 있는, 지저분해 보이는 천막으로 우리를 이끈다. 줄도 없고 입장도 무료다. 천막 입구 위쪽으로 나무 푯말이 하나 붙어 있는데 소용돌이치는 구식 글씨체로 이런 말이 쓰여 있다.
　'놀랄 준비를 하라! 당신은 곧 우리 세계의 규칙은 아무런 의미가 없는, 새로운 차원으로 발을 디디게 될 것이다. 당신은 경고를 받았다……'
　여기가 정말 괜찮은 데가 맞냐고 물어보기도 전에 미나는 활짝 웃더니 제이를 데리고 천막 안으로 사라져 버린다.
　황급히 둘을 따라가다가 하마터면 나를 향해 정면으로 달려오는 곱슬머리 난쟁이와 충돌할 뻔했다. 깜짝 놀라 옆으로 비키고 나서야 그 난쟁이가 바로 나라는 사실을 깨닫는다. 우리는 거울의 집 안에 있다…… 아니, 거울의 천막이라고 해야 하나.
　제이와 미나는 나를 보고 깔깔거리며 가만히 서 있다. 안이 너무 캄캄해서 두 사람이 잘 보이지 않는다. 몸이 부르르 떨린다. 가마솥 같은 바깥에 비하면 천막 안의 공기는 축축하면서도 흙내와 더불어 뭔지 모르게 끈끈한 냄새를 풍긴다.
　우리는 바닥에 붙은 희미한 야광 화살표를 따라 어둠 속으로 더욱 깊숙이 들어간다. 옆에서 제이와 미나의 목소리가 들리지만 보이는 건 거울에 비친 모습뿐이다. 손가락으로 가리키며 깔깔대고 사방에서 나에게 덤벼드는 모습으로. 한순간 나는 작았다가, 다음 순간에는 거대해지고, 내 양팔은 고무처럼 죽죽 늘어나 곡선으로 휘어져 머리 위에서 흐물거린다. 지금은 제이가 보통 때보다 세 배는 더 커진 모습으로 내 위에 우뚝 솟아 있다. 미나는 가늘어지더니 이내 비치볼처럼 둥그렇고 뚱뚱해진다. 천막 안에는 우리만 있는 게 아니었다. 거울에 비친 내 모습 옆으로 낯선 그림자들과 얼굴들이 왼쪽, 오른쪽 가리지 않고 위아래가 뒤바뀐 기이한 모습으로 불쑥 들어왔다가 사라진다. 그 다음에는 반대쪽에서 들어온 두 사람이 합쳐서 하나가 되더니, 빙그레 웃다가 순식간에 다시 둘로 갈라진다. 그 모든 광경에 머리가 어질어질하다. 나는 제이와 미나 쪽으로 걸어간다. 둘은 제이를 향해 얼굴을 일그러뜨리고 있는 어떤 남자를 보며 깔깔거린다. 거울 속 남자의 거대한 두 눈이 되록되록 돌아간다. 별안간 남자가 괴물처럼 으르렁거리자 제이는 비명을 지른다. 남자는 웃음을 터뜨린다.

왠지 남자가 낯설지 않은데 거울만 봐서는 본래 얼굴을 알아보기가 힘들다. 그래도 어디선가 본 얼굴인 것만은 확실하다. 어쩌면 당연하다. 하다크레 시민들이 몽땅 여기에 모였다 해도 과언이 아닐 테니까.

남자는 좀비처럼 비틀거리며 거울로 다가가고 하나로 묶은 남자의 흰머리가 빛을 받아 은빛으로 반짝인다. 이번에는 제이와 미나 둘 다 비명을 지르는데, 곧이어 거울 속에서 그의 거대한 모습을 발견한 제이가 남자를 향해 으르렁거린다. 남자는 겁을 먹은 척하는데, 일이 초나 됐을까, 순간 그 모습을 지켜보는 한 여자의 얼굴이 눈에 들어온다.

온몸이 오싹하다. 꼼짝할 수가 없다. 나의 두 눈은 일 초 전, 거울 속 그 자리, 어둡고 텅 빈 공간에 붙어서 떨어지지 않는다. 내가 거울 속에서 보았던 그 모습은 엄마의 얼굴이 틀림없다.

뒤돌아보니 눈이 휘둥그레진 난쟁이 셋이 나를 빤히 쳐다본다. 착시들 가운데 무엇이 진짜인지 확인하려고 좌우로 몸을 휘청거리며 안간힘을 써 보지만 찾을 수 있는 거라곤 내 얼굴뿐이다. 제자리에서 한 바퀴를 빙그르르 돌며 천막 안의 인물들을 샅샅이 살펴본다. 휙 지나가는 얼굴들, 비명을 지르고, 깔깔거리고, 나타났다 사라지는 사람들. 그리고 순간 다시 한 번 그 얼굴이 보인다. 언뜻 스쳐 지나갔지만 나를 마주보는 빨간 머리와 두 눈. 미소를 짓지도 깔깔 웃지도 않는 한 얼굴, 내 눈에 뜨인 이유이기도 하다. 순식간에 그 얼굴은 사라져 버리고 애초에 그 얼굴이 거기에 있었는지조차 모르겠다. 오로지 시린 뼛속과 천둥치듯 울리는 심장만이 그것이 존재했음을 말해 줄 뿐. 엄마가 여기에 있다. 느낌이 온다.

허겁지겁 출구로 달려 나가다 발을 헛디뎌 축축한 잔디밭 위에 양손과 무릎을 디디며 철퍼덕 넘어진다. 벌떡 일어나 천막을 열고 밖으로 나가는 순간, 유원지의 열기와 소음이 파도처럼 나를 덮친다. 몸뚱이들, 불빛들, 움직임, 사방이 인파다. 이리저리 사람들을 헤치고 앞으로 나가 보지만 엄마는 보이지 않는다. 어쩌면 아직 안에 있을지도. 뒤를 돌아보니 미나와 제이가 나를 보고 얼굴을 찡그리며 서 있다.

"로렌스! 너 괜찮아?"

나는 우뚝 멈춰 선다. 숨을 들이쉬고 고개를 끄덕인다.

"괜찮아. 그냥…… 조금 어지러웠어. 사방이 거울이라서."

미나가 바짝 다가온다.

"얼굴이 안 좋아 보여. 유령이라도 본 것 같아!"

미나가 깔깔거린다.

나는 바다처럼 일렁이는 수많은 머리들을 가만히 바라보며 어깨를 으쓱한다.

"그랬을지도 모르지."

유원지의 화려한 불빛을 뒤로 하고 사람들 사이를 어지럽게 헤치며 무대 쪽으로 다가가는데 공원 안이 매우 어둡게 느껴진다. 메인 밴드가 막 무대에 오르기 직전이다. 퀸 헌정밴드. 드럼 세트 뒤로 삐죽삐죽한 대형 빨간색 글자로 '쉬어 하트 어택*Sheer Heart Attack*'이라고 쓴 거대한 현수막이 걸려 있다. 퀸의 앨범 이름이다. 엄마가 가장 좋아하는 밴드라 잘 안다.

거울의 천막 안에서 엄마를 봤을 리가 없다고 끊임없이 스스로를 타이른다. 어지러운 불빛들과 거울 속 모습들, 거기다 몇 시간 동안 먹지 못한 탓에 헛것을 봤다고. 환영을 본 거다. 그

뿐이다.

그러면서도 나는 맨 앞자리로 비집고 들어가는 내내 어슴푸레한 군중 속에서 계속 엄마를 찾고 있다.

잘 보이라고 제이를 안아 올려 목말을 태운다. 밤늦도록 집에 들어가지 않고 드럼 세트 위로 불빛이 고동을 치며 섬광이 번쩍이는 광경과 소리를 뿜어낼 준비를 하며 웅웅거리는 수많은 앰프들을 구경하느라 제이는 신이 났다. 한은 보드카를 병째로 벌컥벌컥 마시는 에이미를 어깨에 태운 채 뻑뻑 담배를 피우며 나를 보고 씩 웃는다.

"와서 좋아?"

미나가 나에게 바싹 다가오며 묻는다.

나는 고개를 끄덕인다.

"너는?"

"나는 선택의 여지가 없었어."

미나가 깔깔거린다.

그건 나도 마찬가지라고 속으로 생각하는데, 하얀색 불빛이 번쩍이며 무대가 열리고, 스피커에서 〈파 바텀드 걸즈*Far Bottomed Girls*〉의 아카펠라 도입부가 흘러나온다. 기타 연주가 시작되자 나를 에워싼 관중들이 열광하기 시작한다. 에이미가 와하고 함성을 지르는데, 갑자기 모든 사람들이 통통 뛰며 무대 쪽으로 밀려나간다. 제이는 양손으로 내 머리카락을 꽉 붙잡고는 에이미를 따라 환호성을 올리고 함성을 지른다.

밴드는 훌륭하다. 화려하고 박력이 넘친다. 기타가 우리에 갇힌 맹수들처럼 잡아 찢으며 으르릉거리는 사이, 드럼도 질세라 두두두두 소리를 높이고, 베이스는 한 박자 한 박자마다 심장을 쿵쿵 울린다. 시디에서 들었던 바로 그 소리다. 거의 똑같다. 가수는 최선을 다하지만 프레디 머큐리처럼 노래할 수 있는 가수는 아무도 없다. 엄마가 입버릇처럼 하던 말이다.

나는 몸을 돌려 무대 불빛을 받아 빨갛고 파랗게 물든 주변 사람들의 얼굴을 쳐다본다. 그러자 제이가 나를 발로 툭 찬다.

"안 보이잖아!"

그러더니 내 머리카락을 붙잡아 앞으로 내 머리를 휙 돌린다.

나는 포기한다. 엄마는 여기에 없다. 게다가 나도 즐겨야 하지 않겠나.

다섯 곡이 끝나자 온몸은 땀범벅에, 여기저기 멍이 들고, 귀는 먹먹하다. 그래도 순간순간이 즐겁다. 무대 위에서 가수가 마이크로 다가간다.

"안녕하세요? 즐거우신가요?"

그는 프레디 머큐리 흉내를 내려고 노력하면서 인사를 하지만 중부 지방의 억양만은 숨길 수가 없다.

밴드가 〈돈 스탑 미 나우 *Don't Stop Me Now*〉를 연주하기 시작하자 관중들이 환호성을 지른다. 백만 번도 더 들어 본 노래지만 마치 처음 듣는 노래 같다. 어둠과 내 얼굴에 닿는 밤공기 때문일까. 아니면 자신의 허리를 감싼 내 양팔을 붙잡고 나에게 몸을 맡긴 미나 때문일지도. 모르겠다. 나는 상관하지 않는다. 살아 있는 기분을 느낀다. 나는 행복하고 즐거운 시간을 보내고 있다. 노래 가사처럼! 싫다, 멈추고 싶지 않다. 나는 황홀경에 빠져 떠돈다. 모두를 안아 주고 싶다. 한을 쳐다보며 그가 온 세상을 통틀어 나의 가장 친한 친구고, 제이는 세상 사람들 누구나 희망하는 최고의 남동생이라고 생각한다…….

그런데 그때 그가 보인다. 무대를 쳐다보지 않고 인파를 뚫고 움직이는 중이라 도리어 눈에 확 띈다. 거울의 천막에서 봤던 그 남자, 백발의 그 남자…… 그리고 그와 함께 누군가가 있다. 인파와 불빛 탓에 누군지는 보이지 않지만 여자다. 키가 큰 여자.

제이를 땅바닥에 내려놓고 미나의 귀에 대고 소리친다.

"제이 좀 봐 줄래? 금방 올게."

"형, 어디 가?"

제이가 큰 소리로 부른다. 나는 이미 인파를 뚫고 움직이는 백발 머리에 시선을 고정한 채 몸뚱이들을 마구 헤치며 앞으로 나아가고 있다. 이번만은 내 키가 큰 게 다행이지만 벌써 두어 번이나 그들을 놓쳤다. 나는 발을 헛디디고, 사람들과 몸을 부딪치고, 욕을 얻어먹으며 거칠게 떠밀리지만 개의치 않는다. 그들을 놓쳐선 안 된다.

엄마다. 이번에는 확실하다. 아직 제대로 보지는 못했지만. 느낌이 온다. 거울의 천막 안에서 그랬던 것처럼, 마치 우리 둘 사이에는 보이지 않는 줄이 연결돼서 나를 엄마 쪽으로 끌어당기는 것만 같다.

노래가 끝나고 가수의 말소리가 들린다.

"우리의 마지막 곡입니다."

그의 말에 청중들이 탄식을 내뱉는다.

"그러니 신 나게 놀아 봅시다. 손 머리 위로!"

드럼이 〈위 윌 락 유 We Will Rock You〉를 연주하기 시작하자 사방에서 사람들이 양팔을 번쩍 들고 박자에 맞추어 손뼉을 치기 시작한다. 180센티가 넘는 키지만 파도치는 팔들의 바다를 뚫고 앞을 보기란 불가능하다.

아까와 똑같은 방향으로 무턱대고 앞으로 나아가는데, 갑자기 내가 반대쪽에 나와 있다. 무대 옆면의 이상하리만치 조용한 공간으로. 내 왼쪽으로는 거대한 스피커 더미가 하늘 높이 솟아서 무대의 불빛은 물론이고 소리까지 차단시킨다. 근방에 발전기가 한 대 있고, 중앙분리대 너머로는 화물 트럭들이 떼를 지어 주차돼 있지만, 백발 남자는 어디에도 보이지 않는다.

문득 다시 들판 쪽으로 시선을 돌리는데, 이제는 문을 닫아 캄캄한 줄지은 노점 트럭들 사이로 그가 보인다. 산울타리 그림자 밑으로 언뜻 스치고 지나가는 은빛 머리카락이 눈에 띈다.

잠시 후 사방이 어두워진다. 뒤를 돌아보니 무대 위의 불빛이 차츰 어두워지더니 완전히 꺼진다. 청중들은 여전히 환호성을 지르고 손뼉을 치고 있지만 가장자리를 따라 세워진, 간신히 기둥만 희미하게 밝히는 전구들을 빼면 들판은 칠흑처럼 까맣다. 대체 무슨 일인가 싶은데 하늘이 쿵하고 울리더니, 숨을 헉하고 들이쉬는 청중들을 가로지르며 쉬익하는 소리와 함께 색색의 불꽃들이 연달아 하늘로 솟구쳐 오른다. 불꽃놀이를 깜빡했다. 마지막 피날레.

하늘은 초록색과 빨간색으로 번쩍이고, 순간 저 앞 트럭들 사이를 억지로 비집고 들어가는 두 사람의 모습이 가물가물하게 보인다. 나는 그들을 뒤쫓으며 고함을 지르지만 내 목소리는 이내 화약 터지는 소리에 묻혀 버린다. 그 자리에 다다랐을 땐 아무것도 없다. 그저 내 머리 위로 삐죽 솟은, 빽빽하고 키 큰 산울타리뿐. 확실히 보려고 다음 불꽃이 터지기를 기다려 보지만 역시 아무것도 없고, 사람이 빠져나갈 공간조차 보이지 않는다. 그럼 그들은 어디에 있을까? 사람이라면 흔적도 없이 사라질 리는 없지 않나.

차츰 내 옆을 스치고 지나가는 사람들의 수가 늘어나고, 나는 불꽃놀이가 끝났음을 깨닫는다. 쇼는 끝났다. 제이와 미나에게 돌아가야 한다.

다시 한 번, 밀려오는 몸뚱이들을 뚫고 걷기 시작하지만, 내가 어디로 가고 있는지 도무지 보이지가 않는다. 손전등을 든 사람들도 더러 눈에 띄지만, 내 얼굴에 대고 손전등을 비추며 날더러 이쪽이 아니라고만 하니 방향을 찾는 데는 전혀 도움이 되지 않는다.

천신만고 끝에 처음 그 자리로 돌아오는 데 성공한다.

그런데 아무도 없다. 무대 정면의 풀밭은 텅 비어 있다.

속이 울렁거린다.

왜 제이를 두고 갔을까? 나는 대체 무슨 생각을 한 걸까?

제이의 이름을 부르며 달리기 시작한다. 어디로 가는지조차 모르겠지만, 그렇다고 가만히 서 있을 수는 없다.

사람들이 깔깔거리고 손가락질을 해 대며 나를 쳐다본다. 인파를 뚫고 비틀비틀 유원지까지 내려갔다가 도로 들판을 가로질러 올라와 무대 쪽으로 향한다. 발이 걸려 넘어져서 양손이 진흙과 쓰레기 사이로 스르륵 미끄러진다. 몸을 일으켜 얼굴에서 콧물을 닦아내고, 입술에서는 찝찔한 피 맛을 느끼며 쉬지 않고 달린다. 야광 조끼를 입은 남자가 내 얼굴에 대고 손전등을 비추더니, 그쪽으로 가면 안 된다며 나를 멈춰 세우려고 한다.

"내 동생이 저기에 있어요!"

나는 소리를 지르며 그를 밀치고 계속해서 달린다.

그림자들을 살피며 다시 들판 가장자리를 따라 내달린다. 그때 손 하나가 내 팔을 꽉 붙잡더니 나를 휙 돌려세운다. 나는 조끼를 입은 그 남자려니 싶어 뒤를 돌아본다.

"로렌스!"

미나가 내 앞에 서 있다.

"내가 부르는 소리 못 들었어?"

"뭐라고? 제이는? 제이는 어쩌고?"

나는 미나의 양 어깨를 꽉 붙잡는다.

"제이는 무사해. 에이미하고 같이 있어!"

미나가 내 손을 뿌리친다.

내가 소리친다.

"넌 어디 있었어? 와 보니까 없잖아!"

미나가 내 팔에 손을 얹으며 대꾸한다.

"로렌스, 괜찮아. 제이는 무사해. 진정해."

몸이 부들부들 떨린다.

나는 숨을 들이쉬고 팔등으로 양쪽 눈을 훔친다. 아무리 어둡다 해도 내 꼴이 어떨지 그제야 깨닫는다. 콧물과 눈물범벅이다.

유원지 쪽으로 다시 걸음을 옮기며 미나가 말한다.

"네 친구 때문에 이동할 수밖에 없었어."

"무슨 말이야?"

"어째 너무 흥분했더라니."

미나는 걸음을 멈추고, 거울의 천막 옆으로 무릎 사이에 고개를 푹 파묻은 채 주저앉은 한이 보인다.

제이가 왔다갔다하며 종알거린다.

"토한 걸 형도 봤어야 했는데!"

조금 떨어진 곳에 서 있는 에이미 역시 상태가 썩 좋아 보이지는 않는다.

"막 끝나고 나서 그랬지 뭐야."

미나가 고개를 내젓는다.

"마지막 곡, 손뼉을 치는 게 자극이 됐나 봐."

미나가 한이 머리 위로 손뼉을 치다가 바닥에 토하는 장면을 몸으로 흉내 낸다.

"앞줄에 있던 두 사람이 너무 신이 나서 크게 개의치 않았기에 망정이지. 아무튼 쟤를 빨리 데리고 나와야 했어. 미안해, 너를 놀라게 할 생각은 없었는데."

나는 고개를 젓는다.

"아니야! 내가 미안해. 너한테 맡기고 가는 게 아니었는데."

"누구? 제이, 아니면 저기 있는 사랑에 눈 먼 남자?"

미나가 깔깔거리더니 이내 얼굴을 찡그린다.

"그런데 넌 어디 갔었어?"

막 입을 열려다가 막상 대꾸할 말이 없다는 사실을 깨닫는다. 그걸 어떻게 설명하랴? 모든 걸 다 털어놓는다면 모를까.

마음 한구석에서는 미나에게 다 털어놓고 싶은 생각이 없진 않지만, 안 될 말이다.

그래서 그냥 어깨를 으쓱하고 고개를 흔든다. 한심하다. 미나와 눈도 못 마주치겠다.

미나가 말한다.

"좋아. 아무튼 난 그만 가 봐야겠다. 에이미도 똑같은 짓을 하기 전에 얼른 데려다 줘야지."

나는 고개를 끄덕인다.

"그래! 당연하지, 미안해!"

"네 잘못이 아니야, 덩치 큰 친구."

"괜찮겠어?"

미나가 고개를 끄덕인다.

"아빠가 공원 밖에 오셨을 거야. 태우러 오신다고 했거든. 제발 에이미가 차에다 토하지 않았으면 좋겠다."

미나가 한을 향해 고갯짓을 한다.

"너는 한 솔로*랑 괜찮겠어?"

"괜찮아."

"그래, 그럼. 고마워, 로렌스 로렌스 로치. 정말 대단한 밤이었어. 진짜로!"

미나는 깔깔 웃더니 에이미에게 한쪽 팔을 두르고 공원 밖으로 에이미를 이끈다.

두 사람이 가는 모습을 지켜본다. 너무 늦기 전에 미나를 불러야 한다. 하지만 대체 무슨 말을?

제이가 내 팔을 잡아당긴다.

----

*한의 이름을 〈스타워즈〉의 해리슨 포드가 맡았던 등장인물인 한 솔로(Han Solo)에 빗대서 말하고 있다.

"형! 저 형 또 토하려고 해."

한은 천막 옆에 완전히 몸이 접힌 채로 콜록거리며 침을 뱉는다. 다시 정문 쪽을 쳐다보니 미나와 에이미는 가고 없다. 어둠 속으로 사라져 버렸다.

나는 한숨을 내쉬고 한에게 다가간다.

도대체 내가 토하는 술고래들과 무슨 원수를 졌길래? 내 옆에 있으면 다 그렇게 되나.

황홀경 속에 떠다니는 건 이제 그만. 내 삶은 그렇지 않다. 앞으로도 결코 그럴 일은 없다.

지금쯤은 깨달을 때가 됐다.

Day 6
겨우 피자 가지고

후회스럽기 짝이 없다.

반복해서 재생되는 짧은 비디오처럼 어젯밤의 사건들이 머릿속에서 계속해서 돌아간다. 내가 한 바보 같은 짓이 반복해서 나올 때마다 과장스럽게 녹음된 웃음소리가 덧붙여서 들려온다. 장면은 항상 미나의 얼굴에서 정지되고, 화면에는 나를 쳐다보는 미나의 표정이 클로즈업된다. 미나를 탓하는 건 아니다. 나는 왜 아무 설명도 없이 알지도 못하는 낯선 이들을 쫓아 허둥지둥 공원을 뛰어다녔던 걸까?

피곤했었나? 제대로 먹지 못해서 뇌가 이상한 짓을 하고 있었던 걸까? 아니면 엄마가 너무 보고 싶은 마음에 혼자서 그렇게 믿었던 걸까? 긍정의 힘이 너무 과했다.

그래도 돈은 진짜다. 주머니에 통장의 감촉이 느껴진다. 그

감촉이 지난밤의 고통을 무디게 해 준다. 조금은.
 오늘 아침 우리는 퍼레이드 끄트머리 벽에 앉아서 마지막으로 몬스터 먼치를 아침으로 먹는다. 뜨뜻해진 레모네이드로 입에 남은 짠맛을 헹구어 내는데 벌써부터 이 맛이 그리워지는 기분이다.

 아침을 먹고 평소처럼 걸어서 제이를 어린이집까지 데려다 준다. 줄 서러 가기 직전, 엄마가 집에 없다는 걸 비밀로 하기로 한 우리의 약속을 제이한테 다시 한 번 일깨워 준다.
 "알아. 벌써 말했잖아!"
 "그래! 잊어버리지 말라고."
 제이는 한숨을 쉬더니 마치 내가 바보 같다는 듯 눈알을 굴린다.

 시내로 들어가는 버스는 출근하는 사람들로 북적인다. 신문과 이어폰 뒤에 가려진 뚱하고 멍한 얼굴들. 뒷좌석에 자리 하나를 발견한다. 부디 아는 사람이 타지 않기를. 오늘 학교에 빠지면 버컨 선생님이 당장 보고서에 내 이름을 올리겠지만, 돈을 꼭 손에 넣어야 한다. 앞으로는 학교까지 택시를 타도 된다. 그러면 지각할 일은 없겠지. 수중에 1,435파운드가 있는데 초능력 따위가 무슨 소용이랴!

주택금융조합은 하다크레 구 시가지에 있다. 틀이 납으로 된 키 큰 창문에다, 출입구 위로 인상적인 석조 아치까지 갖추고 있어서 마치 작은 성처럼 보인다. 나무 문을 힘차게 잡아당기고 휘청거리며 안으로 들어서는데 배 속이 가마솥처럼 부글부글 끓는다.

실내에는 사람이 없다. 시원하고 도서관처럼 조용하다.

카운터 뒤의 여직원이 고개를 들고 빙그레 웃는다.

"안녕하세요, 고객님. 무엇을 도와드릴까요?"

옷깃에 붙은 은색 배지에는 '산드라'라고 쓰여 있다.

"안녕하세요, 어…… 돈이 좀 필요해서요."

'어색하지 않게 잘했어, 로렌스.'

"얼마나 필요하시죠?"

"어…… 100파운드요."

그 돈이면 앤지 선생님한테 원비를 내고, 먹을거리를 살 돈을 좀 남겨 두기에 충분할 거다. 그런데 다시 생각해 보니, 다음 주에 또 돈을 찾으러 시내로 나와야 한다. 학교까지 택시 탈 돈도 필요하고…….

"아뇨, 200으로 해 주세요, 아니, 300파운드요."

산드라는 빙그레 웃고는 내가 손에 꽉 움켜쥔 빨간색 통장을 향해 고갯짓을 보낸다.

"고객님, 통장 좀 주시겠어요?."

유리 밑에 난 틈으로 통장을 쓱 밀어 넣는다.

집까지 택시를 타고 가서 쇼핑을 해야겠다. 슈퍼마켓에서 제이가 좋아하는 것들로 바구니를 가득 채우자. 오늘 밤 우리는 역사상 가장 푸짐하고 맛있는 저녁을 즐기는 거다! 빨리 제이의 얼굴을 보고 싶다.

"300파운드요, 고객님?"

"네."

산드라는 내 통장을 열고 컴퓨터에 뭐라고 입력하기 시작하더니 이내 동작을 멈춘다.

"아, 나이가 어떻게 되시죠, 로치 씨?"

거짓말을 하려다 잠시 뜸을 들인 뒤에 솔직히 대답한다.

"열다섯 살이요."

순간 내 대답이 잘못됐음을 직감한다.

산드라가 내 통장을 닫는다.

"아, 그렇다면 죄송하지만 지금은 돈을 인출해 드릴 수가 없겠네요. 통장에 지명된 분이 오셔야 해요."

"네?"

"이 통장은 어린이 계좌예요. 어른 분이 고객님 이름으로 계좌를 만드셨어요. 아마 어머님이?"

"외할머니요."

산드라가 미소를 짓는다.

"할머님하고 같이 오실 수 있나요? 고객님이 열여섯 살이 될 때까지는 통장에 지명된 분이 서명을 하셔야 인출이 가능합니다. 그럼 고객님 계좌를 저희 금융조합의 일반 저축계좌 중의 하나로 이체시켜 드릴 수 있어요. 저희 금융조합의 고이율 당좌예금 계좌로 현금카드를 받으시면 현금인출기 어디서나 이용이 가능하세요."

"저희 할머니는 돌아가셨어요."

"아, 죄송합니다."

산드라가 내 통장을 내려다본다.

"할머니께서 M. 로치 부인이신가요?"

"아뇨, 저희 엄마세요."

산드라의 얼굴이 밝아진다.

"아, 그럼 훨씬 더 간단하겠네요. 어머님이 통장에 지명된 분이라면, 어머님만 모시고 오면 돈을 인출해 드릴 수 있어요."

산드라는 빙긋 웃고 반짝이는 카운터 너머로 도로 통장을 쓱 밀어 준다.

엄마를 여기로 데려오는 게 간단이라는 말과 얼마나 거리가 먼 일인지 설명할 수 있다면 좋으련만. 하지만 마음뿐, 감사 인사를 잊지 않고 통장을 챙겨 밖으로 나온다.

화가 치밀 줄 알았는데 아니다. 그저 피곤할 따름이다. 학교에 가야 한다. 가서 치과 약속이 됐든 뭐가 됐든 요령껏 둘러대야겠지만 지금 당장은 부딪치고 싶지 않다. 그래서 나는 걷는다. 목적지도 모른 채 그저 한 발 한 발 앞으로.

나를 멈춰 세운 건 음악이다. 제대로 운율도 맞지 않는 짜증스런 라디오 햄 로고송. 하다크레와 마스톤의 넘버 원!

  고개를 들어 보니 라디오 방송국 바로 앞 보도 위에 서 있다. 그동안 수없이 이곳을 지나쳐 걸어갔을 텐데 전에는 한 번도 알아채지 못했다. 구경거리도 그다지 없고, 대형 빨간색과 파란색의 방송국 로고가 앞 유리창에 붙어 있는 게 전부다. 음악 소리는 출입문 위에 달린 작은 스피커들에서 나오는데 라디오 햄의 생방송을 거리에 그대로 틀어 준다.

  창문을 통해 보이는 내부는 의자가 좀 고급스럽다는 점만 빼면 병원 대기실과 비슷하다. 벽에는 라디오 햄 유명인들의 화려한 초상화가 줄지어 걸려 있다. 누가 바즈일까. 유리창에 얼굴을 바짝 밀착시키고 양손으로 햇볕을 가려 봐도 너무 멀어서 초상화 아래의 이름표가 잘 보이지 않는다. 제일 가까운 사진은 옛날 버스 운전사들처럼 올백으로 앞머리를 넘긴 백발의 노인이지만 그 사람이 바즈일 것 같지는 않다. 다음은 여자와 젊은 흑인 남자이고, 그 다음에 초상화가 두 장 더 있는데 그중 하나가 바즈일 수도 있겠다. 첫 번째 사람은 텔레비전 어린이 프로그램 진행자 같은 외모로 봐서 바즈일 리가 없다. 결국 맨 끝에 얼굴이 뚱뚱한 남자만 남는데 가발과 안경을 썼다. 그 얼굴을 보면서 바즈의 목소리를 떠올려 보려고 하는데 책상 뒤에서 나를 쏘아 보는 안내원의 눈초리가 느껴진다.

  나는 유리창에서 한 발 물러나 계속해서 걸음을 옮긴다.

작정하고 공원으로 간 건 아니다. 오다 보니 여기까지 왔다.
 산울타리는 어젯밤과 달리 키가 크거나 빽빽해 보이지 않고 들판 너머가 들여다보일 정도의 작은 틈도 여기저기 눈에 띈다. 산울타리를 따라 걷다가 그 백발의 남자와…… 누군지는 몰라도 그와 함께 있던 그 사람이…… 사라져 버린 장소로 추정되는 그곳에 다다른다. 피시 앤 칩스 트럭이 주차되어 있던 자리에 깊게 파인 이랑이 보이고 감자튀김 냄새도 아직까지 공기 중에 희미하게 남아 있다. 그런데 정작 내가 이곳이라고 결론을 내리게 만든 것은 마치 출입구처럼 산울타리 사이에 난 커다란 구멍이다. 어째서 이걸 놓쳤을까. 어젯밤에는 너무 캄캄해서 바로 얼굴 앞의 손도 안 보이기는 했다. 게다가 타이어 자국의 위치로 가늠해 볼 때, 아마 트럭들 중 하나에 가려 보이지 않았을 거다. 이제 적어도 내가 유령들을 뒤쫓았던 건 아니라는 사실을 알게 됐다.
 나뭇가지들에 셔츠 자락이 걸리고 산울타리를 통과하려면 고개를 수그려야 하지만, 예전에도 사람들이 다니던 길임이 분명하다. 풀밭은 짓밟혀 있고 반대쪽 진흙 위로는 발자국들도 보인다. 구멍을 직접 통과해 보니 울타리 반대쪽은 그냥 또 다른 들판이 아니었다. 바로 몇 미터 앞에서는 기름이 둥둥 떠다니는 운하의 초록빛 수면 위를 오리들이 미끄러지듯 줄지어 나아간다. 지금 내가 서 있는 자리와 운하의 강변길로 이어지는 풀이 무성한 둑 사이에는 허리 높이까지 오는 잡풀들과 쐐기풀들이 무성한 도랑이 하나 흐른다. 그리고 쐐기풀이 별로 없는 자투리땅이 하나 있는데, 최근에 누군가 이쪽으로 지나간 듯 일부 갈대들이 구부러져 있다.

운하 쪽으로 한 걸음 내딛는데, 갑자기 한쪽 발이 얼음처럼 차가운 물속으로 발목까지 쑥 빠진다. 그 탄력과 충격에 몸이 앞으로 확 엎어지면서, 멈추려고 해보기도 전에 다른 쪽 발마저 물속에 텀벙 빠져 버린다. 이제 나는 온전히 물속에 서 있고, 풀이 도랑 바닥을 따라 흐르는 얕은 개울에서 자라나고 있음을 알았다. 양발은 물속으로 사라져 보이지 않는다. 되돌아가도 되지만 이미 흠뻑 젖었고, 달리 건너는 방법도 모르겠다. 그냥 계속 가는 편이 더 나을지도.

한 번에 한 발씩 휘청휘청 나아간다. 한 걸음씩 걸을 때마다 진흙과 잡초가 발에 쩍쩍 달라붙고 점점 더 많은 물이 양말 속으로 스며든다. 갈대밭 사이를 유심히 들여다보니 앞쪽으로 마른 둑이 보인다. 이제 그리 멀지 않다. 한쪽 발을 들어 올리자 오른발의 운동화가 쩌억 소리를 내며 벗겨져 버린다. 몸이 휘청거리며 간신히 한쪽 다리로 균형을 잡는데, 벗겨진 양말 끄트머리가 탁한 물 위에서 빙글빙글 돌아간다. 한쪽 소매를 걷고 물속으로 손을 쑥 집어넣는다. 물은 차갑고 미끈거린다. 물속에 뭐가 있을지는 생각하지 않으려고 한다. 뭔가 딱딱한 것에 손가락이 닿고, 마침내 신발을 끄집어낸다. 자디잔 잿빛 모래와 잡초가 한가득이다.

신발이야 다시 신으면 되지. 그런데 몸이 앞으로 확 고꾸라지는 바람에 갈대를 붙잡고 바동거려 보지만 갈대들은 몸을 축 늘어뜨리다 뚝 끊겨 버리고, 나는 철퍼덕 넘어지고 만다. 때맞춰 입을 다문 게 천만다행이다.

일어나 앉는데 얼어붙을 듯이 차가운 도랑물이 허리까지 차오른다. 악취가 풍긴다. 잇새로는 껄끄러운 모래 맛이 느껴지고 바지 속까지 모래가 차고 들어온다. 완벽한 하루의 완벽한 결말이지만 이제 겨우 점심나절일 뿐이다. 주머니에서 주택금융조합 통장의 딱딱한 귀퉁이가 느껴져서 통장을 구해내려고 손을 뻗어 보지만 어차피 나에게는 쓸모없는 물건이다. 에라, 그냥 앉아 있자. 바지가 젖든 말든. 춥든 말든, 미끄럽든 말든. 아무려면 어쩌랴.

"로렌스?"

끼익하는 브레이크 소리에 고개를 들고 햇빛에 눈을 가늘게 뜨며 강변길 위에 나타난 검은 윤곽을 바라본다. 누군지 보이지는 않지만 목소리는 틀림없다.

"너 뭐해?"

자전거를 툭 내려놓고 내 쪽으로 둑을 타고 내려오며 미나가 묻는다.

"그냥."

미나가 허리에 손을 얹고 나를 쳐다본다.
"그냥 거기 앉아 있을 거야?"
나는 어깨를 으쓱한다.
"그런데 넌 여기서 뭐하는 거야?"
"점심시간이잖아. 집으로 가는 길이었어."
그 말은 곧 한 시가 지났다는 뜻이다. 몇 시간이나 걸어 다녔던 게 틀림없다.
"너 산울타리 사이로 왔어? 운하로 오려고 했던 거야?"
잠시 후 미나가 묻는다.
나는 미나를 쳐다보지 않고 고개만 끄덕인다.
"왜 다리로 안 오고?"
"무슨 다리?"
"저기 있잖아."
미나가 내 오른쪽에서 10미터쯤 떨어진 곳에 있는 낮은 회색 콘크리트 석판 쪽을 가리킨다. 덤불에 가려서 다 보이지는 않지만 다리가 있다는 것만은 확실히 알겠다.
미나가 둑 끄트머리로 다가와 쪼그리고 앉는다.
"너 여기 있으니까 이상한 사람 같아. 난 사람들이 어디에 있건 똑같을 줄 알았는데 아니구나."
미나의 시선이 느껴지지만 도저히 그녀를 쳐다볼 수가 없다. 내가 이대로 썩든 말든 제발 모른 척 가 버렸으면.
미나가 말한다.

"나라면 거기 오래 있지 않을 거야."

"왜?"

나는 여전히 미나와 눈을 맞추지 못한다.

"음…… 첫째, 도랑 벌레."

"뭐?"

"도랑 벌레. 어디서 공격해 올지 몰라."

"도랑 벌레가 뭔데?"

다리 사이로 진흙이 새어나오는 걸 느끼며 내가 묻는다.

"길이는 이 정도쯤."

미나가 엄지와 검지를 10센티미터 정도로 벌린다.

"진흙 속, 도랑 밑바닥에 사는데, 그래서 그렇게 부르는 거야. 거의 물 밖으로 나오지도 않고 물고기 시체를 파먹으면서 자기들끼리 산대. 걔네들 육식동물이야. 누가 자기네 굴을 건드릴 때만 나오지. 그래서 어부들이 긴 장화를 신는 거야. 알지, 허벅지까지 올라오는 기다란 고무장화 말이야. 우리 삼촌이 그러는데, 예전에 친구 분이 장화 아래쪽을 물린 적이 있대. 돌멩이를 밟은 것처럼 그냥 따끔하다 싶었는데 글쎄 그 벌레가 속에다 알을 낳은 거야. 발이 골프공처럼 부풀어 올랐대. 삼촌 말이, 작은 벌레들이 피부 속에서 꿈틀거리며 돌아다니는 게 눈으로 보인대. 피부를 찢어서 꺼내는 수밖에 없어서 결국 병원 신세를 졌대. 의사가 그러는데 벌레들이 엉덩이까지 올라가지 않은 게 천만다행이라나……."

나는 첨벙거리며 진흙탕에서 벌떡 일어나 두 걸음 만에 후다닥 둑으로 달려 나간다. 미나가 꺄악 비명을 지르며 옆으로 확 비켜난다. 도랑 벌레들이 바지 속에서 허벅지를 가로지르며 기어다니고, 벌레 굴이 통째로 발가락들 사이에서 꿈틀거리는 느낌이다.

둑 위를 폴짝폴짝 뛰어다니며 양말을 휙 벗어던지고, 풀밭에다 양쪽 팔을 박박 문지른다. 미나가 나를 쳐다보며 깔깔거리지만 않았다면 아마 바지도 벗었을 거다.

그러다 우뚝 멈춰 선다……. 뒤통수를 한 대 얻어맞은 사람처럼.

"다 지어낸 얘기지, 그렇지?"

미나는 웃느라 말을 잇지 못한다.

"그래도 내 덕분에 밖으로 나왔잖아."

나는 잔디밭에 털썩 주저앉아 진흙투성이 양말 한 짝을 미나에게 휙 던진다. 그러다 피식 웃음이 터지고 도저히 웃음이 그치지 않는다. 내가 얼마나 우스꽝스럽게 보였을까.

미나는 고개를 절레절레 흔든다.

"희한한 녀석이야, 로렌스 로렌스 로치. 미친 개구리 같아."

문득 웃고 싶은 마음이 싹 사라진다.

더러워진 두 발 사이로 땅바닥을 가만히 쳐다보다가 풀을 한 움큼 떼어 낸다.

"미안해."

"왜? 그게 나쁘다고 말하지는 않았잖아, 안 그래? 난 미친 사람 좋아해. 내가 믿을 수 없는 사람은 오히려 제정신인 사람들이야."

고개를 들어 보니 미나가 빙그레 웃고 있다. 구름 뒤에서 반짝 고개를 내민 해처럼.

빨래방에 가야 하지만 당연히 우리한테는 돈이 하나도 없다. 그래서 욕조에 뜨거운 물과 샴푸를 채우고 옷을 던져 넣는다. 엄마와 백발 남자가 머릿속에서 떠나지 않는다. 공원에서 본 그 여자가 정말로 우리 엄마일까. 산울타리를 뚫고 운하로 갔을 때, 피시 앤 칩스 식당 안으로 걸어 들어갔을 때처럼, 엄마가 나보다 먼저 그곳에 다녀갔다는 느낌을 지울 수가 없었다. 허무맹랑한 소리처럼 들리겠지만 나는 안다. 하지만 그뿐이다. 거기에 엄마가 있다고 믿는 수밖에. 만약 백발 남자와 함께 있던 사람이 정말로 엄마라면, 엄마는 가까이에 있다. 나는 엄마를 찾을 수 있다.

당장 운하로 되돌아가 찾아보고 싶은 마음이 간절하지만 지금은 시간이 없다. 어린이집에서 제이를 데려와야 하고, 그 다음에는 오늘밤 먹을거리를 해결해야 한다.

바즈가 무어라 말을 하지만, 제대로 들리지 않는다. 내 눈은 우리 집 창문에 고정되어 있다. 제이 혼자 집에서 텔레비전을 보고 있다. 오늘 밤에는 나를 따라 공중전화 부스로 오지 않겠다고 고집을 부렸다. 오래 걸리지는 않겠지만 특히나 어젯밤 사건 이후로 느낌이 좋지 못하고, 그래서 집중이 잘 되지 않는다.

바즈가 나에게 행운이 느껴지는지 묻는다.

하마터면 웃음이 터질 뻔했다.

"좋습니다, 그렇다면 대니얼, **첫 번째** 질문입니다. 북극광이라고도 알려진 화려한 자연 현상인 이것은 무엇일까요? 에이, 오로라 보라엘리스일까요? 비, 황금나침반일까요? 아니면 시, 엘니뇨일까요? 다시 한 번 읽어 드리겠습니다……."

비는 아니다. 어쨌든 그건 아닌 것 같다. 하지만 다른 두 개는…… 엘니뇨는 들어본 것 같은데 확신이 없다. 그걸로 가야겠다. 직감을 믿어, 로렌스.

"어떻게 생각하십니까, 챔피언?"

바즈가 대답을 기다리고 있다.

"에이, 첫 번째로 하겠소!"

오늘 내 직감을 믿는다고? 말도 안 돼! 지난 24시간 동안 내가 내렸던 결정들만 보더라도 나의 직감과 정확히 반대 방향으로 가는 편이 오히려 가장 안전한 선택이다.

잠시 뒤 바즈가 되묻는다.

"대니얼, 그러니까 에이, 오로라 보라엘리스가 북극광의 **또 다른 이름**이라 이 말씀이십니까? 확실합니까?"

"그렇소."

마치 '쉬어 하트 어택'의 드럼 연주자가 내 가슴속에 들어와 드럼을 두드리고 있는 듯하다.

"정답입니다, 오로라 보라엘리스는 북극광의 또다른 이름입니다. 혹시 남반구에도 똑같은 현상이 나타난다는 사실 알고 계십니까? 그건 **오로라 오스트랄리스**라고 불립니다……."

바즈가 갑자기 엉터리 오스트레일리아 식 억양을 구사하며 덧붙인다.

"저 북극광 좀 보시렵니까, 아가씨, 아이고야!"

그러더니 다시 원래 목소리로 돌아온다.

"두 현상은 초고층 대기에서 **원자**들이 충돌하면서 활성화되어 **에너지**를 빛으로 내뿜기 때문에 나타나지요. 어떻습니까? 이것은 그냥 평범한 퀴즈 쇼가 아닙니다! **판타스틱**한 음악과, 위트 있는 농담, **뛰어난** 경쟁자들이 넘쳐납니다. 게다가 **교육적**이기까지 하지요!"

곧바로 관중들이 열광하는 효과음이 이어진다.

"**두 번째** 문제! 계속해서 **문화**를 주제로 한 문제가 이어집니다……. 확실히 교양 있는 분이시로군요, 대니얼…… 학위나 뭐 그런 거 있으신가요? 혹시 **대학** 졸업자신가요?"

대학교? 아직 중등교육자격시험도 안 봤는데.

"어…… 아니오."

"아, **인생** 학교를 졸업하셨군요, 여러분들처럼 말이죠!"

"그렇소."

스튜디오 안 바즈의 모습을 머릿속에 그려 본다. 제멋대로 자란 긴 머리, 둥그런 얼굴에 안경을 쓴.

"좋습니다! 그런데 다음 질문을 들으면 영문학 학위를 받아 놨으면 하는 마음이 드실지 모르겠습니다."

때맞춰 탄식하는 군중들 효과음이 터져 나온다.

"대니얼, 다음에 나오는 명언을 한 주인공은 누구일까요……"

바즈가 목청을 가다듬는다.

"인간은 섬이 아니다. 혼자서 완벽하지 않으므로. 모든 인간은 대륙의 한 조각, 본토의 일부이다."

바즈가 잠시 말을 멈춘다.

"어때요! 정말 근사하지 않습니까! 셰릴, 인정하세요. 이 말에 감동받았잖아요."

셰릴이 끼어든다.

"나쁘지 않아요."

"**나쁘지 않다!** 세상에, 당신은 정말 까다로운 여자로군요!"

바즈가 껄껄 웃음을 터뜨린다.

"자, 대니얼, 당신에게 드리는 질문은, 그 펜의 귀재가 과연 누구길래 제가 오늘밤 라디오를 통해 이 말을 전함으로써 이렇듯 여러분의 귀를 즐겁게 할 수 있는 걸까요? 에이, T. S. 엘

리엇*일까요? 비, 존 던? 아니면 시, 윌리엄 셰익스피어?"

깜깜하다. 버컨 선생님이라면 아실 텐데. 그 목소리에 어울리는 두뇌가 없다는 게 안타까울 따름이다.

셰익스피어일 수도 있다…… 셰익스피어 같기도 하지만 너무 뻔한가. 산소 문제처럼. 다시는 속아 넘어가지 않겠다. 그럼 에이. 하지만 바로 앞 문제의 정답이 에이였다. 그들은 절대 똑같은 답을 연속해서 주지 않는다. 그렇다면 비만 남는다. 비. 존 던.

바즈는 대답을 기다리고 있다.

"비!"

마음이 바뀌기 전에 얼른 답을 내뱉는다.

"**정답입니다!** 17세기 형이상학파 시인인 존 던이 바로 그 훌륭한 지혜의 말을 한 주인공입니다."

차가운 공중전화 부스 유리에 이마를 대고 억지로 숨을 들이쉰다. 침착할 필요가 있다. 이제 거의 다 왔다. 믿을 수 없을 정도로 엄청난 행운이 뒤따라서 정답을 찍었다. 두 번이나.

바즈가 말을 잇는다.

"좋습니다! 하루 저녁에 문화 문제는 이 정도면 충분한 것 같습니다. 제 **머리**가 지끈거리기 시작합니다. 이번에는 흥미진진한 스포츠 문제로 가 볼까요?"

---

* 미국계 영국 시인이자 극작가

당연하지.

어째 안 나온다 했다.

"좋소!"

전화기를 타고 내 목소리가 들린다.

"좋습니다. 자, 시작해 볼까요, 세 번째 문젭니다. 잊지 않으셨겠지요…… 이번 문제만 맞히면 **통과**입니다. 그렇게 되면 앞으로 사흘 남은 셈입니다! 벌써 발가락 사이로 바닷가 모래의 감촉이 느껴지실 것 같습니다만, 그렇지 않습니까, 대니얼?"

"아직은 아니오."

지금 당장은 운하 옆 도랑에서 묻은 진흙이 느껴질 뿐이다…….

"얼마 남지 않았습니다, 정말 얼마 남지 않았습니다! 자…… 준비됐습니까?"

나는 거짓말을 한다.

"준비됐소."

"아, 이번 문제는 마음에 드실 겁니다. 정말입니다, 제가 고른 문제는 아닙니다. 저는 그냥 읽어 드릴 뿐이죠! 누구든 원망하고 싶다면 부디 셰릴을 원망하십시오!"

바즈가 껄껄 웃음을 터뜨린다.

"하지만 이건 진심입니다, 대니얼, **잉글랜드 인**으로서 스코틀랜드 인에게 드리는 말씀입니다. 결단코 불난 집에 부채

질하기 위해 이 문제를 드리는 건 **아닙니다!** 믿어 주십시오! 화면에 나온 그대로를 읽어 드리는 것뿐입니다, 아시겠죠?"

"알겠소."

그냥 문제나 읽어, 제발!

"좋습니다. 갑니다……. 1966년 골키퍼 고든 뱅크스가 잉글랜드 팀으로 출전해 월드컵에서 우승했을 때 그의 소속팀은 어디였을까요? 에이, 웨스트 햄 유나이티드? 비, 맨체스터 유나이티드? 아니면 시, 레스터시티?"

바즈는 내가 전혀 관심도 없는 스코틀랜드와 축구에 대해 이야기하며 연신 사과를 해 댄다.* 그동안 내 심장은 재주넘기를 하느라 바쁘다. 왜냐면 나는 정답을 알고 있으니까. 찍을 필요가 없다. 직감을 무시할 필요조차 없다. 나는 정답을 알고 있다!

중간에 말을 자르고 들어가며 내가 대답한다.

"시, 바즈. 고든 뱅크스는 레스터시티 소속이었소."

바즈가 입을 다문다. 긴 침묵. 방송 중단. 내 답은 정답이다.

한은 열렬한 레스터시티 팬으로 평생토록 그 팀을 응원했다. 입만 열면 그 얘기다. 언젠가 한이 고든 뱅크스에 대해 하는 말을 들었다. 언제, 아니 왜 내가 그 사실을 기억하고 있는지는

---

*스코틀랜드는 영국을 이루는 네 지방인 스코틀랜드, 잉글랜드, 북아일랜드, 웨일스 가운데 하나이며 가장 인기 높은 스포츠가 축구이다. 월드컵에는 잉글랜드와는 별개의 팀으로 출전한다.

잘 모르겠다. 하지만 무슨 상관이랴! 한의 말은 내 머릿속에 들어와 잊히지 않았다.

"골입니다!"

바즈의 선언과 동시에 환호성 효과음이 뒤따른다.

"정답을 아시는 걸 보니 고향 분들한테 혼 좀 나셨나 보군요!"

"친구가 레스터시티의 열렬한 팬이오."

"아! 그렇군요. 친구 분 이름이 뭐죠? 다음에 만나면 술이라도 한잔 사야겠군요!"

거울의 천막 옆에서 무릎에 고개를 처박고 잔디밭에 보드카를 쏟아내던 한을 떠올린다.

"네, 술을 좋아합니다."

"친구 분 이름이 뭐죠? 듣고 있을까요?"

이름? 심장이 쿵쾅거린다.

"프레디. 어…… 듣고 있는지는 모르겠소."

부디 듣고 있지 않기를.

아파트를 탈탈 털어서 거실 소파 쿠션 사이에서 73펜스, 제이의 침대 밑에서 1, 2페니짜리 몇 개를 더 찾아낸다. 그 돈을 지난밤에 쓰고 남은 돈과 합치니 슈퍼에서 할인 판매하는 피자 한 개를 살 돈이 남는다. 뚜껑을 열어 보니 밑에 깐 마분지가 피자보다 더 두껍고 영양가도 많게 생겼다.

오븐에다 피자를 넣고 밑에 깐 마분지는 쓰레기통 위에 탑처럼 솟아 나온 쓰레기 더미에 툭 떨어뜨린다. 그러자 쓰레기 더미가 흔들리기 시작하더니, 채 손을 쓰기도 전에 바닥으로 와르르 무너져 내린다. 사방이 쓰레기 천지다. 구운 콩 캔에서 새어 나온 찐득한 빨간색 액체. 일주일 전에 먹었던 것으로 기억하는 까만색 바나나 껍질. 와인 병들과 구겨진 종잇조각들. 엉망진창이다.

나는 욕을 내뱉으며 쓰레기를 주워서 다시 쓰레기통에 최대한 욱여넣기 시작한다. 싱크대 옆에 질척한 담뱃갑 한 통과 구겨진 종잇장이 한 장 보인다. 그런데 일부러 불을 붙이기라도 한 것처럼 가장자리가 까맣게 바스러진 모양이다. 좀 이상한 짓이기는 하지만, 나는 그 종이를 집어서 쫙 펼친다. 엄마 앞으로 온 편지다. 타이프로 쓴 글씨가 공적인 편지처럼 보인다.

'로치 부인 귀하, 파커 씨의 개인 비서직 면접에 응해 주셔서 감사합니다. 이런 소식을 전하게 되어 유감스럽지만 비서직에 불합격됐음을 알려드립니다. 경쟁이 치열했고 그만큼 어려운 선택이었습니다. 그렇지만 우리는 부인의 지난 경력이……'

다음 단어가 나와야 할 자리에 구멍이 뚫려 있다. 담배의 지름과 정확히 일치하는 완벽한 동그라미로, 테두리를 따라 갈색으로 그을린 흔적이 남아 있다. 똑같은 구멍이 총알구멍처럼 여기저기 열 군데도 넘는데, 주로 편지를 쓴 사람의 이름에

포화가 집중되어 있다.

　이제 기억이 난다. 엄마는 몇 주 전 시내 어떤 사무실에서 면접이 있었다. 엄마는 완전히 흥분한 상태로 집으로 와서 면접이 아주 잘 됐다며 좋아했다. 딱 엄마를 위한 일이라고, 그 여자가 바로 그렇게 말했다고. 나는 담뱃불로 여기저기 태워서 지워지고 흉측해진 편지 속 서명을 들여다본다. 엄마가 식당 일과 청소 일을 합쳐서 받는 돈의 두 배를 주는 자리였다. 엄마는 더 나은 집을 구할 수 있고, 어쩌면 휴가를 떠날 수도 있겠다며 좋아했다.

　그런데 엄마는 그 일자리를 얻지 못했다.

　'이런 소식을 전하게 되어 유감스럽지만…….'

　엄마는 왜 나한테 말하지 않았을까?

　편지를 들고 섰는데, 불현듯 어떤 생각이 머리를 스치면서 심장이 쿵쾅쿵쾅 뛰기 시작한다. 내 눈은 편지가 온 날짜를 찾아 내려간다. 지난 월요일. 그것은 곧 이 편지가 수요일 아침, 엄마가 청소 일을 마치고 돌아왔을 때, 우편함에 도착해 엄마를 기다리고 있었다는 뜻이다. 엄마가 자취를 감춘 바로 그날.

　나는 식탁에 앉아서 내 손에 들린, 불에 그을린 편지를 뚫어져라 내려다본다. 마치 한참이나 들여다봐야 무엇을 찍은 건지 알아볼 수 있는 그런 사진들처럼. 처음에는 온통 점과 구불구불한 선, 그리고 색깔이 있는 무늬들만 보인다. 그러다 갑자기, 찰칵, 사진이 나타난다. 그것은 너무도 분명해서 왜 여태

그걸 몰랐을까 싶을 정도다.

이제 모든 게 이해가 된다…….

엄마는 지난 수요일, 청소 일을 마치고 집으로 돌아온다. 숙취에다 지치고 배가 고프다. 들어오는 길에 우편함을 열어 보고 편지가 눈에 띄자 엄마의 기분은 순식간에 확 바뀐다. 바로 이거야. 엄마가 그동안 기다려왔던 일자리. 엄마에게 약속된 일자리였다. 이제 화장실 청소는 끝이다!

엄마는 부엌, 바로 지금 내가 서 있는 이 자리에 서서 봉투를 찢어 연다.

엄마는 믿기지가 않아서 편지를 되풀이해 읽는다. 뭔가 실수가 있는 게 분명하다.

하지만 엄마는 실수가 아님을 알고 있다.

엄마는 편지를 식탁 위에다 내던지고 담배에 불을 붙인다…… 술을 한잔 따르고 다시 편지를 집어 든다. 엄마는 욕을 하며 처음부터 끝까지 되풀이해 읽고 엄마에게 일자리를 약속했던 나쁜 년이 제 이름을 서명한 자리에 담뱃불을 가져다 댄다. 담배 연기에 종이가 변색되는 모습을 가만히 지켜보는데 곧 구멍이 생긴다. 테두리가 까맣게 타들어간 완벽한 동그라미. 엄마는 구멍이 타들어갈 때마다 욕을 내뱉으며 지칠 때까지 똑같은 짓을 반복하다 편지를 구겨서 쓰레기통에 처박아 버린다.

이제 알겠다.

그 일자리는 엄마의 비상구였다. 엄마가 증오했던 삶으로부터의 탈출구.

그런데 그 일자리를 얻지 못하자 엄마는 떠나 버렸다.

더 이상 견딜 수가 없기 때문에.

이제 알겠다.

"형, 왜 울어?"

고개를 들어 보니 제이가 문간에 서 있다. 나는 손등으로 눈물을 훔친다.

"우는 거 아니야, 꽃 알레르기야."

나를 쳐다보는 제이의 코에 주름이 잡힌다.

"이거 무슨 냄새야?"

피자!

마른 행주를 쥐고 오븐을 확 열어젖힌다. 형체를 알아보기 힘들 만큼 왕창 타 버린 피자는 입도 못 댈 정도로 만신창이가 됐다. 오늘 내가 저지른 모든 잘못 중에서도 이것만은 도저히 감당이 안 된다. 연기가 풀풀 피어오르는 피자를 손에 쥔 채 부엌 바닥에 털썩 무릎을 꿇는데, 뺨 위로는 눈물이 줄줄 흘러내린다. 잠시 뒤 제이가 양팔로 내 목을 감싸 안더니 작고 겁먹은 목소리로 귀에 대고 속삭인다.

"울지 마, 형. 겨우 피자 가지고."

정말 그렇다면 얼마나 좋을까.

Day 7
포기는 이토다

"아침 먹어, 제이."

딸기 잼을 바른 토스트 한 조각, 우리가 가진 전부다.

"배 아파!"

제이가 잔뜩 찡그린 눈으로 나를 쳐다보며 배를 움켜잡는다.

"똥 마려?"

제이는 고개를 절레절레 흔들고 코를 훌쩍인다. 울기 일보 직전이 될 때면 제이가 잘 내는 소리다. 얼굴이 꼭 툴툴거리는 만화 속 주인공 같아서 깔깔 웃음이 터진다.

제이가 노려본다.

"장난 아니야!"

"알아. 너 보고 웃은 거 아니야."

하지만 참을 수가 없다. 제이는 마음만 먹으면 뾰로통한 표정을 짓는데, 따라올 사람이 없다.

그런데 느닷없이 제이가 울음을 터뜨린다.

나는 무릎을 꿇고 앉아 제이를 껴안아 주려고 하지만 제이가 주먹으로 나를 탕탕 친다.

"가! 형 싫어!"

"미안해, 제이. 너 때문에 웃은 거 아니었어."

웃음을 꾹 참으면서 제이를 달랜다.

제이를 가만히 품에 안고 그렇게 몇 분이 지나자, 제이는 더 이상 나를 밀쳐 내지 않는다. 제이는 몸이 뜨겁고 땀투성이인 데다가 머리에서는 불쾌한 냄새가 난다.

"엄마 보고 싶어. 엄마는 언제 집에 와?"

제이가 내 목에 대고 중얼거린다.

"몰라."

"엄마가 지금 집에 오면 좋겠어!"

"나도 알아."

나는 잠시 망설인다.

"올 수가 없어…… 지금 당장은. 엄마는 다른 데 있어야 돼, 그래야 돈을 더 벌 수 있어."

나는 생각나는 대로 말을 지어낸다.

엄마가 다시는 집으로 돌아올 것 같지 않다는 말을 어떻게 제이한테 할 수 있을까?

제이가 어린이집에 가지 않는 편이 더 안전할 것 같다. 이런 기분에서는 제이가 무슨 말을 할지 모르겠다. 완전히 부루퉁해서 보나마나 쇼 선생님한테 엄마가 보고 싶다고 털어놓을 게 뻔하다. 며칠째 엄마 얼굴을 못 봤다고, 집에는 형과 자기뿐이라고. 서류철과 가식적인 미소로 무장한 착한척 봉사단이 우리 집에 들이닥치는 데는 과연 얼마나 걸릴까?

제이가 어린이집에 가지 않으면, 나도 학교에 갈 수가 없다. 버컨 선생님이 내 이름을 보고서에 올린다 한들 어차피 무슨 상관이 있단 말인가? 다음 끼니를 해결하는 일에 비하면 학교에 가는 문제는 걱정 축에도 끼지 못한다.

까맣게 타 버린 피자는 아직도 식탁 위에 그대로 있다. 그걸 보니 위장이 뒤틀린다. 집에서 곧바로 두 층만 내려가면 슈퍼가 있고, 슈퍼에는 선반마다 먹을 게 그득하다. 뚱뚱한 감자칩 봉지들과 초콜릿, 성에가 끼어 번들거리는 냉동 피자 박스들, 바삭바삭한 시리얼 상자들과 줄줄이 진열된 부드러운 식빵까지. 어느새 입에 침이 고이기 시작한다.

이건 아니다. 아래층에는 온갖 음식들이 가득한데, 바로 위층에서 우리는 서서히 굶어 죽어가다니.

나는 마음의 결정을 내린다.

"제이, 형 슈퍼에 내려갔다 올게. 금방 올 거야, 알겠지? 나가면 안 돼."

슈퍼 안은 조용하다. 손님이라곤 바퀴 달린 체크무늬 장바구니 카트 위에 장바구니를 올려놓은 노부인뿐이다. 노부인은 기댈 바구니가 없으면 앞으로 폭 고꾸라질 것만 같다. 직원은 두 명밖에 보이지 않는다. 카운터에 있는 여자와 냉장고에 우유를 담고 있는, 초록색 슈퍼마켓 조끼를 걸친 남자 한 명. 남자는 따분한 표정에 반은 졸고 있다.

나는 이제 여기에 왔다. 내가 해낼 수 있을까. 지금까지 단 한 번도 남의 물건을 훔친 적이 없다. 유치원에서 크레파스 몇 개를 가져왔던 때만 빼고. 그때도 나는 너무 양심이 찔려서 울음을 터뜨리며 엄마한테 다 털어놓았다.

그런데 지금은 다르다.

나는 배가 고프다.

제이는 배가 고프다.

나는 이걸 해야만 한다.

양손이 땀으로 흥건하다.

청바지에 땀을 박박 문질러 닦고 벌써 세 번째 빵과 케이크가 진열된 통로를 걸어 내려간다. 냉장고에 우유를 담던 남자가 나를 흘깃 쳐다보고, 나는 뒤돌아 왔던 길을 되짚어간다. 마스크에 장물이라고 쓴 가방만 없지, 의심받기 딱 좋은 상태다.

뭔가 작은 물건, 주머니에 슬쩍 집어넣고 문밖으로 나가면 끝인, 그런 물건이 필요하다. 그 정도면 해볼 만하지 않을까?

심호흡.

힘내, 로렌스, 넌 할 수 있어.

초콜릿 옆에 멈춰 선다. 크기는 딱 좋은데 영양 면에서는 별로다. 과자? 부피가 너무 크다. 외투를 입고 올걸. 하지만 이런 더위에 외투라니 의심을 자초하는 꼴이다.

수프 캔 옆을 지나가는데 배 속에서 탐욕스럽게 꾸르륵 소리가 난다. 선반에서 야채수프 한 캔을 들어 올리자 캔 속의 내용물이 철벅거린다. 그런데 캔이 주머니에 들어가지 않는다. 나는 계속 걸어간다. 빵? 너무 불룩하다. 시리얼, 우유, 피자, 포기하자. 이건 멍청한 짓이다. 다시 초콜릿으로 향한다.

킹사이즈의 초코바 두 개, 하나는 내 거, 하나는 제이 거. 분명히 몸에 좋은 영양분도 들어 있을 거다.

계산대 쪽을 흘깃 쳐다본다. 계산대의 여자는 담배를 보충하고 있다. 우유를 정리하던 남자는 창고로 들어가고 없다.

문이 보인다. 열두 걸음이면 밖으로 나간다.

한 걸음 내디디는데 쾅 소리가 들린다. 무언가 딱딱한 게 내 발등을 친다.

"이런, 미안하구나. 얘야, 괜찮니?"

장바구니 카트를 끌고 다니던 노부인이 나를 올려다보고, 부인의 바구니에 들어 있던 물건들이 내 발치에 흩어져 있다.

"요새 내가 얼마나 칠칠맞은지 모르겠구나."

"괜찮아요!"

심장이 쿵쾅거리고 한쪽 발등은 떨어지는 참치 캔에 맞아 욱

신거린다.

"정말 미안하구나."

노부인이 허리를 숙여 떨어뜨린 물건들을 집으려고 하는데, 지금 속도라면 밤새도록 주워도 못 주울 것 같다. 나는 대신 물건을 집어 준다. 쏟아진 물건들을 바구니에 도로 주워 담는다.

"고맙구나, 얘야. 참 착하기도 하지."

노부인은 이렇게 칭찬하더니 내 손에 든 초코바 두 개를 가리킨다.

"그거 내가 계산해 주마. 그래야 내 마음이 편하겠구나."

"아니에요, 그러실 필요 없어요. 괜찮아요."

괜찮다고? 어떻게 괜찮을 수가 있지? 나는 바보다. 노부인이 방금 나 대신 돈을 내 주겠다고 했는데!

다행히 노부인은 고집을 꺾지 않는다.

손에 초코바 두 개를 들고 다시 밖으로 나온다. 하늘을 올려다보며 말없이 고맙다고 고갯짓을 보낸다.

하마터면 엄청난 실수를 저지를 뻔했다. 만약 잡히기라도 했다면? 그때는 제이에게 무슨 일이 닥칠까?

입안 가득 부드러운 초콜릿과 캐러멜을 씹으며 한 번에 두 계단씩 계단을 껑충껑충 뛰어 올라간다. 이에서 아드득아드득 소리가 나지만 상관없다. 드디어 나에게도 행운이 찾아오기 시작하나. 그러다 층계참에 다다르니 현관문이 활짝 열려 있는 게 보인다…….

제이!

제이의 이름을 커다랗게 부르며 달려 들어가니 제이가 걱정스러운 표정으로 현관에 나타난다.

"무슨 일이야? 너 문을 열어……"

화장실에서 참견쟁이 마녀가 불쑥 튀어나오더니 나를 쳐다본다.

"아, 너구나."

"무슨 일이죠? 우리 집에서 뭐하시는 거예요?"

아줌마 뒤에서 다른 사람이 모습을 드러낸다. 옆집에 사는 더슨 씨다. 엄마가 음악을 너무 크게 틀어놓거나 화장실 문을 쾅 닫았을 때 몇 번 따지러 온 적이 있어서 안면이 있다. 그는 수건에 손을 닦고 있다.

"마개가 꽂혀 있었네요."

아줌마한테 말을 하다 그가 나를 발견한다.

남자 뒤로 얼핏 화장실 안을 들여다보니 바닥이 물로 반짝거린다.

아줌마가 따진다.

"우리 집 천장에서 물이 뚝뚝 떨어지지 뭐냐. 수리비 청구서는 너희 엄마한테 직접 보내마."

"네?"

한참 만에야 어떻게 된 영문인지 이해가 된다.

더슨 씨가 말한다.

"마개를 막아 놓고 수돗물을 틀어 놨지 뭐냐. 물이 넘쳐서 아래층으로 새기 시작했다."

"아!"

나는 제이를 찾지만 제이는 순식간에 사라지고 없다.

"죄송합니다. 제이가 수돗물을 틀어 놨나 봐요."

아줌마가 나무란다.

"아무도 없이 그 아이 혼자 여기서 뭘 하고 있었던 게냐? 그게 정말 궁금하구나. 만약 불이라도 냈으면 어쩔 뻔했어? 그러면 어쩌려고?"

"수돗물 틀어 놨다고 불이 나나요?"

"어디서 어른한테 까불어. 지금 무슨 말을 하는지 몰라서 물어? 너희 엄마는 어디 계시냐? 그리고 너희 둘 다 왜 학교 안 가고 집에 있어?"

"일하러요. 선생님들 교육받는 날이에요."

"뭐라고?"

나는 주도면밀하게 한숨을 내쉰다.

"엄마는 일하러 가셨어요. 제이와 저는 오늘 선생님들 교육받는 날이라 어린이집이랑 학교에 안 가도 돼요."

"그러니까 네가 네 동생을 돌보기로 되어 있다는 말이냐?"

"네."

"그런데 썩 잘하고 있는 것 같지는 않구나."

"잠깐 먹을 걸 사러 슈퍼에 갔다 왔어요."

아줌마가 쯧쯧 혀를 차며 더슨 씨에게 돌아선다.

"이건 옳지 않아요. 애한테 애를 맡기다니."

더슨 씨가 고개를 끄덕인다.

"아무나 애를 낳게 하면 안 된다니까요."

그들은 마치 내가 여기에 없는 사람처럼, 내가 투명인간이라도 되는 양 대화를 나눈다. 아니 내가 어린애라서 아예 사람으로 치지 않는지도. 그들에게 내 생각이나 감정 따위는 중요하지 않다.

아줌마가 말을 잇는다.

"이 집 상태 봤어요? 정말 구역질이 나요. 애들 건강이 염려스러워요. 벌레들이 우글거린다 해도 놀랍지 않을 정도예요. 부엌 봤어요?"

더슨 씨가 대홍수를 고치는 사이에 얼마나 여기저기 기웃거리고 다녔을지 안 봐도 뻔하다. 해도 너무하다.

"나가세요!"

아줌마는 말을 하다 말고 말을 뚝 그치고, 두 사람 모두 눈이 휘둥그레져서 입을 쩍 벌리고 나를 쳐다본다.

"뭐라고?"

"우리 집에서 나가세요, 당장!"

나는 현관문을 가리킨다. 더슨 씨는 짐짓 겁먹은 표정이다. 이번만은 내 키가 180센티가 넘고 험악하게 생긴 게 고맙다.

아줌마는 호락호락하게 물러서지 않는다. 아줌마는 핏발이 선 눈을 가늘게 뜨더니 나에게 몸을 숙인다.
"여기서 끝이라고 생각하면 큰 오산이야."
부인이 앙상한 손가락으로 내 가슴을 쿡쿡 찌른다.
"아니고 말고!"
복도에 서서 그들이 돌아가는 모습을 지켜보는데 몸이 부들부들 떨린다. 기회가 있었을 때 저 늙은 할망구를 계단에서 확 밀어 버렸어야 했는데.

제이는 우리 방 자기 이불 속에 숨어 있다. 나를 보자 울음을 터뜨린다.
"미안해, 형."
제이가 훌쩍거리며 말한다.
"괜찮아."
나는 침대에 털썩 주저앉는다.
"엄마는 언제 와?"
제이가 땀에 흠뻑 젖어서 내 옆으로 슬금슬금 다가온다.
"나도 몰라."
너무 지쳐서 더 이상 거짓말도 못하겠다.
그런데 방금 난 제이한테 또 거짓말을 했다. 난 제이한테 괜찮다고 말했다. 괜찮지가 않다. 참견쟁이 마녀는 전에도 요주의 인물이었다. 이제 우리가 정말로 아줌마의 신경을 거슬리고 있다는 느낌이 든다.

 초인종 소리에 잠이 깬 걸 보니 깜빡 잠이 들었나 보다. 나는 제이의 침대 위에 있고 팔을 베고 자서 팔이 저리다. 다시 초인종이 울리더니 똑똑 노크 소리가 이어진다. 짜증스럽게. 고집스럽게. 또 뭔가를 따지고 싶어서 안달이 난 참견쟁이 마녀겠지. 누가 됐든 상대하기 싫다. 우리는 안에 없다.
 그때 우편함이 달그락거리더니 현관 바닥에 무언가 떨어지는 소리가 들린다.
 잠시 가만히 기다리다가 그게 뭔지 확인하러 간다. 엄마 앞으로 온 편지지만 나는 봉투를 연다. 내 생각이 맞았다. 아줌마가 보낸 편지다.
 마치 다트처럼 단어들이 휘리릭 눈에 꽂힌다. '아이들……돌봐 주는 사람 없이…… 방치되고…….' 아줌마는 대홍수에 대해 시시콜콜 적고 엄마에게 자기를 만나러 오라고 요구한다. 그때 한 문장에 이르러 온몸이 오싹해진다. '관계 당국에 이 사실을 전하는 게 나의 의무라고 생각합니다…….'
 올 것이 왔다.
 엄마는 사라졌고, 이제 아줌마는 사회복지국에 이 사실을 알리려고 한다.
 편지를 공처럼 구겨서 현관에다 휙 던져 버린다.

"내가 왜 그 바보 같은 공중전화 부스에 가야 돼?"

아파트에서 나와 한 걸음 내딛을 때마다 발을 쿵쾅거리며 제이가 따진다.

"지난번에 너 혼자 두고 갔다가 홍수가 났잖아!"

"안 그랬어! 어쨌든……."

"그건 내 마음대로가 아니다? 나도 알아."

제이는 으르렁거리며 걸음을 멈춘다.

"가자, 제이. 제발!"

"나 배고파."

"나도 알아. 형도 배고파……."

포기하고 제이를 데리고 집으로 돌아갈까 싶은 유혹을 느낀다. 다시는 엄마가 집으로 돌아오지 않는다면 여행상품권이 무슨 소용이 있을까?

그렇지만 바람을 좀 쐴 필요가 있다. 멍하니 집 안에 앉아서 노크 소리나 기다리고 있는 건 견디기 힘들다. 어차피 오늘 밤에는 떨어질 텐데 차라리 깔끔하게 마무리 짓는 편이 나을지도 모른다.

제이 옆에 몸을 웅크리고 앉는다.

"마지막으로 딱 한 번만. 약속할게. 제발, 제이."

제이는 얼굴을 찌푸리고 입술을 깨문다.

"포켓몬 카드 사 줘야 돼."

"알았어."

포켓몬 카드를 사 줄 돈이 없지만 거짓말을 좀 더 한들 뭐가 달라질까?

공중전화 부스는 이미 누군가 차지하고 있지만, 몇 분 정도 여유가 있다.

그때 나는 그가 누구인지 알아본다.

바트맨도 동시에 우리를 알아본다. 순간 그는 깜짝 놀란 표정이고, 어쩌면 조금 겁을 먹은 것처럼 보이기도 하더니, 이내 능글맞게 웃는다. 기다릴까, 포기하고 돌아갈까 고민하는 찰나 그가 통화를 끝내고 수화기를 제자리에 올려놓는다. 우리는 그가 나오기를 기다리지만 그는 척 팔짱을 끼고 우리를 빤히 쳐다보며 공중전화 부스 안에 그대로 서 있다.

나는 앞으로 다가가 유리창 너머로 소리친다.

"실례지만 전화 다 쓰셨으면, 제가 전화를 좀 써야 해서요!"

"정말? 이를 어쩐다."

그가 맞받아친다.

제이가 묻는다.

"저 아저씨 뭐해?"

"안 나오려고 버티는 거야."

제이가 다가가 문을 열어 보지만 제이 힘으로는 너무 버겁다. 제이는 유리창을 쾅쾅 두드린다. 순간 바트맨은 걱정스러운 표정이었다가, 제이가 들어오지 못한다는 걸 알고 낄낄거리기 시작한다.

"우리 전화 써야 돼."

제이가 손가락질을 하며 소리친다.

바트맨은 고개를 젓는다.

제이는 다시 유리창을 쾅쾅 두드리고 이번에는 더 세게다.

"중요하단 말이야!"

새로 포켓몬 카드를 얻을 기회가 날아간다고 생각하는 게 틀림없다.

바트맨은 어깨를 으쓱한다.

제이는 으르렁거리며 문을 뻥뻥 차더니…… 으앙, 울음을 터뜨린다.

바트맨은 이 상황을 즐기는데, 남자 둘이 지나가며 그를 향해 수상하다는 눈길을 보낸다. 제이는 이제 "나와! 나와!"라고 외치며 공중전화 부스 벽을 주먹으로 쾅쾅 치고 있다.

안에서는 바트맨이 불안한 기색을 보이기 시작한다. 이제는 오히려 너무 두려워서 밖으로 못 나오는 눈치다.

나는 앞으로 다가가 여전히 발길질을 해 대며 고함을 지르는 제이를 번쩍 들어 떼어 낸다.

바트맨은 나를 힐긋 보더니 제이에게서 눈을 떼지 않고 문을 연다.

"미안하다. 일부러 울리려던 건 아니었어."

나는 아무 대꾸도 하지 않고 고개를 젓고는 공중전화 부스로 들어간다. 문을 닫고 제이를 내려놓는다.

"괜찮아?"

제이가 눈물 자국으로 얼룩진, 빨갛게 달아오른 얼굴로 나를 올려다보며 씩 웃는다.

"그 사람 쫓아냈다, 우리가!"

나는 라디오 햄으로 전화를 걸면서 깔깔 웃음을 터뜨린다. 부디 난리 통에 늦어 버리지 않았기를.

한참 전화벨이 울린 끝에 누군가 전화를 받는다.

"여보세요! 대니얼 로치요. 〈바즈의 한밤의 행운을 찾아라〉."

"여보세요?"

"여보세요, 대니얼 로치요. 〈바즈의 한밤의 행운을 찾아라〉 참가자요. 퀴즈 쇼 말이요. 미안합니다, 조금 늦었소."

잠시 침묵이 흐르더니 누군지 모를 목소리가 나온다. 아주 나이 든 목소리, 갈라지고 멀게 들리는.

"누구를 찾으시는지?"

"아닙니다, 죄송합니다. 잘못 걸었어요."

"빌이냐?"

"아뇨, 로레, 대니얼입니다. 그만 끊을게요, 죄송합니다!"

철커덕 수화기를 내려놓는데 가슴이 철렁한다.

제이가 묻는다.

"누구야?"

나는 고개를 흔들고 다시 전화를 걸다가 멈칫한다. 손가락이 전화기의 숫자판에 아로새겨진 숫자들 위를 맴돌지만 머릿속은 멍하다. 전화번호를 까먹었다. 수화기를 도로 걸어 놓고 숨을 들이쉰다. '침착해. 너는 알고 있어. 매일 밤 전화를 걸었잖아.' 지금까지 전화를 걸었던 건 내가 아니라 내 손가락들이었다. 지금까지는 손가락들이 알아서 움직였다.

등줄기를 따라 식은땀이 주르르 흘러내린다.

'생각하지 마. 그냥 걸어.'

다시 수화기를 들고 전화를 건다.

"여보세요? 빌? 너냐?"

수화기를 쾅하고 내려놓고 소리를 지른다. 그런데 수화기를 내려놓기가 무섭게 따르릉 전화벨이 울려서 깜짝 놀라 펄쩍 뛴다.

"여보세요?"

당연히 그 할머니인 줄 알고 전화를 받는다.

"여보세요, 라디오 햄의 셰릴입니다. 대니얼 로치 씨 계십니까?"

"셰릴, 여보세요, 대니얼이오."

다행히 때맞춰 나의 억양을 기억해 낸다.

"안녕하세요, 대니얼! 방금 전에는 다른 분 목소리처럼 들려서 몰랐어요!"

"죄송합니다, 어…… 뭘 먹는 중이라서!"

"아, 괜찮아요, 준비되셨죠? 금방 퀴즈 시작합니다."

"그럽시다. 막 전화를 걸려던 참이었는데, 전화가 연결이 안

됐소."

"걱정 마세요. 제가 전화를 드리는 게 나을 것 같았어요. 우리의 챔피언 없이 시작할 수는 없으니까요."

10분 뒤, 나는 제이와 함께 다시 퍼레이드를 따라 걷고 있다. 나도 모르게 웃음이 나온다. 나는 다음 단계로 진출했다. 시작은 흔들렸지만 모든 게 아주 순조로웠다. 마음을 비운 덕분에 긴장하지 않았나 보다. 한 문제를 틀렸지만 도전자가 엉터리인 덕분에 결국 내가 이겼다.

멍청한 소리처럼 들리지만 이제 나는 질 수 없을 것 같은 기분마저 든다. 마치 엄마를 위해 내가 그 여행상품권을 따기로 미리 정해진 사람처럼. 아직은 희망이 있으니, 아직은 나와 제이가 있으니 포기는 이르다고 말해 주는 어떤 신호처럼. 제이가 없었다면 일찌감치 포기했을 거다. 그냥 집으로 돌아가 버렸을 거다.

아파트 계단을 오르며 제이의 어깨에 팔을 두른다.

"오늘 밤에 도와줘서 고마워. 너 아니었으면 못 했을 거야."

제이가 어깨를 으쓱한다.

"뭘. 내일 포켓몬 카드 사 주면 되지."

나는 깔깔 웃음을 터뜨린다.

"그래! 당연히 사 줘야지."

Day 8
위장

앨리슨 부인께, 홍수 건은 죄송합니다. 애들이 실수였다고 하고, 로렌스는 음식을 사러 가게에 내려갔다 온 것뿐이었다고 하네요. 주말에 한번 찾아뵐게요. 이번 주는 계속 야근이라서 그 전에는 어려울 것 같습니다. 제가 찾아뵐 때까지는 사회복지국에 알리지 말아 주세요.

-마가렛 로치 드림

볼펜 끝을 잘근잘근 씹는다. 아직도 어딘가 부족해 보이지만 여기까지 쓰는 데도 무려 한 시간이나 걸렸다. '제가 찾아뵐 때까지는 사회복지국에 알리지 말아 주세요.'라는 부분이 마음에 들지 않는다. 협박조로 들리는데다, 참견쟁이 마녀한테 애원하는 것도 싫다. 하지만 지금 필요한 건 바로 그게 아닐까.

아줌마한테 자기가 대장이라는 기분이 들게 해 주기, 우리를 지배한다고 느끼게 해 주기. 그러면 좋아 죽을 테지. 애원용 문구 앞에 이 말을 끼워 넣는다.

'부인 말씀이 옳습니다. 아파트에 애들만 두고 가면 안 되는 줄 알지만 로렌스는 평소에 제이를 아주 잘 돌보고 있습니다. 로렌스에게 더 조심하라고 일러두었습니다.'

편지를 처음부터 끝까지 다시 쓰고, 맨 끝에 엄마의 가짜 사인을 덧붙인다. 학교에 편지를 내야 하는데 엄마가 너무 취해서 사인을 할 수 없을 때 많이 해봤다. 과연 효과가 있을지 미지수지만 달리 방법이 없다.

집에 편지 봉투가 없어서 종이를 반으로 접은 뒤 한쪽에 '앨리슨 부인'이라고 써서 엄마 화장대 위의 주택금융조합 통장에 끼워 넣는다. 통장은 완전히 말랐다. 잉크가 좀 번지고 끝이 조금 꼬깃거리기는 하지만 그래도 멀쩡하다. 정말 다행이다. 왜냐하면 나의 '원대한 계획 제1부, 돈 구하기'에 이 통장이 꼭 필요하기 때문이다. 돈을 인출하기 위해 엄마가 있어야 한다면, 엄마가 있으면 될 일이다.

치마는 썩 나빠 보이지 않는데, 방해의 주범은 바로 내 다리털이다. 거울에서 몸을 돌려 스타킹을 찾으러 엄마의 서랍을 뒤진다. 스타킹은 난생처음이라 처음 건 입다가 구멍이 뻥 뚫려 버렸다. 두 번째는 아주 조심해서 간신히 구멍을 내지 않고 다리를 끼우는 데 성공했는데, 이번에는 가랑이 부분이 겨우 무릎 위까지밖에 올라오지 않는다. 잡아당기고 꼼지락거리고 한참을 씨름한 끝에 제대로 스타킹을 신는다. 느낌은 이상하지만 그래도 다리가 훨씬 더 자연스럽게 보인다.

이제 윗옷 차례. 엄마는 여성스러운 꽃무늬 옷이 별로 없다. 평소에 남자처럼 옷을 입는 편이라 여장에는 별 도움이 되지 않는다. 그나마 찾아낸 제일 마땅한 옷이 자잘한 파란색 꽃무늬가 있는 하얀 블라우스다. 단추를 잘못 끼워서 한참 만에야 제대로 블라우스를 입는다. 아주 나빠 보이지는 않지만…… 여전히 뭔가 부족해 보인다. 그런데 그게 뭐지?

그때 침대 옆 바닥에 레이스가 달린 검은색 브래지어가 보인다.

말도 안 돼!

하지만 진정으로 이 작전이 성공하기를 바란다면…….

등 뒤로 채워야 해서 이 바보 같은 물건을 차느라 한참 실랑이를 벌인다. 결국 브래지어를 벗어서 고리를 채운 다음 머리 위로 뒤집어쓴다. 내가 지금껏 입어 본 것 중에 가장 불편한 물건이다. 레이스는 간질간질하고 어깨끈은 어깨에 꽉 낀다. 엄마는 이런 걸 어떻게 하는지 모르겠다. 브래지어 안에 스타킹과 양말을 잘라 낸 뭉치를 쑤셔 넣고 효과를 확인한다. 꼭 윗도리 안에다 감자를 숨겨서 들여오려는 밀수꾼 같은 모양새다. 뭔가 덜 몰캉거리는 게 필요하다.

쓸 만한 거라고는 예전에 할머니가 쓰던 게 틀림없는 커다란 병에 든 라벤더 목욕 소금뿐이다. 양말 두 짝에 목욕 소금을 채운 뒤 끝을 접어서 양쪽 브래지어 컵에 꾹꾹 밀어 넣는다. 이번에는 제법 그럴싸한데 딱 한 가지, 한쪽이 다른 쪽보다 두드러지게 큰 게 문제다. 둘을 똑같이 맞춘 다음 다시 한 번 시도한다. 반드시 효과가 있어야 한다. 이제 나한테서 심한…… 꽃냄새가 풍기는데, 뭐 그래서 나쁠 건 없지 않나.

벽장에서 엄마의 검은색 오리털 점퍼를 꺼내 입어 본다. 요즘 같은 날씨에는 조금 이상해 보일지 모르지만 목욕 소금을 채워 만든 가슴을 가리기에는 안성맞춤이다. 엄마의 롱부츠에 발을 억지로 끼워 넣어 보지만 너무 작다. 운동화를 신는 수밖에. 어차피 사람들은 발에는 그다지 신경을 쓰지는 않을 테니까.

거울을 보며 최종 점검을 한다. 선글라스를 쓰니 확실히 더 낫다. 알이 커서 얼굴을 대부분 가려 주는 효과가 있다. 다행히 나는 아직 면도를 할 필요는 없어서 가발에다 선글라스를 쓰고 새빨간 립스틱까지 바르고 나니 거의 여자처럼 보인다. 그런데 '거의' 정도로 성공할 수 있을까?

반드시 성공해야 한다. 어제 우리가 먹은 음식이라고는 초코바 하나씩이 전부였다. 누가 내장을 칼로 콕콕 찌르고, 내장이 풍선처럼 부풀어 오른 느낌이다. 그래도 나에게는 제이가 있다. 제이가 옆에 있으면 사람들을 속이기가 한결 쉽겠지. 어차피 둘이 함께 가면 대부분 제이한테 시선이 가게 마련이니까 내가 변장했다는 사실은 아무도 모르지 않을까.

거실로 들어서자, 제이가 소파에서 콰당 떨어지며 푸하하 웃음을 터뜨린다.

"꼭 엄마 같아!"

그러더니 바닥에서 데굴데굴 구른다.

좋아. 제이 눈에 내가 엄마처럼 보인다면…… 가능성이 있을지도.

"시내에 가야 돼."

"왜?"

"돈을 좀 찾아야 돼. 그래야 먹을 걸 사지."

"그리고 포켓몬 카드도. 형이 사 준다고 약속했잖아."

"그래. 알아."

"그런데 왜 엄마처럼 옷을 입은 거야?"

"엄마가 은행에 갈 시간이 없으니까. 은행 사람들은 형한테는 돈을 주지 않을 거야. 엄마가 나더러 엄마인 척하고 돈을 꺼내도 된다고 하셨어. 그러니까 네가 형을 도와줘야 돼. 알겠지?"

제이는 입술을 깨문다.

"알지? 지원군, 비밀 임무에서 섀기와 스쿠비 두가 한 팀인 것처럼."

제이가 씩 웃으며 말한다.

"파트너."
"바로 그거야."

나가는 길에 아줌마네 집 문 밑으로 편지를 슬쩍 밀어 넣는다. 가까운 거리에서는 이런 변장 정도로 아줌마의 엑스레이 시력을 속일 방법이 없다.

눈부시게 이글거리는 햇빛과 시끄러운 자동차 소음 속으로 발을 내딛는 순간, 나는 얼음이 된다. 홀딱 벗었다 해도 이보다 더 발가벗겨진 느낌을 받을 수는 없을 것 같다. 한달음에 안으로 달려 들어가 이 바보 같은 계획을 몽땅 없던 일로 해 버리고 싶은 충동과 싸우며 계단 맨 아래에 우뚝 멈춰 선다.

제이가 아파트 쪽을 흘깃 뒤돌아보며 말한다.

"아줌마가 와."

나는 제이의 손을 꽉 붙잡고 걷기 시작한다. 아줌마가 뒤에서 우리를 부르지만 못 들은 척한다. 버스비가 없어서 시내까지 줄곧 걸어야 한다. 고개를 푹 숙이고 아무도 보지 않는다. 제이는 평소처럼 오늘 아침에 본 〈스쿠비 두〉 줄거리를 나에게 종알종알 이야기한다. 제이의 수다는 도움이 된다. 조금 있으니 차츰 마음이 편안해진다. 난 할 수 있어. 라디오에서 아빠인 척하는 거나 다를 게 뭐가 있어. 그냥 그 인물에 빠져서 내가 그 사람이라고 믿기만 하면 되는 거야.

시내 중심가로 향하는 샛길로 빠져나가는데, 처음으로 우리 학교 애가 눈에 띈다. 교복을 입은 한 무리가 우리 앞에서 어슬렁어슬렁 보도 위를 걸어간다. 정오가 분명하다, 점심시간. 시간이 벌써 그렇게 됐나. 더는 안 된다. 누가 나를 알아보기라도 하면?

그때 상점 진열창에 비친 내 모습이 언뜻 눈에 들어온다. 충격이지만, 좋은 의미다. 전혀 나처럼 보이지 않는다. 진열창으로 더 바짝 다가간다. 선글라스는 정말 효과 만점이다. 얼굴을 가려 주는데다 가발까지 쓰니 여자가 따로 없다.

우리는 꽃가게 맞은편 횡단보도에 멈춰 선다. 제이는 초록불로 바뀔 때를 기다리며 신호등에서 눈을 떼지 않는다. 거리는 분주하다. 많은 사람들이 점심시간을 틈타 밖으로 나와 샌드위치를 우물거리고 휴대전화로 통화를 하느라 바쁘다. 반대쪽 인도에 어렴풋이 횡단보도를 건너려는 교복 차림의 우리 학교 애들이 보이지만, 일부러 시선을 돌린다.

마침내 자동차들이 멈춰 서고 초록불이 들어온다.

"가자."

제이를 흘깃 내려다본다. 제이가 길을 건너는 누군가를 향해 손을 흔든다.

사람들을 건너다보는데 반대쪽 인도에 미나가 보인다. 미나는 빙그레 웃으며 제이에게 손을 흔들어 준다.

한 가지 결정적인 사실을 깜빡했다. 나는 몰라봐도 제이는 아니다.

 달리기에는 너무 늦었고, 미나는 벌써 우리를 향해 길을 건너고 있다.

 "안녕, 친구!"

 미나가 빙그레 웃으며 제이의 머리를 쓰다듬어 주더니 나를 향해 돌아선다.

 미나의 두 눈이 휘둥그레진다.

 "로렌스?"

 제이가 깔깔거린다.

 "엄마 같지!"

 미나가 한 손으로 입을 가리더니 바싹 다가와 나를 자세히 살핀다.

 "너구나!"

 미나는 깔깔거리더니 웃음을 멈춘다.

 "뭐하는 거야? 뭐, 근사하다, 에디 이자드* 같은데? 대단하다. 대부분의 사람들은 그럴 배짱도 없을 텐데."

 무슨 말을 하고 있는지 당최 모르겠다.

 미나가 속삭인다.

 "너 게이는 아니지? 그게 중요한 건 아니지만. 그러니까, 난 그래도 상관없어. 난 그냥…… 어…….."

---

* Eddie Izzard. 영국의 코미디언. 여장남자로 유명하다.

이번만은 미나도 할 말을 잃은 것 같다.

"아니, 나 게이 아니야."

제이가 커다란 목소리로 끼어든다.

"우리 은행에 가는 길이야. 은행에서 엄마한테만 돈을 주는데 엄마가 여기 없어서 형이 엄마로 변장하고 엄마인 척하는 거야. 나는 지원군이고. 스쿠비처럼."

이래서 내가 제이를 어린이집에 보내지 않은 거다.

"뭐라고? 무슨 말인지 모르겠네."

미나는 얼굴을 찌푸리고 고개를 흔든다.

"알았어! 우리 얘기 좀 하자. 자, 내가 차 한잔 살게."

"우리는 은행에 가야 돼."

"그렇게 입고? 은행 강도라도 하려고?"

미나가 한쪽 눈썹을 치켜뜬다.

"차 한잔 할 시간은 있잖아, 가자."

"나 돈 하나도 없어."

"내가 말했잖아. 내가 낸다고. 그러니까 가자."

미나가 내 팔에 팔짱을 낀다.

제이가 묻는다.

"우리 어디 가는데?"

"카페."

"신 난다! 나 배고파 죽겠어. 우리 며칠 동안 아무것도 못 먹었어!"

제이의 입에 재갈을 물릴 수는 없다.

카페에 있는 건 고문이다. 사방이 음식이다. 음식 냄새, 주방에서 나는 지글지글 보글보글 소리, 그것도 모자라 벽에는 음식 사진까지. 배 속에서 경이에 찬 꼬르륵 소리가 요동을 친다.

"좋아, 뭐 먹을래?"

미나가 지갑을 꺼내며 묻는다.

"그냥 차 한잔, 고마워."

"너 며칠 동안 아무것도 못 먹은 거 같은데?"

나는 거짓말을 한다.

"제이가 오버하는 거야."

"아니야!"

미나가 말한다.

"베이컨 샌드위치? 트리플 세트가 맛있어. 계란, 베이컨, 그리고 소시지. 저 중에 뭐 먹을래, 제이?"

"나는 콩을 곁들인 감자튀김 먹을래."

내가 조그맣게 쏘아붙인다.

"그냥 음료수나 먹어, 제이."

미나가 계산대의 여자에게 돌아선다.

"트리플 세트 두 개하고 콩을 곁들인 감자튀김 하나 주세요."

미나가 다시 제이에게 돌아선다.

"음료수는, 친구?"

"콜라!"

"제발."

내가 제이의 옆구리를 쿡쿡 찌른다.

"제발."

제이가 나를 노려본다.

"차 마실래? 로…… 로렌?"

미나의 두 눈에 미소가 스치고 지나간다.

나는 고개를 끄덕인다.

"나오면 가져다 드릴게요."

계산대의 여자가 나에게 의심의 눈초리를 보낸다.

카페를 가로질러 맨 구석 테이블로 가는데 사람들의 시선이 느껴진다. 한 테이블에는 기름때가 묻은 파란색 작업복 차림의 정비공들이 무리지어 앉아 있다. 그중에 제일 나이가 지긋한, 뚱뚱하고 대머리가 벗겨진 남자가 나를 보고 한쪽 눈을 찡긋 한다.

미나는 이 상황이 우스워 죽겠다는 표정이다. 자리에 앉을 때까지 연신 양쪽 어깨를 씰룩거리더니 눈물까지 흘린다. 카페 안이 더워서 땀이 줄줄 흐르고 가발은 미친 듯이 근지럽다. 참다못해 엄마 점퍼의 지퍼를 내리지만 겁이 나서 차마 벗지는 못한다.

미나의 눈알이 왕방울처럼 튀어나온다.

"가슴도 있잖아!"

나는 어깨를 으쓱한다.

"목욕 소금이야. 불편해 죽겠어."

나는 브래지어 끈이 어깨를 파고드는 자리를 손으로 살살 문지른다.

미나가 빙그레 웃는다.

"여자들이 뭘 참고 살아야 하는지 이제 알겠지? 자, 다시 말해 봐. 왜 그렇게 입고 나온 거야?"

그럼 그렇지. 정말 답하기 곤란한 질문.

사실대로 말할 수도 있다…… 모든 사실을. 하지만 아직도 미나를 믿어도 괜찮을지 모르겠다. 미나는 테이블 건너편에서 나를 쳐다보고, 그날 밤 공원에서 왜 갑자기 달려 나갔냐고 묻던 그때와 똑같은 표정이다.

때마침 주문한 음식이 도착해 나를 살렸다. 제이는 종업원이 자기 앞에다 콩을 곁들인 감자튀김 접시를 올려놓자 환호성을 지르고 짝짝 손뼉을 친다. 제이는 토마토케첩에 감자튀김을 듬뿍 찍어서, 마치 며칠 동안 아무것도 못 먹은 사람처럼 허겁지겁 입안으로 퍼 나른다. 아무것도 못 먹은 건 사실이지만.

나는 미나를 보고 멋쩍게 웃는다.

"고마워. 이렇게 잘 해 줘서…… 그러니까…… 이걸 다 사 주고……."

미나는 어깨를 으쓱한다.

"친구끼린데 뭘."

나는 고개를 끄덕이고 샌드위치를 한입 깨문다. 입안에 천국이 펼쳐진다. 부드러운 빵과 버터, 짭짤한 베이컨과 매콤한 소시지. 손가락 사이로 기름기와 달걀 즙이 줄줄 흘러내리고, 순간 나는 말을 잇지 못한다.

"내가 맛있다고 그랬잖아."

미나는 생긋 웃더니 이내 얼굴이 굳어진다.

"아직 내 질문에 대답하지 않았어. 무슨 일이야, 로렌스? 계속 학교에도 안 나오고. 지난번에 봤을 때는 도랑 속에 앉아 있더니, 오늘은 여장을 하고 나타나질 않나. 회까닥 돌아서 개난리 치는 게 아니라면 이러는 데 무슨 까닭이 있을 거 아냐."

제이가 입안 가득 감자튀김을 문 채 끼어든다.

"형은 개 아니야. 형은 섀기야. 스쿠비는 나야!"

미나가 제이를 쳐다본다.

"알았어, 항복이다. 너희 둘 다 정상이 아니야. 난 지금 사이코 형제와 밥을 먹는 거야!"

제이가 얼굴을 찡그리며 대든다.

"누나가 사이코야, 우리는 아니야!"

미나가 깔깔거린다.

"정말? 브래지어에 목욕 소금을 채우고 변장을 한 사람은 내가 아닌데!"

"아까 말했잖아! 우리는 돈을 찾아야 돼, 그래야 먹을 걸 살 수 있어. 우리는 돈이 다 떨어졌는데 엄마는 여기 없어."

제이가 허공에 대고 포크를 흔들다가 구운 콩을 테이블 위로 흘리더니 잠시 입을 다문다.

이쯤 되면 내가 나서서 제이의 입을 막을 수도 있다. 미나한테 모든 비밀을 줄줄이 누설하기 전에. 그런데 그러고 싶지가 않다. 미나에게 알리고 싶다. 더는 비밀의 짐을 홀로 지고 가기가 너무 힘겹다. 그래서 샌드위치를 한입 더 베어 물고 제이가 말하게 내버려 둔다.

"형은 엄마인 척해야 돼. 그래야 사람들이 돈을 줘."

제이가 손가락에서 케첩을 싹싹 핥는다.

미나가 머그잔 너머로 나를 쳐다본다.

"정말이야?"

나는 어깨를 으쓱한다.

"기분 나쁘게 듣지 마, 로렌스, 그런데 너 정말 은행에서 너를 여자로 믿을 줄 알았어? 그렇게 차려입고?"

"은행이 아니라 주택금융조합이야."

미나가 코웃음을 친다.

"야, 은행 직원들이 죄다 장님이라고 해도 안 될 일이야. 넌 엉터리 여장배우 같은 꼬락서니란 말이야!"

"안 그러면 나더러 뭘 어떻게 하라고?"

나도 모르게 버럭 소리를 지른다.

선글라스를 벗어 테이블 위에 탁 던진다. 이렇게 입은 게 멍청하게 느껴지고, 이 짓이 효과가 있을 거라고 생각했다는 자체가 어처구니가 없다. 그 말은 곧 우리가 처음으로 되돌아가야 한다는 뜻이다. 무일푼으로.

미나는 움찔하는 기색도 없이 샌드위치를 한입 더 먹더니 변함없는 짙은 눈동자로 나를 가만히 응시한다. 그러고는 샌드위치를 꿀꺽 삼키고 머그잔으로 손을 뻗는다.

"너희 엄마는 어디 가셨어?"

제이 쪽을 흘깃 쳐다본다.

"멀리 일하러 가셨어."

나는 입으로는 그렇게 말하면서 동시에 고개를 좌우로 흔든다.

미나가 고개를 끄덕인다.

"그리고 너희는 돈이 다 떨어졌고?"

"응."

미나는 차를 한 모금 더 마신다.

"내가 돈을 좀 빌려 줄게. 어젯밤에 아기 돌보는 아르바이트 해서 지금 나 돈 많아."

미나의 제안에 얼마나 놀랐는지 대꾸할 말도 찾지 못한다. 나는 곧 고개를 젓는다.

"고맙지만 괜찮아. 그럴 필요 없어."

"내가 그럴 필요 없다는 거 나도 알지만 빌려 주는 거니까 받아. 나중에 갚으면 돼. 내 돈 떼어먹으면 죽을 때까지 쫓아다닐 테니까."

미나가 활짝 웃는다.

"난 너한테 돈 못 받아."

"왜? 너 지금 절박하잖아, 아주 절박해 보여."

나는 어깨를 으쓱한다.

"너 그렇게 입고 은행에 들어가면 은행 밖에 경찰차가 대기하고 있을걸. 그렇게 되기를 바라는 건 아니잖아."

미나는 제이를 향해 고갯짓을 한다.

"너희끼리 사는 걸 아무도 모르는 것 같은데."

"아무도 몰라."

미나가 손목시계를 쳐다본다.

"학교로 돌아갈 시간이야. 가자."

남은 차를 후루룩 마시고 먹던 샌드위치를 집어 든다. 남은 음식을 두고 갈 수는 없지. 우리 셋은 자리에서 일어나 문 쪽으로 향하고, 나는 그 대머리 정비공을 흘깃 쳐다본다. 그가 나를 보고 헤벌레 웃는데, 두 눈이 내 목욕 소금 가슴에서 떨어질 줄 모른다.

"자기, 또 봅시다."

그러더니 다시 한 번 한쪽 눈을 찡긋하며 큰 소리로 나에게 알은 체를 한다. 같은 테이블에 앉은 그의 친구들까지 죄다 따라서 헤벌쭉 웃는다.

나는 고개를 끄덕인다.

"또 봐요, 멋진 양반."

나는 윙크로 답하며, 최대한 굵직한 저음을 뽑아낸다.

순간 그의 얼굴에서 미소가 싹 사라진다. 그의 친구 중 하나가 껄껄 웃기 시작한다. 나는 그를 향해 손을 흔들어 주고 문을 열고 나온다.

미나는 시내 중심가에 이르러서야 간신히 웃음을 그친다.

"난 네가 좋아, 로렌스 로렌스 로치."

미나가 가방에 손을 뻗는다.

"너랑 같이 있으면 절대 심심하지가 않거든!"

미나가 20파운드짜리 지폐를 내민다.

"이거면 며칠은 버티겠지?"

"넌 이 돈 필요 없어?"

"다음 주가 에이미 생일이라 뭘 좀 사 주려고 했는데, 내일 사면 돼."

나는 그 돈을 받는다. 갑자기 목이 콱 막힌다.

"그럼 난 가야겠다. 학교에 갈 사람은 가야지."

미나가 내 손을 붙잡고 손등에 파란색 볼펜으로 뭐라고 쓴다.

"내 휴대전화 번호. 전화해. 아무 때나. 우리는 대화가 필요해, 너하고 나."

그러더니 허리를 쭉 펴서 내 뺨에 입을 맞춘다.

"잘 가, 덩치 큰 친구."

미나는 제이의 머리카락을 쓰다듬고 손을 흔들며 걸어간다.

제이가 묻는다.

"누나는 왜 형 손에다 글씨를 써?"

나는 어깨를 으쓱한다.

"이상한 누나야."

제이가 고개를 흔들며 말한다.

"그래도 난 누나 좋아."

"응. 나도."

"아, 그래요, 대니얼, 나의 친구여. 당신이 그리울 겁니다. 당신과 나, 많은 시간을 함께하지 않았습니까. 하지만 **모든 좋은 일은 반드시 끝이 오기 마련이지요. 그것은 부정할 수 없는 사실입니다!** 유일하게 우리가 **알지 못하는** 사실은, 바로 그게 언제가 되는가입니다. **오늘 밤**이 될까요? 아니면 **내일 밤**이 될까요?"

바즈는 말을 멈추고 수화기에서 치지직 소리가 들린다.

"**두 문제** 통과. **한 문제** 남았습니다. 이제 단 한 문제면 당신은 **최종 결승전**에 진출합니다!"

공중전화 부스 밖의 무언가가 내 눈길을 사로잡는다. 긴 백발을 하나로 질끈 묶은 남자가 주차장을 가로지른다. 남자가 퍼레이드 와인 전문점으로 사라지자, 바즈의 우스꽝스러운 음향효과처럼 내 심장이 쿵쾅거리기 시작한다.

그날 밤 그와 함께 있었던 사람이 엄마였다면? 엄마가 아직도 그와 함께 있다면? 바로 지금 어딘가에서 그를 기다리고 있을 텐데. 그를 따라가면, 그가 나를 엄마에게 인도해 줄지도 모른다.

"대니얼?"

바즈가 내 귀에 대고 말한다.

"네?"

"전화 연결돼 있는 거 맞죠, 챔피언? 또 전화가 끊긴 줄 알았습니다."

"아니오, 잘 들립니다."

"준비되셨습니까?"

"그렇소."

내 두 눈은 와인 전문점 출입구에 고정되어 있다.

"좋습니다. 세 번째 문제. 산비탈에 전직 대통령들의 얼굴이 새겨진 유명한 미국의 명소인 이곳의 이름은 무엇일까요? 에이, 링컨 기념관일까요? 비, 미국 의회일까요? 아니면 시, 러시모어 산일까요? 다시 한 번 읽어 드리겠습니다……."

백발 남자가 손에 레드 와인 쇼핑백을 들고 다시 모습을 드러낸다. 너무 빨리 나왔다! 만약 그가 이대로 가 버리면 그를 따라잡기란 불가능하다. 그런데 그는 공원 방향으로 좌회전을 하는 대신 퍼레이드를 따라 걸어가더니 최 부인의 피시 앤 칩스 식당 문을 밀고 들어간다. 안에는 줄이 있다. 잘하면 딱 맞춰서 따라갈 수 있을지도.

그런데 그만 질문을 놓쳤다.

"죄송합니다, 어, 다시 한 번만 말씀해 주시겠소?"

"다시 한 번! 보통은 **절대** 그런 기회를 드리지 않습니다만, 당신에게만 특별히 불러드리죠."

"고맙소."

"미국의 기념비적인 건축물로 언덕 한쪽 면에 대통령의 얼굴들이 새겨져 있습니다. 그곳은 어디일까요? 에이, 링컨 기념관일까요? 비, 미국 의회일까요? 아니면 시, 러시모어 산일까요?

"시, 러시모어 산."

어제 아침에 제이와 함께 〈스쿠비 두〉를 봐서 답을 안다. 스쿠비 두 패거리가 러시모어 산으로 여행을 갔는데, 섀기와 스쿠비가 죽은 대통령 유령들에게 쫓기는 장면이 나왔다. 텔레비전에는 배울 게 하나도 없다고 대체 누가 말했던가!

바즈가 묻는다.

"확실합니까?"

"그렇소."

피시 앤 칩스 식당 안에서는 그 백발의 남자가 줄을 서서 다음 차례를 기다린다.

"정말 확실합니까?"

"그렇소!"

제발 빨리 빨리!

"이럴 줄 알았습니다. 제가 말씀드리지 않았습니까. 이제 작별 인사를 해야 할 시간이 될 거라고요."

가게 문이 열리고 어떤 아이가 감자튀김 상자에 대고 입을 후후 불면서 밖으로 나온다.

"**나의 친구여**, 그대에게 **작별**을 고합니다. 정말 잘 하셨습니다. 아니, 무슨 이런 **망발**을! 당신은 한 마디로 **끝내줬습니다!**"

바즈가 말하는 가운데 배경음악으로 흐느끼는 소리와 함께 슬픈 음악이 흘러나온다.

백발 남자가 감자튀김 봉지를 들고 식당 밖으로 나온다. 봉지는 꽤 묵직해 보인다. 2인분일까? 남자가 어디로 가는지 봐둬야 한다.

바즈가 말을 잇는다.

"여러분, 내일 밤도 저희와 함께해 주신다면 **정말** 기쁘겠습니다. 같은 **시간**, 같은 **곳**에서요. 드디어 **최종** 라운드입니다!"

환호와 폭죽 효과음에 바즈의 목소리가 묻혀 들리지 않을 지경이다.

"우리의 챔피언인 **아이스맨**, 대니얼 로치는 앞으로 **단 세 문제**만을 남겨두고 있습니다. 단 세 문제입니다, 여러분! 뜨거운 태양 아래 경비가 **전액** 지원되는 여행상품권이 바로 눈앞에 있습니다!"

하다크레 홀리데이즈 로고송이 전화기를 타고 딸랑딸랑 전해져 오는데 백발 남자가 퍼레이드 끝 계단 쪽으로 걸어가기 시작한다. 나는 가야 한다.

바즈에게 황급히 인사를 건넨다.

"다시 오겠소. 그럼 내일 뵙지요."

그리고 철커덕 수화기를 내려놓는다.

제이는 밖에서 나를 기다리고 있다. 제이를 번쩍 안아 어깨에 태우고 달리기 시작한다.

"어디, 어디 가는데?"

제이가 떨어지지 않으려고 내 머리카락을 손으로 꽉 붙잡고 묻는다.

"저 남자 따라가야 돼, 저 백발 남자."

남자가 저 멀리 앞에서 공원을 가로지르는 게 보인다. 우리가 더 바짝 따라잡지 못하거나, 남자가 산울타리를 통과해 버리면 이대로 놓치기 십상이다.

"그 아저씨다, 유원지에서 봤는데."

제이가 내 어깨 위에서 몸을 통통 튕기며 말한다.

끙 소리가 나온다. 말하면서 뛰기란 힘들다. 더구나 제이의 두 다리가 내 목을 꽉 죄고 있으니.

"왜, 우리가, 저 아저씨 따라가?"

"나중에 말해 줄게. 그냥 어디로 가는지 잘 봐, 스쿠비!"

"오케이, 섀기."

백발 남자는 울타리 구멍으로 자취를 감춘다. 행여 그를 놓칠세라 나는 폭발적으로 속도를 높인다. 울타리 틈에 다다르자 제이를 내려놓고 틈새를 유심히 살핀다. 다행히 남자가 왼쪽 커브를 돌아 사라지기 직전, 백발 위로 어렴풋이 햇빛이 비추는 장면을 목격한다. 제이를 허리춤으로 내리고 콘크리트 다리로 향한다. 우리의 사냥감은 하늘을 배경으로 실루엣을 드러내며 이제 거의 수문에 다다랐다.

"가자!"

제이를 다시 어깨 위로 번쩍 들어 올린다.

백발 남자는 강둑에 매어 놓은 몇 척의 거룻배 중 한 배에 탄 어떤 이와 이야기를 하느라 잠시 멈춰 선다. 그 틈을 타서 그를 따라잡는 데 성공하지만 너무 바싹 다가가고 싶지는 않다. 미행을 당하고 있다는 사실을 들키면 곤란하다. 잠시 제이를 걸려도 괜찮겠다.

앞쪽으로 키가 큰 까만색 철교 밑의 짧은 터널 안으로 운하가 돌아나 있다. 백발 남자는 터널 안쪽으로 사라진다.

내가 제이에게 말한다.

"더 가까이 가야 돼. 다시 내 어깨에 올라타."

하지만 제이가 고개를 젓는다.

"아프단 말이야!"

"안 그러면 뛰어야 돼."

"알았어."

우리는 달리기 시작하지만 몇 미터 못 가 제이가 뒤처진다. 나는 계속 달린다. 지금 그를 놓칠 수는 없다.

터널 안은 으스스한데다 내 발자국 소리는 굽은 천장에 부딪쳤다가 다시 나를 향해 커다랗게 덮쳐온다. 터널 반대쪽으로 빠져나오자 마음이 놓인다. 앞에는 보트 세 척이 나란히 강둑에 정박해 있다. 백발 남자는 그 중 첫 번째 보트와 같은 위치다. 그는 계속 걸음을 옮겨 두 번째 보트를 지나고, 다시 세 번째 보트를 향해 걸음을 옮긴다. 그를 시야에서 놓치지 않으면서 잠시 멈춰 서서 제이를 기다린다. 터널 중앙으로 난 동그란 파란 하늘을 통해 터널 안을 들여다보지만 제이는 보이지 않는다. 너무 무서워서 다리 밑으로 내려오지 못했을지 모른다. 제이를 데리러 돌아가야 한다.

백발 남자는 마지막 보트를 지나 계속해서 걷고 있다.

어디로 가는 걸까? 제이 없이는 더 멀리 따라갈 수가 없다.

진작 제이를 데려왔어야 했는데.

바로 앞쪽에 두 번째 수문이 있다. 백발 남자는 그 수문으로 올라가 반대쪽 강둑으로 건너가더니 철교를 향해 방향을 거꾸로 되돌린다. 나는 계속 앞으로 걸어가고, 따라서 내가 그를 미행하고 있다는 게 빤히 드러나지는 않는다. 딱 운하만큼의 사이를 두고 우리 둘이 같은 위치에서 서로를 마주보게 되는 지점. 그는 나를 건너다보며 고개를 까딱인다. 나는 계속해서 걸음을 옮기다가 수문을 지나치기 직전에 고개를 돌려 그가 어디로 가는지 확인한다.

여태껏 축 늘어진 버드나무 가지에 가려서 보이지 않았던 보트 한 척이 눈에 띈다. 네모난 선실과 둥그런 창이 있는 회색빛 작은 보트. 아까 지나치며 본, 밝은 색으로 치장한 거룻배들과는 사뭇 다른 모습이다. 창문으로 희미한 노란색 불빛이 비추고, 지붕 위 뭉뚝한 굴뚝을 통해 푸른 연기가 소용돌이치며 뿜어져 나온다.

확신이 든다.

배 안에 여자가 있다.

그 느낌이 한바탕 몰아치는 열기처럼 온몸을 휘감는다. 너무도 강렬해서 그 느낌이 사라지고 나자 몸이 부들부들 떨린다.

거울의 천막에서, 또 공원을 가로지르며 두 사람을 뒤쫓았을 때와 똑같은 느낌.

엄마다. 느낌이 온다.

백발 남자가 배로 올라가는 모습을 확인하고 나서야 뒤돌아 터널 쪽으로 내달린다. 터널을 통과하자마자 제이가 보인다. 제이는 나를 보고 반짝 반가워하는 듯싶더니 이내 울상이 된다.

제이가 막 울음을 터뜨릴 듯한 목소리로 따진다.

"형이 달려가 버렸어!"

"미안해, 내 친구 스쿠비. 그 남자를 따라가야만 했어. 하지만 내가 그 사람 사는 데를 알아냈어. 여기 남아서 계속 감시한 건 아주 잘 했어. 고마워, 친구."

나는 제이가 맞장구를 칠지 어쩔지 몰라 불안해 하며 활짝 웃는다.

"집에 가는 길에 스쿠비 스낵 어때? 응?"

제이는 분노와 감자칩 사이에서 갈등한다.

결국 감자칩의 승리다.

지붕 위로 나오니 시원하고 어둑어둑하다. 하늘을 별들로 채우며 밤이 서서히 블라인드를 내린다. 공원과 운하의 경계를 이루는 들쑥날쑥한 나무들만 간신히 보일 뿐이다. 저 너머 어둠 속 어딘가에 회색빛 보트가 있다.

그곳에 엄마가 있다고 여기는 건 나 혼자만의 착각일까? 아무런 증거도 없이 오로지 직감만 있을 뿐, 그 직감은 불꽃놀이처럼 쉬익 하는 소리와 함께 혈관을 타고 내리며 그녀가 엄마라고 나에게 말한다. 확실한 증거가 필요하다. 서둘러야 한다. 내 머리가 쾅하고 폭발해 버리기 전에.

Day 9
최종 우승자

 일찍 잠에서 깼지만 지난밤 일로 아직도 머릿속이 웅웅거린다. 그곳으로 가고 싶다. 그 사람이 정말 엄마인지 알아내야 한다.
 "나는 그 바보 같은 운하 안 가!"
 제이가 주먹을 불끈 쥐며 소리친다.
 "우리는 그 사람을 염탐해야 돼. 유원지에서 봤던 그 사람, 그 사람이 무슨 일을 꾸미고 있는지 몰라. 가자, 스쿠비, 친구. 네 도움이 없으면 안 돼!"
 제이는 팔짱을 끼고 앞머리 아래에서 나를 노려본다.
 어찌해야 좋을지 모르겠다. 제이 혼자 두고 갈 수는 없다.
 문득 해결책이 바로 코앞에서 나를 빤히 쳐다보고 있음을 깨닫는다. 내 손등에 남은 파랗게 번진 숫자들.

제이한테 돌아올 때까지 꼼짝 말라고 신신당부를 하고 공중 전화 카드를 손에 쥔다.

중앙 현관을 반쯤 가로질러 갔을 때 참견쟁이 마녀가 유령처럼 불쑥 나타난다.
"안녕."
아줌마의 두 눈이 나에게서 계단으로 잽싸게 움직인다.
"오늘은 동생이랑 같이 안 오니?"
"위층에 있어요……."
머릿속에서 위험 경보가 요란하게 울리지만 주워 담기에는 너무 늦었다.
"혼자?"
"아뇨! 엄마가 같이 계세요."
바보, 그런 말은 왜 해!
"아!"
아줌마의 두 눈이 밝아진다.
"잘 됐네. 가서 엄마 좀 뵈어야겠다."
"안 돼요!"
아줌마가 우뚝 멈춰 서서 나를 쳐다본다.
"출근 준비 중이세요. 금방 가셔야 돼요."
심장이 두방망이질 쳐서 생각하기가 힘들다.
"엄마 편지 받으셨죠? 주말에 와서 뵙겠다고 했잖아요, 토요일에."

아줌마가 오므린 입술 사이로 한숨을 내쉰다.

"토요일 아침에는 만사를 제치고 꼭 만났으면 좋겠구나. 아홉 시 정각이다. 너희 엄마한테 나는 약속 시간에 늦는 건 질색이라고 말씀드려라."

아줌마가 내 쪽으로 몸을 숙이자 향수 냄새에 숨이 막힐 지경이다.

"경고하는데, 만약 위층에서 뭐든 이상한 낌새가 조금이라도 보인다고 의심되면 곧바로 복지국에 신고할 테니까. 내 말 알아듣겠지?"

나는 아무런 대꾸도 없이 아줌마만 빤히 쳐다본다.

아줌마도 질세라 나를 뚫어져라 쳐다본다.

먼저 눈을 피한 사람은 나다.

"날더러 뭘 해 달라고? 나 학교 가야지."

전화 속 미나의 목소리는 평소와는 달리 자못 북부 억양이 느껴진다.

"미안…… 깜빡했어. 신경 쓰지 마. 괜찮아."

그제야 내가 얼마나 바보 같은 부탁을 했는지 깨닫는다.

수화기 반대쪽에서 깔깔거리는 미나의 웃음소리가 들린다.

"못하겠다고는 안 했는데? 난 그냥 네가 꼬맹이 돌보기보다는 뭔가 더 흥미진진한 걸 부탁할 줄 알았거든."

입안이 바짝 타들어간다.

"어……."

"자, 나한테 동생을 맡겨 놓고 갈 정도로 중요한 볼일이 뭐야?"

잠시 머뭇거리다가 엄마와 그 보트에 대해 털어놓는다. 순간 양쪽에서 침묵이 흐른다. 이윽고 미나가 입을 뗀다.

"좋아. 나한테 삼십 분만 줘. 아빠가 출근하실 때까지 기다려야 돼. 너희 집 어디야?"

"그 상가 알아? 파크뷰 퍼레이드. 거기서 만나자."

제복을 입지 않은 미나는 처음이다. 학교든 밴드든. 오늘은 장미무늬가 가득한 짧은 원피스 위에 청재킷을 입고 커다란 하얀색 선글라스를 썼다. 립스틱도 발랐다. 미나는 달라 보인다…… 많이 달라 보인다……. 머릿속에서 미나의 목소리가 들린다.

'난 그냥 네가 꼬맹이 돌보기보다는 뭔가 더 흥미진진한 걸 부탁할 줄 알았거든…….'

"와 줘서 고마워."

생긋 웃으며 나를 향해 자전거를 타고 오는 미나를 보고 내가 쉰 듯한 목소리로 말한다.

"천만에, 덩치 큰 친구. 어차피 오늘은 수학하고 2교시 연속 생물이야."

미나가 얼굴을 찌푸린다. 그러곤 아파트를 올려다본다.
"그러니까 여기가 네가 자주 출몰하는 곳이구나."
"그래. 뒷문으로 들어가는 게 좋겠다."

미나가 비상계단을 올려다본다.
"미리 알려 줬어야지. 이러고 여기를 어떻게 올라가라고!"
"미안."
미나가 깔깔거린다.
"뭐, 미리 짐작을 못한 내가 바보지. 너랑 상관있는 일이라면 뭔가 독특한 일일 가능성이 크니까."
미나가 내 팔을 툭 건드린다.
"좋은 뜻으로 하는 말이야."
미나는 비상계단 아래쪽에 자전거를 묶어 놓고 내 뒤의 쓰레기통 위로 기어 올라간다. 울타리를 타고 올라가는 게 이번이 처음은 아닌 것 같다. 그래도 사다리를 보고 썩 내켜하는 눈치는 아니다.
"안전한 거 확실해?"
"지금까지는."
"좋아! 그 말을 들으니 훨씬 안심이 되네."
미나는 녹이 슨 쇠를 부여잡고 사다리의 첫 번째 단으로 발을 올린다.
"내 치마 속 올려다보면 안 돼!"

얼른 뒤돌아 부슬부슬 부서지는 벽돌만 뚫어져라 쳐다보는데 위에서 고함 소리가 들린다.

올라가 보니 미나는 지붕 위에 서서 공원을 내려다보고 있다.

"경치 좋은데. 우리 집도 보이겠다."

미나의 팔을 따라 아득히 먼 지점의 숲까지 눈으로 따라간다. 바싹 붙어선 터라 미나의 향수 냄새가 코끝을 간질인다. 참견쟁이 마녀가 뿌리는 살충제 같은 향수와는 질적으로 다른, 가볍고 상쾌한 향이다. 침을 꿀꺽 삼키고 미나에게서 떨어지는데 지금 입은 내 청바지는 언제부터 입기 시작했는지…… 기억조차 가물가물할 정도로 오랫동안 빨지 않은데다, 이틀 전 빨래 더미에서 끄집어낸 티셔츠에서는 지독한 냄새가 풍긴다는 걸 퍼뜩 깨닫는다.

제이는 텔레비전을 보다가 미나의 인사를 받고 몸을 돌린다. 선글라스를 벗자 그제야 미나를 알아본다.

내가 제이한테 말한다.

"형 잠깐 나갔다 와야 돼. 그러니까 형 올 때까지 누나하고 같이 놀아."

"왜?"

"너만 두고 형이 나갈 수는 없잖아."

"왜?"

"왜냐하면……"

미나가 대신 대답한다.

"누나가 만화 보고 싶어서 그래. 우리 집에는 텔레비전이 없거든. 너희 형이 너희 집에 와서 너랑 같이 봐도 괜찮다고 해서."

"누나는 집에 텔레비전 없어?"

제이의 눈이 놀라서 튀어나온다.

"옛날 건 폭발했고, 아직 새 텔레비전은 못 샀어."

"폭발했다고!"

"그래! 갑자기 쾅하는 소리가 나더니 파란 불꽃이 파바박 요란하게 튀는 거야. 무서워 죽는 줄 알았어!"

제이는 그 말이 재미있나 보다.

미나가 나에게 돌아선다.

"좋아, 넌 가는 게 좋겠다. 부엌이 어딘지만 알려 줘. 기어 올라왔더니 목이 좀 말라서."

부엌 불을 켜니 바퀴벌레들이 후다닥 자취를 감춘다.

미나가 내 팔을 꽉 부여잡는다.

"우아! 저거 뭐였어?"

부엌을 휙 둘러본다. 기름에 찌든 찬장, 탑처럼 쌓인 설거지거리에 넘치는 쓰레기통까지……. 마치 이 부엌을 처음 보는 사람처럼. 미나의 눈에도 틀림없이 그렇게 보였겠지. 이런 상태로 너무나 오랫동안 지내서 지금이 오히려 정상으로 느껴진다. 당연히 정상일 리는 없지만. 지금 당장 미나가 뒤돌아 줄행랑을 친다 해도, 자전거에 올라타 다시는 돌아오지 않는다 해도 미나를 비난할 생각은 없다.

잠시 뒤 미나가 말한다.

"바퀴벌레야. 우리 삼촌 가게에 바퀴벌레들이 있었어. 정말 얼마나 잡기 힘든 녀석들이었나 몰라. 바퀴벌레는 핵전쟁이 일어나도 살아남을 거라고들 하는 거 알아?"

"아니."

미나가 나를 올려다본다.

"진짜야. 자, 나한테 물 한잔 주지 않을래?"

머릿속으로 아직 미나가 여기에 남아 있다는 사실을 받아들이려고 노력하면서 수도꼭지에 대고 컵을 헹군다.

"그 보트에 너희 엄마가 있는 게 확실해?"

"아니, 그렇지만 엄마인 것 같아. 알아봐야지."

"그런데 왜? 내 말은, 너희 엄마가 왜 거기에 계시냐 이 말이야."

"나도 몰라…… 그건 좀 복잡해."

미나에게 컵을 건넨다.

"엄마는 힘들어 하셨어…… 그냥 사는 게. 우울해 하고. 그냥 슬픈 정도가 아니라…… 그 무엇도 감당할 수 없을 것 같은 느낌, 아주 심한 거야. 엄마한테는 토스트 하나만 태워도 대재앙이나 다름없어."

나는 어깨를 으쓱하고 덧붙인다.

"가끔은…… 여기 있는 게…… 제이랑 나 말이야…… 엄마한테 너무 버거운 짐이 아닌가 싶어."

미나의 눈이 어두워지더니 꼼짝하지 않는다. 나는 시선을 돌린다.

"엄마는 술을 마시면 평범해지는 느낌이 든대. 가끔은 효과도 있어. 가끔은 정말 기분이 좋아…… 정상적인 행복감은 아니지만. 오히려 너무 심하지. 마치 다른 사람들 눈에는 전혀 보이지 않는 성대한 파티가 열리고 있는 것처럼. 또 어떨 때는 무턱대고 화를 내."

"전에도 이렇게 사라져 버리신 적 있었어?"

"몇 번 외박을 한 적 있고, 한 번은 사흘 동안 사라졌었어. 그래도 그때는 외할머니가 아직 살아계셨을 때야. 공원 벤치에 기절해 있는 걸 누가 발견해서 구급차를 불렀어. 의사 말이 엄마는 우울증이래. 엄마의 인생을 감당할 수가 없어서 달아난 거라고."

"지금 너희 엄마가 그때와 똑같은 거 같아?"

나는 어깨를 으쓱한다.

"어쩔 건데?"

"몰라, 거기 있는 여자가 엄마가 맞나부터 확인해 보고."

"너희 엄마를 불러낼 거야?"

"오늘은 말고. 엄마를 불안하게 하기는 싫어."

나는 씩 웃는다.

"나한테 계획이 있어. 일만 술술 풀리면 엄마가 집으로 돌아오고 싶은 마음이 생기게 해 줄 물건을 손에 넣게 될 거야. 그런데 오늘 밤까지는 몰라."

"왜, 오늘 밤에 무슨 일이 생기는데?"

"미안해, 그건 말 못해. 아직은 안 돼. 일이 잘 풀리면, 그때 말해 줄게."

나는 어깨를 으쓱하고 말을 잇는다.

"계속 비밀로 간직했어. 남한테 말하면 징크스가 돼 버릴까 봐 겁나서."

"넌 완전히 비밀투성이로구나. 로렌스 로렌스 로치!"

미나가 한쪽 눈썹을 치켜 올린다.

"자, 이번에는 누구로 변장하려고?"

나는 하하 웃음을 터뜨린다.

"변장은 그만, 제발!"

미나는 고개를 젓는다.

"좋아, 그럼 어서 가. 여섯 시에 아빠가 퇴근하시니까 그때까지는 집에 가야 돼."

"알았어. 오래 걸리지 않을 거야. 고마워, 미나."

벌써 몇 시간째 죽치고 앉아 있다. 운하 위 나무들 틈에 숨어서 말벌들에게 시달리고 차츰 엉덩이의 감각을 잃어가면서.

그래도 보트가 한눈에 들어오는 명당자리다. 백발 남자가 낚시를 하고 있는 반대편 강둑에서조차 보이지 않는, 사실상 완벽한 위치다. 남자는 내가 도착했을 때부터 거기에 있더니, 죽 그 자리다. 문제는 그 보트에도 인기척이 전혀 없다는 사실이다. 마치 버려진 배처럼. 굴뚝에서 나오는 연기도 없고, 창문에서 새어나오는 불빛도 없다…… 그래도 나는 엄마가 거기에 있음을 안다. 다시 그 느낌이 전해진다. 그 느낌이 너무 강해서 소리까지 들리는 것 같다. 마치 보트 안의 수로 표지처럼 고동을 치며 허공을 맴도는 낮은 콧노래 소리가. 하지만 내 눈으로 직접 보고 싶다. 분명히 해 둘 필요가 있다.

만약 온종일 보트 밖으로 나오지 않는다면? 엄마는 몇 시간이고 잘 잔다. 특히나 간밤에 술을 진탕 마신 날에는. 나는 조만간 가야 한다. 그래야 미나가 아버지 퇴근시간 전에 집으로 돌아갈 수 있을 테니까. 미나는 제이와 어떻게 지내고 있을까? 눈을 감으면 장미 원피스를 입고 지붕에 서 있는 미나가 보인다…… 순간 직감적으로 찌르르 느낌이 온다.

눈을 홱 뜨니 보트 위에 움직임이 보인다. 백발 남자가 갑판 위에 낚시 도구를 떨어뜨린다. 문을 열고 안으로 들어갔다가 잠시 뒤 검은색 쓰레기봉투를 가지고 다시 나타나는데…… 바로 거기, 남자 뒤로 어둡고 네모난 출입구에 어떤 희미한 여자의 형상이 보인다. 생김새는커녕 입은 옷도 알아보기가 힘들지만, 엄마다…… 꼭 그래야만 한다. 그녀는 백발 남자에게 빨간색 퍼레이드 와인 전문점 쇼핑백을 건네더니 다시 시야에서 사라진다. 나는 남자가 수문을 건너 반대편 강둑의 나무들 사이에다 쓰레기봉투를 툭 던지고 보트로 되돌아와 문을 닫고 사라지는 모습을 지켜본다.

쿵쾅거리는 심장으로, 무언가 다른 일이 일어나지 않을까 기다려 본다. 조금만 더 잘 보이면 좋으련만. 하지만 시간이 없다.

문득 좋은 수가 머리를 스친다.

쓰레기를 찾아내는 데는 그리 오래 걸리지 않는다. 이 자리가 쓰레기장으로 쓰인 게 이번이 처음이 아닌 것만은 확실하다. 사방에 검은색 봉지들이 흩어져 있다. 쐐기풀 덤불 속에 반쯤 묻힌 퍼레이드 와인 전문점 쇼핑백을 찾아내 막대기로 끄집어낸다. 안에 빈 레드와인 병 세 개가 들어 있다. 엄마가 제일 좋아하는 술이다. 그리고 케첩이 묻어 쪼글쪼글해진 감자튀김 대여섯 개가 들러붙은 플라스틱 용기. 엄마는 감자튀김에다 케첩을 듬뿍 찍어 먹는 걸 좋아한다. 무엇보다 약간 질척거리는 껍데기만 남은 금색 벤슨 앤 헤지스 담뱃갑 한 통. 꼭 우리집 쓰레기통을 뒤지는 느낌이다. 바퀴벌레가 없는 것만 빼면.

심장이 얼마나 빠르게 뛰는지 속이 울렁거릴 지경이다.

엄마를 찾았다.

아파트까지 쉬지 않고 달린다. 너무 시간을 끌었다. 미나는 나를 죽이려 들 거다.

집으로 돌아와 보니 미나와 제이는 거실에서 그림을 그리고 있다. 뭔지 모르게 어색한 느낌. 잠시 시간이 흐르고 나서야 그 까닭을 알겠다.

"텔레비전 안 나와?"

미나가 대꾸한다.

"아니. 우리가 껐어."

제이가 거든다.

"우리 그림 그려. 누나가 나하고 형 그렸어."

"별로 잘 못 그렸어."

놀랍게도 미나의 얼굴이 빨개진다.

"정말 잘 그렸어."

제이가 종이 한 장을 휙 낚아채 나에게 들이민다.

"정말 우리랑 똑같이 생겼어."

야구 모자를 쓴 꼬마랑 다리가 거인처럼 긴 티셔츠 차림의 사람이 손을 잡고 있는 그림이다……

"나는 머리가 없네!"

미나가 어깨를 으쓱한다.

"종이가 모자라서! 제이를 그리고 있었는데 너도 그려 달라잖아. 네 머리를 그릴 자리가 없지 뭐야. 미안."

"됐어! 정말 잘 그렸다."

제이는 도로 종이를 휙 낚아챈다.

"형 얼굴 그렸으면 그림 망쳤을 거야."

미나가 깔깔거린다.

"로렌스 그렇게 못생기지 않았어."

그러더니 둘 다 나를 쳐다보고 얼굴을 찌푸린다.

"다시 보니까…… 빼는 편이 나을지도 모르겠다…… 네 생각은 어때, 제이?"

제이는 그 말이 자기가 지금껏 들은 말 중에 최고로 웃기다는 듯 등을 대고 데굴데굴 구르며 깔깔거린다.

내가 두 사람에게 말한다.

"하나도 안 웃겨. 둘 다."

미나가 활짝 웃더니 벌떡 일어선다.

"난 가야겠다."

제이가 재빨리 일어나 앉으며 묻는다.

"어디 가?"

"이제 집에 가야지."

"안 돼!"

"가야 돼. 늦으면 누나 혼나."

"안 돼!"

제이가 미나의 팔을 꽉 붙들고는 끌어 앉히려고 안간힘을 쓴다.

내가 제이를 말린다.

"제이! 놔!"

제이가 나를 노려본다.

"아니야! 형 마음대로 아니야!"

"미안해, 제이. 누나 지금 꼭 가야 돼."

미나가 제이 옆에 쪼그리고 앉는다.

"다음에 꼭 너 보러 다시 올게, 알겠지? 로렌스만 괜찮다고 하면."

"그건 형 마음대로 아니야."

미나가 빙그레 웃는다.

"좋아, 그럼 누나 또 올게."

"언제?"

"금방."

"약속해?"

미나는 나를 흘깃 올려다보더니 고개를 끄덕인다.

"약속해."

"알았어, 그럼."

제이는 한숨을 짓더니 미나의 팔을 놓아 준다.

미나가 현관까지 나를 따라온다.

"그래서 어떻게 됐어?"

미나한테 운하에서 있었던 일을 말해 준다. 보트에 탄 인물과 쓰레기봉투에서 나온 증거까지.

"별 진전은 없었네."

짜증이 확 치민다.

"엄마야. 내가 알아."

미나는 어깨를 으쓱한다.

"알았어…… 그럼 이제 어쩔 생각인데?"

"몰라. 오늘 밤 결과에 달려 있어."

"아! 다음 비밀 임무. 너 청소년 스파이나 뭐 그런 거 아니야?"

"그래, 맞았어, 너 딱 걸렸어. 입 꾹 다무는 게 좋을 거야. 안 그러면 내가 너를 죽여야 돼."

"알았어."

미나가 생긋 웃는다.

"좋아, 난 가야겠다…… 아빠 오시기 전에. 내가 비상계단으로 내려가 주기를 바라겠지."

"아니, 계단으로 내려가도 돼…… 내가 같이 안 가 줘도 괜찮다면. 아래층 아줌마한테 우리 둘이 같이 있는 모습을 들키면……."

나는 어깨를 으쓱한다.

"나랑 같이 있는 게 창피해?"

"아니야! 그게 아니라……."

미나는 깔깔 웃고 내 팔에 손을 얹는다.

"그냥 놀려 본 거야, 덩치 큰 친구."

현관문에서 미나가 멈춰 서더니 나에게 얼굴을 돌린다.

"그럼 오늘 밤 행운을 빌어…… 네 비밀 임무 말이야."

미나는 싱긋 웃더니 발끝으로 서서 내 입술에 살짝 입을 맞춘다. 너무 순식간이라 언제 입술이 닿았는지도 모르겠다.

"고마워!"

미나가 눈썹을 씰룩거린다.

"나한테 고마워할 필요 없어. 키스 한 번 한 거 가지고."

"아니, 그게 아니라……."

나는 침을 꿀꺽 삼킨다.

"있잖아…… 제이. 제이 봐줘서 고마워."

"천만에."

미나가 층계참을 가로질러 유리문까지 걸어가는 모습을 지켜본다. 미나는 유리문에서 뒤돌아 큼직한 하얀색 선글라스 아래에서 활짝 웃으며 손을 흔들고는 이내 사라진다. 나는 현관문을 닫고 집 안으로 걸어 들어온다. 그 어느 때보다 집 안이 텅 빈 느낌이다.

초인종이 울려서 미나인 줄 알았다.

뭘 깜빡하고 갔거나 아니면 그냥 되돌아온 줄 알고…….

아무튼 별 생각 없이 현관문을 연다.

문밖에는 화려한 노란색 원피스를 입은 어린이집 앤지 선생님이 나를 보고 환히 웃으며 서 있다.

"안녕, 로렌스!"

저 선생님이 여기는 왜? 아차, 우리가 낼 돈이 있었지.

"엄마 계시니?"

앤지 선생님의 시선이 나를 지나 현관 입구를 향한다.

"일하러 가셨어요."

"이틀 동안 너하고 제임스를 못 봐서……."

앤지 선생님이 조심조심 아파트 안으로 들어선다.

질문은 아니지만 질문처럼 들린다.

"좀 아팠어요. 둘 다요. 그래서 엄마가 집에 있으라고 했어요."

선생님이 고개를 끄덕인다. 선생님이 눈으로 사방을 훑는다. 엄마 방 문이 열려 있고, 내가 엄마 침대와 바닥에 와르르 쏟아 놓은 물건들이 보인다. 선생님을 여기서 내보내야 한다. 우리끼리 지낸다는 사실이 발각되면 그땐 끝장이다. 앤지 선생님은 몸소 남의 위기를 해결해 주길 좋아하는 성격이다. 그래도 나는 선생님을 믿지 못한다. 대장 노릇을 하며 모든 걸 망쳐 버릴 게 뻔하다. 어떤 면에서는 참견쟁이 마녀보다 더 겁나는 존재다. 친절을 베푸는 사람 앞에서 복종하지 않고 버티기란 어려운 법이니.

앤지 선생님이 막 무슨 말을 꺼내려는 찰나, 거실 문이 열리더니 제이가 나타난다. 선생님을 보자 제이의 얼굴이 밝아진다.

"안녕, 제임스!"

선생님이 허리를 숙여 땀이 흥건한 제이의 이마 위에 분홍빛 손을 얹는다.

"이런, 몸이 아주 뜨겁구나, 아가!"

선생님이 나를 쳐다본다.

"이렇게 열이 난 지 얼마나 됐지?"

"얼마 안 돼요."

나는 어깨를 으쓱하려는 걸 간신히 참는다. 제이가 열이 나는 줄도 몰랐다. 선생님 얘기를 듣고 보니 제이가 얼마나 창백하고 힘이 없어 보이는지 알겠다. 잼 자국이 묻은 스쿠비 두 잠옷을 입고 덩그러니 있는 모습이.

"병원에는 가 봤니?"

"엄마가 나중에 데려가실 거예요, 퇴근하고 나서요."

"꼭 그러셔야겠다."

선생님이 다시 제이에게 몸을 돌린다.

"몸이 안 좋구나, 아가?"

제이는 고개를 젓는데 당장이라도 울 것 같다.

"괜찮으면 내가 병원에 데려갈 수도 있는데."

"아니에요! 고맙습니다. 엄마가 벌써…… 시간 약속을 정해 놨을 거예요…… 있다가요."

"있다가 엄마 와?"

제이의 목소리에 깜짝 놀란 기색이 너무 역력해서 선생님이 모르고 지나갈 리 만무하다.

나는 제이에게 극도로 부자연스러운 웃음을 지어 보인다.

"응, 당연하지!"

제이는 얼굴을 찡그리고 말을 하려고 입을 연다. 여기서 제이를 데리고 나갈 수 있으면 얼마나 좋을까 싶기도 하고, 한편으로는 제이가 무슨 말을 할까 두려워 숨을 죽인다. 그때 음악이 시작된다. 익숙한 주제가가 요란하게 거실에 울려 퍼진다.

"〈스쿠비 두〉다!"

앤지 선생님한테 인사도 없이 제이가 텔레비전을 향해 다다다 뛰어간다.

웃음을 참느라 힘이 들지만 한시름 돌렸다.

앤지 선생님은 때를 놓쳤음을 깨달았을 테지만 언제든 다시 찾아올 거다.

현관문에서 선생님은 잠시 멈칫하더니 오래도록 나에게 의미 있는 눈짓을 보낸다.

"로렌스, 뭐든 도움이 필요하면…… 의논할 사람이라든지……"

선생님이 내 팔에 손을 얹는다.

"내가 있다는 거 잊지 마."

고개를 끄덕이고 미소를 지으며 다섯 번에 걸쳐 고맙다고 인사를 한 뒤에야 마침내 선생님은 자리를 뜨고, 나는 문을 닫는다.

몇 초 동안 눈을 지그시 감고 꼼짝 않고 그 자리를 지킨다. 그러는 사이 집 안은 한참을 울리고 난 종처럼, 서서히 평온을 되찾는다.

제이의 얼굴빛이 상한 우유 같다. 두 눈은 게슴츠레하고 무겁지만, 나를 따라 공중전화 부스로 가기 위해 옷을 갈아입는다.
제이가 말한다.
"형은 내가 필요해. 지원군."
안색이 나쁘긴 하지만 피곤한 탓인지도 모르겠다. 앤지 선생님은 별것도 아닌 일로 법석을 떠는 걸 좋아한다. 제이를 병원에 데려갈 방법은 없다. 우선 병원이 어딘 줄도 모른다. 설령 안다 해도, 그건 너무 위험하다. 질문 세례가 쏟아질 테니.

"자, 드디어 다 왔습니다. 이날이 오리라고 꿈꿔 보신 적 있나요, 대니얼?"
"생각해 본 적은 있소."
바즈가 껄껄 웃는다.
"그럴 줄 알았습니다! 짐은 쌌나요?"
"아직이오."
"아주 현명합니다, 아주 현명해요······. 이제 거의 다 왔으니까요. **당신은, 정말로, 거의, 다, 왔습니다!**"

극적인 효과를 주는 짧은 침묵. 바즈의 특수효과 중 하나다.

"그렇지만 아직 다 온 건 아닙니다. 그 결과는 바로 저에게 달려 있습니다…… 제 마음 같아서야, 여행상품권을 **가지세요! 어서요, 가져요!** 라고 외치고 싶은 마음이 굴뚝같습니다만. 친구 사이에 세 문제가 무슨 의미가 있겠습니까, 안 그래요? 그렇지만 그럴 수는 **없습니다.** 제 말을 듣고 셰릴이 저를 향해 〈바즈의 한밤의 행운을 찾아라〉 규정이 담긴 커다란 책을 마구 흔들어 대는군요. 정말입니다. **어마어마하게 두꺼운 책**입니다! 높은 데서 잘못 떨어뜨렸다가는 발등이 남아나지 않을 그런 책입니다. 더더구나 격분한 여자 피디의 손에 들려 있다면 말이죠."

바즈가 낄낄거린다.

"그러니…… 최소한 제 개인적인 안전을 위해서 말이죠, 대니얼, 지금부터 당신에게 세 문제를 더 드리겠습니다. 그럼 당신은 짐을 쌀 수 있고, 저는 마음 편히 쉴 수가 있습니다! 왜냐하면, 당신은 어떤지 모르겠습니만, 저는 **신경쇠약**에 걸릴 지경이니까요!"

나는 웃는다.

"대니얼, 나의 친구여…… 어디 한 번 **시작해** 볼까요?"

"좋소."

"알겠습니다. 첫 번째 문제. 당신은 교양 있는 분이죠, 대니얼, 미술사 쪽은 어떻습니까?"

"뭐……그럭저럭이오."

미술은 문외한이지만 상관없다. 마음이 평온하다. 모르면 찍으면 된다. 행운이 느껴진다.

"파블로 피카소와 함께 입체파라는 미술 운동을 창조한 인물로 유명한 화가는 다음 중 과연 누구일까요? 에이, 몬드리안일까요? 비, 반 고흐? 아니면 시, 브라크?"

내가 유일하게 들어본 화가는 반 고흐지만 왠지 너무 쉬운 느낌이고, 방송국에서 실수를 유도하려고 일부러 끼워 넣은 인물처럼 들린다. 그럼 정답은 에이 아니면 시? 모르겠다! 직감은 아무런 힌트도 주지 못한다.

등줄기를 타고 식은땀이 줄줄 흐르고 처음으로 공포감마저 스치고 지나간다. 문득 좋은 수가 떠오른다.

어깨에 수화기를 걸어 놓고 제이를 쿡쿡 찌른다. 제이에게 양손을 내민다. 왼손은 한 손가락만 펴고, 오른손은 세 손가락을 편다. 일 아니면 셋, 에이 아니면 시? 제이는 나를 보고 얼굴을 찡그린다.

내가 소곤거린다.

"하나 골라."

제이는 어깨를 으쓱하더니 오른손을 톡톡 친다. 세 손가락을 편.

내가 바즈에게 말한다.

"시."

"대니얼, 우리는 이제껏 좋은 친구였습니다. 만약 호프집에서 당신이 나에게 다가와 입체파를 시작한 주역들이 **파블로 피카소와 조르주 브라크**라고 말한다면 말이죠, 아십니까, 난 당신의 말을 믿을 겁니다…… 왜냐하면 당신의 말은 **전적으로 옳으니까요!**"

스튜디오 안 가짜 청중들이 바즈 뒤에서 아우성을 지른다.

나는 꾹 참고 있던 숨을 훅 내쉬고 제이에게 양쪽 엄지손가락을 치켜 올리지만 제이는 보고 있지 않다.

"**다음 문제**. 계속해서 문화 분야입니다. **솔직히** 말하면 **저** 같은 사람들한테 딱 맞는 분야긴 합니다만!"

바즈가 낄낄거린다.

"조 루비와 켄 스피어스가 만들어 낸 독창적이고 황당한 만화 속의 개, 스쿠비 두는 과연 어떤 품종일까요?"

하마터면 푸하하 웃음을 터뜨릴 뻔했다. 이럴 수가! 가망이 있냐고? 행운이 느껴지냐고? 음…… 그렇다마다!

바즈는 시원찮은 스쿠비 두 흉내를 내면서 자신이 항상 얼마나 다프네를 좋아했는지 떠들고 있다. 마침내 그가 질문을 끝낸다.

"자, 스쿠비 두는 어떤 품종의 **개**일까요, 대니얼? 당신의 선택은 에이, 그레이트데인? 비, 도베르만? 아니면 시, 닥스훈트? 이렇게 발음하는 게 맞나요? 닥스훈트? 아니면 대쉬 하운드라고 하나요? 셰릴?"

"스쿠비는 그레이트데인입니다, 바즈. 에이요."

"**완벽한** 정답입니다, **옳고말고요. 대단합니다!** 입체파에서 어린이 만화까지. 그러니 지금껏 살아남았겠지요. 문화적 경험이 **전 범위**를 망라하는 분이로군요!"

단 한 문제.

몸이 부들부들 떨린다.

앞으로 한 문제만 더 맞히면 우승이다. 여행상품권이 내 손에 들어온다. 가서 엄마를 볼 수 있다. 엄마한테 다 같이 이곳을 벗어나자고 말해야지, 일주일을 온전히 뜨거운 태양 아래서 보내자고. 완벽한 휴가를.

"자, 갑니다."

배경음악으로 퀸의 〈위 윌 락 유 We Will Rock You〉가 흐르기 시작한다. 좌우로 흔들어 대던 팔들이 가득한 들판이 눈에 선하다. 가슴속에선 쿵쾅거리는 드럼 소리가 느껴지고, 귓가에는 리듬에 맞춰 한목소리로 합창을 하던 무수한 목소리들이 울려 온다. 나는 공중에 둥둥 떠서 청중들 속의 두 인물을 내려다본다. 빨강과 금빛 재킷 차림의 여자애와 그녀를 감싸 안은 키 큰 소년. 나는 완벽한 평온감에 휩싸인다. 그 소리는 내 양쪽 폐를 황홀경으로 가득 채워 나를 밤하늘 높은 곳으로 데려간다.

"세 번째 문제, 스포츠."

안 돼!

"대니얼, 다음 중에서 **더 이상** 올림픽 스포츠 종목이 아닌

것은 무엇일까요? 에이, 비치발리볼일까요? 비, 라크로스*? 아니면 시, 비엠엑스 사이클링**일까요?"

이럴 줄 알았다.

"기억하십시오, 대니얼. 우리는 다음 중 어느 것이 올림픽 경기에서 겨루는 종목이 **아닌지를** 묻고 있습니다."

침착해, 로렌스. 긍정적 사고. 너는 행운이 따르잖아. 청중들 위를 날아서, 기억나? 그냥 찍어.

내 생각에는 셋 다 올림픽과 상관없는 종목 같지만, 그러고 보니 바로 그게 포인트다. 정답은 비엠엑스여야 마땅하다. 가장 말도 안 되는 종목이니까. 아마 그건 함정일 거다. 그렇다면 나머지 둘은…… 라크로스 아니면 비치발리볼? 라크로스가 뭔지는 도통 모르겠지만 이름만 봐서는 스포츠 같기도 하다. 하지만 비치발리볼은? 대체 어디서 모래를 구한단 말인가?

바즈가 부른다.

"대니얼?"

머리를 굴려보려고 애를 쓰지만 그래봤자 머릿속은 텅 비어 있다, 마치 머리가 통째로 사라져 버린 것처럼. 미나가 그린 그림 속 내 모습처럼.

"안타깝지만 대답을 재촉할 수밖에 없습니다."

---

*각각 열 명의 선수로 이뤄진 두 팀이 그물채 같은 것으로 공을 던지거나 잡으며 하는 하키 비슷한 경기
**거친 노면에서 탈 수 있게 만들어진 튼튼한 자전거 및 그 자전거를 이용한 경주나 묘기를 일컫는 말

251

"비치발리볼. 에이입니다."

비치발리볼은 모래다. 대체 어디서 모래를 구한단 말인가?

수화기가 잠잠하다. 또 전화가 끊겼나 싶은 찰나 바즈의 숨소리가 들려온다.

"행운이 느껴진다고 말씀하셨죠. **저한테 그렇게 말씀하셨죠!** '바즈, 행운이 느껴집니다.' 바로 그렇게 말씀하셨습니다!"

해냈다. 우승이다. 나를 약 올리려고 일부러 그러는 거다.

내가 속삭이듯 답한다.

"그렇소."

"당신은 저를 **실망**시켰습니다. 다음 올림픽에 채택되지 않은 스포츠는 바로 **라크로스**입니다."

풀 뭉치가 라디오 햄을 데굴데굴 굴러가는 효과음이 귓속을 파고든다. 속이 울렁거린다.

바즈가 마이크로 돌아온다.

"그렇지만 **아직** 끝나지 않았습니다, 신사숙녀 여러분! 대니얼은 두 문제를 맞혔고, 그 말은 곧 오늘의 도전자는 **세 문제를 전부 다** 맞혀야 한다는 뜻이니까요. 바즈의 퀴즈 올림픽 대회의 성화를 차지하고 싶다면 말입니다. 그런데 우리의 도전자가 과연 그것을 **해낼 수** 있을까요?"

하다크레에서 소프트웨어 엔지니어로 일하고 있다는 키스는 긴장된 목소리다. 그는 가까스로 입 밖으로 말을 꺼내고 바즈는 어떻게든 대화를 이어가려고 진땀을 흘린다. 기분이 점점 좋아진다. 이제 키스가 한 문제를 틀리고 다시 나에게 기회가 돌아오기를 기다리기만 하면 된다.

첫 번째 문제는 어렵지만 키스는 바즈가 한 번 더 문제를 읽어 주기도 전에 정답을 말한다. 바즈의 목소리에서 놀라운 기색이 역력하지만 한편으로는 즐거운 눈치다. 그들로서는 완벽한 게임이다. 어쩌면 여기까지 오는 내내 지금과 같은 상황을 고대하고 있었을지도. 마지막 질문에서 탈락하기. 여행상품권까지 단 한 문제를 남기고 탈락하기. 새로운 도전자를 내세워 완전히 처음부터 새롭게 시작하기.

키스가 두 번째 문제의 정답을 말하는데, 내 귀에는 그 말이 잘 들리지도 않는다. 이제 바즈는 점점 더 흥이 올라서, 키스에게 한 문제만 더 맞히면 승리는 그의 것이라며 응원을 보낸다.

나는 탈락이다.

끝났다.

완전히.

갑자기 피곤해진다.

그냥 자고 싶다.

키스에게 마지막 문제를 묻는데, 바즈의 목소리가 아주 멀리서 들려오는 환청처럼 들린다.

"만화 시리즈 〈벤 10〉*에서 맥스 할아버지가 회원으로 있는 비밀 조직의 이름은 무엇일까요? 에이, 에이전시? 비, 배관공? 아니면 시, 옴니트릭스? 혹시 〈벤 10〉의 팬입니까, 키스?"

"아, 아뇨."

가슴속에 짧게 희망의 불꽃이 파다닥 일어난다.

"아, 아들이 잘 봅니다."

그리고 다시 사그라진다.

정답은 비, 배관공이다. 나는 제이와 같이 〈벤 10〉을 본다. 아이들이라면 다 보는 만화다. 쉬운 질문이다. 누구나 아는 답이다.

키스만 빼고.

"시, 옴니트릭스입니다."

그의 대답에 기쁨의 함성이 터져 나오려는 걸 꾹 참는다.

"대니얼, 아까 저에게 행운이 느껴진다고 하셨죠, 결코 당신을 **의심하지 말았어야** 했습니다! 다시 게임에 참여할 자격을 획득하셨습니다!"

바즈는 단판 결승의 규칙을 읊는다. 이번 문제를 맞히면 내가 우승이다.

"아시죠, 기분이 어떤지 묻지도 않겠습니다. 그냥 다음 질문을 읽어 드리죠. 그게 좋겠죠, 친구?"

"그럽시다."

✽ 〈Ben 10〉 미국의 인기 애니메이션 중 하나

양쪽 귀가 심장이 펌프질하는 소리로 가득 찬다. 제이의 어깨에 한 손을 얹자 제이가 다가와 내 손가락을 꼭 잡는다. 지원군이라는 의미이리라.

"대니얼, 다음에 들려 드리는 불운한 생물들 가운데 죽지 않는 동물은 과연 무엇일까요? **머리를 제거해 버린다** 해도 말입니다. 에이, 게일까요? 비, 바퀴벌레? 아니면 시, 닭?"

사람들이 잘 쓰는 말이 있는데, 그게 뭐였더라? 목 없는 닭처럼 정신없이 설치다? 새기와 스쿠비가 목 없는 유령 닭들에게 쫓기는 에피소드가 있다. 하지만 그건 답이 아니다. 나는 정답을 안다. 몰랐다 해도, 그걸 골랐을 거다. 왜냐하면 그 속에 내 이름이 통째로 들어 있으니까…….

"바퀴벌레요, 바즈."

이번에 바즈는 침묵 효과도 쓰지 않고, 틀렸다고 나를 겁줄 때처럼 착 가라앉은 저음을 내지도 않는다. 환호성과 경적 소리로 수화기가 터질 듯하고, 바즈는 그 소음을 뚫고 소리를 질러 댄다.

"대니얼, 나의 친구, 한없이 기쁩니다, 당신이, 〈**바즈의, 한밤의, 행운을 찾아라**〉의 **최종 우승자**가 되었음을 알려 드립니다!"

바즈는 내 대답을 기다리는 눈치지만 나는 아무런 말도 할 수가 없다.

"모든 경비가 지원되는, 당신과 당신의 가족을 위한 **초호화**

휴가, 우리의 친구 하다크레 홀리데이즈에서 제공합니다. 바로 당신의 것입니다, 대니얼, 잘했습니다, 나의 친구. 정말 장합니다."

나는 가까스로 대꾸를 한다.

"감사합니다."

그러다 문득 아래를 내려다보는데, 제이가 내 발에다 울걱울걱 토를 해 댄다.

Day 10
공포

 시계는 오전 3:35분을 가리킨다. 밖에서는 아무 소리도 없다.

 제이는 침대에 똑바로 앉아 눈을 동그랗게 뜨고 나를 노려본다. 어린이집에 가겠다고 고집을 부리면서 책가방이 없다며 잔뜩 골이 났다. 지금은 한밤중이라고 달래 보지만 제이는 요지부동이다.

 "형 어딨어? 우리 형 데려와."

 "나 여깄잖아, 제이."

 나는 제이를 안아 주지만, 제이는 나를 밀어낸다.

 "아니야! 우리 형 데려와!"

 제이는 나를 똑바로 쳐다보고 있지 않다. 커다랗게 뜬 두 눈은 공포로 가득하다. 제이는 나조차 알아보지 못하고, 때문에 나는 눈앞이 캄캄하다.

별안간 제이가 침대 밖으로 확 뛰쳐나오더니 비틀비틀 방 안을 돌아다닌다.

그 모습을 보니 술에 취한 엄마가 떠오른다.

나는 제이를 다시 데려오고, 제이는 가슴에 무릎을 묻은 채 바들바들 떨리는 몸으로 허공을 응시하며 꼼짝 않고 앉아 있다. 제이의 얼굴은 땀범벅이고 온몸에서 열기가 뿜어져 나온다.

앤지 선생님은 제이한테 열이 있다며 병원에 꼭 가 보라고 했다.

화장실로 가서 세면대 위에 있는 작은 수납장 문을 열어 본다. 수납장 안에는 분홍색 면도기와 오래된 칫솔 옆으로 약병들과 알약들이 있다. 대부분 엄마 이름이 적혀 있고 '어린이에게는 먹이지 마시오.'라는 문구가 쓰여 있다. 무슨 약인지 모르겠고 제이한테 아무거나 먹여도 될지 모르겠다. 나는 시간을 낭비하고 있다.

다시 방으로 돌아오니 제이의 상태는 훨씬 더 좋지 않다. 온몸을 부들부들 떤다. 만화 속 한 장면 같다. 잔뜩 겁이 난 스쿠비 두가 새끼의 품속으로 뛰어들 때처럼. 아예 사시나무 떨듯이 떠는데 코미디에 잘 나오는 장면처럼 뼈가 달그락거리는 소리까지 들릴 정도다. 그런데 이건 하나도 우습지가 않다.

혹시 뭔가 심각하게 잘못됐으면 어쩌지? 제이가 병으로 죽을 수도 있는데, 나는 그게 무슨 병인지도 모른다. 뭐였더라, 광고에서 봤던 게? 뇌수막염. 뇌수막염에 걸리면 증상이 어떻다고 했지? 유리잔과 반점이 어떻다고 했는데…… 생각이 안 난다!*

도움을 요청해야 한다.

미나한테 전화를 걸어도 되지만 지금은 한밤중이다. 미나는 어떤 반응을 보일까? 당장 자전거에 올라타고 한달음에 달려올까? 그럼 그 다음에는? 미나는 의사가 아니다. 구급차를 부르라고 할 거다.

다른 선택의 여지가 없다.

휘청휘청 복도로 나가는데 반짝이는 불빛이 나를 우뚝 멈춰 세운다. 환한 형광등 불빛 아래에서는 모든 게 아무렇지도 않아 보여서.

구급차를 부르면 그땐 끝이다.

모든 게 끝이다. 우리 둘 다.

처음에는 의사들.

다음에는 경찰.

그 다음에는 탈출구가 없겠지.

폐 속 가득 숨을 들이쉬고…… 다시 천천히 숨을 내뱉는다. 침착해야 한다.

---

* 발진이 생긴 부위를 유리잔으로 눌러 자줏빛이 사라지지 않으면 수막염 발진을 의심해 봐야 한다.

애초에 이 일을 나 혼자 해결하려고 한 게 잘못이다. 그건 불공평하다. 도대체 내가 뭘 어떻게 한단 말인가?

방에서 제이의 기침 소리가 들리고 문득 내가 왜 여기에 서 있는지 깨닫는다.

닥쳐, 로렌스! 스스로를 동정하는 짓 따윈 그만둬.

화장실로 되돌아와 얼굴에 찬물을 끼얹는데 퍼뜩 머릿속에 떠오르는 생각 하나. 제이는 뜨겁다. 몸을 식혀 주는 게 급선무다. 내가 아프면 할머니가 차가운 무명 수건을 이마 위에 올려 주던 기억이 떠오른다. 그 느낌이 얼마나 좋았던지.

무명 수건이 없어서 대신 휴지를 뭉쳐 차가운 수도꼭지 아래에 놓고 물을 흘려보낸다. 휴지가 손 안에서 흐물흐물 녹아 버린다.

욕이 튀어나온다. 달리 쓸 만한 물건을 찾아 화장실을 둘러본다. 문 뒤쪽 수건걸이에 수건이 하나 걸려 있다. 수건을 잡아채 한쪽 귀퉁이를 차가운 물로 흠뻑 적신 뒤 꽉 짜서 방으로 가져간다.

제이의 침대 끄트머리에 앉아 제이의 이마에 차가운 수건을 올려놓는다. 제이는 내가 그러는 줄도 모르고 몸을 씰룩거리며 누워만 있다. 잠옷 바지 밑으로 삐죽 튀어나온 깡마른 발목과 더러운 발, 제이는 너무도 허약해 보인다. 숨을 내쉴 때마다 제이의 가슴속에서 달그락거리며 뭔가가 제멋대로 돌아다니는 소리가 난다.

제이가 더 심각해지면, 구급차를 불러야만 한다.
그런데 얼마나 더 심각해져야?

지금이 몇 시인지도, 방이 점점 더 환해지는 줄도 모른다. 잠의 습격에 따끔거리는 눈을 깜빡거린다. 잠들지 않으려고 안간힘을 쓴다. 하도 오랫동안 똑같은 자세로 앉아 있었더니 허리가 쑤신다. 바닥으로 주르륵 미끄러져 내려가 수건을 놓치지 않게 머리를 침대에 기대고 스르륵 눈을 감는다.

태양이 창문을 통해 악을 쓸 즈음 잠이 깬다. 태양의 열기가 온 방 안의 공기를 빨아들인다.
제이는 잠들어 있고 이마 위의 수건은 바싹 말랐다.
몸은 천근만근이고 머리는 밀가루 반죽 같다.
잠을 쫓으며 침대로 기어가지만 방 안은 너무 환하고 너무 덥다.
그때 제이가 깨어나 울기 시작한다. 제이는 머리가 아프고 배도 아프다.
제이를 안아 주려고 하지만 제이는 나를 밀어내고 엄마를 찾는다.
"엄마는 여기 없어,"
나는 눈을 감은 채 침대에 몸을 기댄다.
"엄마 어딨어?"

감쪽같이 잊어버렸나?

"형이 말했잖아! 엄마 여기 없다고."

계속 눈을 감고 있지만 나를 쳐다보는 제이의 눈길이 느껴지고 제이의 거친 숨소리가 들려온다.

"엄마 보고 싶어."

"나도 그래."

눈을 뜨자 온 방이 두통처럼 번쩍여서 도로 눈을 탁 감는다.

"엄마는 가 버렸어, 제이. 엄마는 더 이상 여기 있기 싫다고 가 버렸어. 너랑 나랑 둘뿐이야."

제이의 몸에서 퀴퀴한 냄새가 나고 입 냄새가 훅 풍긴다. 바로 옆에서 제이의 열기가 느껴진다. 숨이 턱턱 막힌다.

제이는 흐느끼다 훌쩍이다를 반복하며 조용히 울기 시작한다.

갑자기 마음속에서 무언가가 확 폭발한다.

"빌어먹을, 나더러 어쩌라고!"

자리에서 벌떡 일어나는데 두개골에서 뇌가 와르르 흔들리는 느낌이다.

제이가 나를 올려다본다. 제이의 얼굴은 고통으로 부풀어 오른 공처럼 보인다. 약하고 어리고 한심하고 아파서, 자꾸만 문제를 일으키는 골칫덩이라서 나는 제이를 경멸한다. 나 혼자였다면 지금쯤 이 집에서 나갔을 거다. 제이만 없었다면 이미 오래전에 떠났을 거다.

제이의 두 눈은 고통과 놀람으로 가득 차 간절한 애원의 눈빛을 보내지만, 그건 도리어 상황을 악화시킬 뿐이다. 어서 여기서 나가라며 내 걸음을 재촉할 뿐이다.

내가 방에서 나오자 제이는 더욱 심하고 더욱 요란하게 울어 대기 시작한다. 그 모습이 내가 묻어 버리려고 안간힘을 쓰고 있는 마음속 깊이 처박힌 양심을 자극한다. 하지만 그럴수록 나는 더욱 화가 나고 단호해진다. 두 주먹을 불끈 쥔 채 이를 악물고 콧숨을 거칠게 훅훅 내쉬며 쿵쾅쿵쾅 온 집 안을 돌아다니지만 아무 데도 갈 데가 없다. 그 소리를 벗어날 탈출구가 없다.

나가야 한다. 이곳에서 벗어나야 한다.

마침내 현관문으로 발을 내딛는 순간, 지금 내가 무슨 짓을 하고 있는지 퍼뜩 정신이 든다.

엄마와 똑같은 생각.

엄마와 똑같은 행동.

요란하게 떠들어 대는 텔레비전 소리에 소파에서 잠이 깬다. 목이 아프다. 똑바로 앉는데 온몸이 마디마디마다 비명을 내지른다.

제이는 소파 반대쪽 끝에서 이불을 둘둘 감고 누에고치처럼 쪼그리고 앉아 있다. 여전히 죽지도 살지도 않은 시체 같은 모양새지만, 아까보다는 나아진 모습이다.

비틀비틀 화장실로 가서 얼굴에 차가운 물을 뿌린다. 변기에서 새어나온 물이 화장실 문까지 닿을 정도다. 걸레로 닦아내야 한다…… 나중에. 몇 시일까. 얼마나 잤을까. 태양은 아직도 커튼 너머에서 이글거리지만 시간은 종잡을 수가 없다. 벌써 두 시쯤 된 느낌이다. 밤새도록 자서 벌써 오늘이 내일이 된 건지도. 그럼 무슨 요일이지? 토요일인가, 금요일인가? 아무렴 어때?

머릿속에서 자욱한 안개를 뚫고 무언가가 빠져나오려고 안간힘을 쓴다. 토요일에 무슨 일이 있었는데…… 엄마와 관련된 무언가가. 번쩍 생각이 난다. 엄마와 참견쟁이 마녀와의 약속. 아홉 시 정각.

휘청휘청 방으로 들어간다. 11:51. 이미 약속시간이 지났거나 아니면 아직 그 전이다. 부엌으로 들어가서 라디오를 켜는데, 라디오의 소음이 바늘처럼 머릿속을 콕콕 찌른다. 나는 라디오를 끄고 주전자를 채운다. 진한 커피를 마시면 도움이 될지도.

운하로 되돌아가 엄마와 할 말이 있다. 엄마한테 휴가 이야기를 전해야 한다. 아줌마가 복지국에 전화하기 전에 엄마를 집으로 데려와야 한다. 하지만 현재 제이의 상태로는 당장 아무 데도 갈 수가 없는 형편이고, 그렇다고 제이 혼자 두고 갈 수도 없다.

미나에게 전화를 해야겠다. 와서 한 번 더 제이와 있어 달라고. 문으로 다가가는데 이 시간이면 미나는 학교에 있다는 생각이 머리를 스친다.

  내가 할 수 있는 건 아무것도 없다. 그저 기다릴 수밖에. 그렇지만 기다리는 건 질색이다. 이곳에 갇혀 버린 느낌이다. 무기력하게.

  장바구니를 집어 들고 서둘러 밖으로 나온다. 음식을 사 오는 몇 분만 제이를 혼자 둘 생각이지만 줄이 길다. 한참이 걸린다.

  슈퍼 밖으로 걸음을 내딛는데 햇빛이 머릿속을 파고든다. 이글거리는 햇볕에 눈을 반쯤 감은 채 어디로 가는지도 모르고, 앞도 제대로 보지 않고 위층으로 돌아가려고 헐레벌떡 달린다.

  부딪치기 직전에야 앤지 선생님을 알아본다.

"로렌스!"

선생님은 나만큼이나 놀란 목소리다.

"이렇게 딱 만나다니! 방금 엄마를 뵈러 왔거든. 안에 계시니?"

선생님은 아파트로 향하는 계단을 오르기 시작한다.

"아니요!"

선생님이 우뚝 멈춰 서더니 뒤돌아 나를 쳐다보는데 웃는 듯 찡그리는 듯, 묘한 표정을 짓는다.

"외출하셨어요."

선생님이 다시 내 쪽으로 걸어온다.

"오늘 학교 안 갔니?"

순간 선생님의 목에 걸린 황금빛 십자가에 햇빛이 반사돼 눈이 부시다. 또다시 나는 몸을 웅크리고 비틀비틀 빛을 피하는 뱀파이어가 된다.

나는 웅얼웅얼 변명을 늘어놓는다.

"몸이 좀 안 좋았어요. 엄마가 하루 더 집에 있으라고 하셨어요."

누가 들어도 뻔한 거짓말이다.

"의사 선생님은 뭐라셔?"

"네?"

"제임스 말이야. 엄마가 어젯밤에 병원에 데려가셨니?"

"네! 당연하죠. 어……."

나는 어깨를 으쓱한다.

"바이러슨가 뭐가래요. 저랑 똑같이. 제이는 약을 먹었어요."

선생님이 빙그레 웃는다.

"다행이구나. 그럼 엄마가 안 계신 동안 네가 제이를 돌보고 있구나."

"네! 먹을 걸 좀 사려고요."

나는 그 증거로 장바구니를 흔들어 보인다.

"엄마는 언제나 돌아오시니? 기다릴 수도 있는데. 잠깐 올라가서 제임스 좀 만나 볼까?"

선생님은 다시 계단을 오르기 시작한다.

선생님을 집 안에 들일 수는 없다. 집 안에는 너무도 무수한 거짓말들이 숨어 있다. 제이와 5분만 있으면 선생님은 단박에 모든 비밀을 알게 될 거다.

"방금 나가셨어요. 한참 걸리실 거예요."

재빨리 선생님을 앞질러 달려가 출입구와 선생님 사이에 선다.

선생님은 걸음을 멈추고 나를 빤히 쳐다본다. 얼굴에서 웃음기가 싹 걷힌다.

"로렌스."

"네?"

"괜찮은 거니?"

"네! 그럼요."

끽끽거리듯이 높다란 목소리가 튀어나온다.

"혹시 문제가 생기면 나한테 말해 주렴, 알겠니?"

선생님이 내 팔에 손을 얹는다. 따뜻하고 촉촉한 손이다. 살갗이 지글거리기 시작한다.

"네."

"어머니한테⋯⋯ 문제가 있다는 건 선생님도 알아."

선생님이 내 눈을 뚫어지게 쳐다본다.

"이해해. 도와주러 왔어."

얼굴이 녹아내리는 기분이다.

"네. 고맙습니다. 그런데 우리는 괜찮아요. 정말로요."

나는 씩 웃고 어깨를 으쓱하면서 동시에 고개를 끄덕인다. 선생님은 내가 화를 내는 줄 알 거다.

선생님은 팔을 떼고 마지막으로 나에게 의미 있는 시선을 던진다.

"나중에 어머니한테 전화 한 통 부탁드린다고 전해 주겠니, 내 번호 알고 계시니까. 어머니를 뵌 지가 너무 오래돼서 말이야. 그동안 못 한 얘기를 좀 해야 할 것 같구나."

"네. 그럼요. 말씀 전할게요. 안녕히 가세요."

"그럼 잘 있어, 로렌스."

내가 계단을 다 오르도록 선생님은 나에게서 시선을 떼지 않는다.

그러니 이제는 둘이다. 향수를 뿌린 한 쌍의 사냥개처럼 우리를 향해 점점 다가오는 그림자가.

Day 11
그 봉투의 주인은 나라고

"무슨 소리야?"

제이가 거실 바닥에서 나를 올려다본다.

초인종 소리에 이어서 또다시 문을 두드리는 소리가 들린다. 짧게 두 번 톡톡, 길게 한 번 쾅.

"참견쟁이 마녀야. 신경 쓰지 마."

"아줌마가 왜? 우리 봐주러 오는 거야?"

제이의 눈이 휘둥그레진다.

나는 고개를 젓는다.

"그냥 엄마랑 이야기하고 싶어서."

"아."

그러더니 똑바로 앉는다.

"엄마 여기 있어?"

"아니."

제이는 도로 바닥에 철퍼덕 주저앉는다.

"엄마는 언제 집에 와?"

"몰라. 금방, 그랬으면 좋겠다."

제이한테는 엄마와 보트 얘기를 아직 꺼내지 못했다. 깜짝 선물로 남겨 두고 싶다. 다시 운하에 다녀온 지 이틀이 지났고, 엄마가 이미 떠나고 없을지 모른다는 걱정이 들기 시작한다. 그러니 더더욱 우리는 오늘 그곳으로 가야 한다. 하지만 우선 상품권부터 받아야 한다. 그래야 엄마를 만나면 전해 줄 수 있을 테니까.

우리는 시내로 가는 버스를 탄다. 제이는 아직도 유령처럼 보이지만 정류장에서 조금만 걸으면 되는 거리다. 원래는 미나를 부를 생각이었지만 휴대전화가 곧장 자동응답으로 연결된다. 두 번이나 메시지를 남겼지만 응답이 없어서 하는 수 없이 제이를 데려가야 했다. 벌써 오후다. 시간이 없다.

그리고 문제가 하나 더 있다. 내 원대한 계획의 치명적인 결점. 오래전에 세상을 떠난 대니얼 로치가 무슨 수로 상품을 타러 나타난단 말인가? 라디오에서 죽은 사람 흉내를 내는 일과 그 사람이 직접 모습을 드러내게 하는 일은 차원이 다른 문제다.

잠시 변장 아이디어를 요리조리 궁리해 보았지만, 어떻게 해도 속여 넘길 방도는 없을 것 같았다. 엄마로는 변장을 하겠지만, 아빠는 아니다. 방법을 찾자. 그래서 버스를 타고 오면서 한참을 고민하고 여러 가지 방법을 저울질한 끝에 일종의 계획을 생각해 냈다. 부디 효과가 있기를.

버스에서 내리는데 배 속에서 말벌 떼가 윙윙거리며 돌아다니는 것 같다. 도로만 건너면 라디오 햄 건물이다. 제이 옆에 쪼그리고 앉는다. 그러고 나니 내 얼굴과 제이의 얼굴이 얼추 비슷한 높이가 된다.

내가 새끼 목소리를 흉내 낸다.

"좋아, 스쿠비! 이건 아주 중요한 미션이야. 그리고 난 네가 필요해, 지원군 말이야! 알겠지, 친구!"

제이는 나를 빤히 쳐다본다. 제이가 협조하지 않으면 어떻게 하나 걱정스러웠지만 다행히 제이는 고개를 끄덕인다.

"좋아!"

놀라울 정도로 기운찬 스쿠비 두 목소리다.

"좋아! 잘 들어, 내가 저 안에서 무슨 말을 하든 걱정할 필요 없어, 다 계획의 일부니까. 그런데 너는 절대 아무 말도 하면 안 돼, 알겠지?"

제이가 얼굴을 찌푸린다.

"왜 안 돼?"

제이가 제 목소리로 되묻는다.

"왜냐하면 저 사람들한테 우리가 누군지 알리고 싶지 않거든. 이건 비밀 임무야. 첩보 활동이라고."

"첩보 활동이 뭐야?"

"어…… 비밀이라고."

"그건 벌써 말했잖아."

"알아."

땀이 삐질삐질 흘러나오고 머리가 근질근질하다.

"있잖아, 그냥 아무 말도 하지 마, 알았지?"

제이는 고개를 끄덕인다.

"고마워, 친구!"

나는 몸을 일으킨다.

이건 절대 성공할 리가 없다.

안으로 들어가자, 안내 데스크에 있던 여자가 우리를 흘깃 올려다본다.

"안녕! 무슨 일이지?"

따분한 얼굴이다.

"안녕하세요."

하마터면 스코틀랜드 억양이 튀어나올 뻔하다가 순간 오늘은 내가 대니얼 로치가 아님을 떠올린다.

"어…… 저희 아빠가 우리한테 가서 상품을 받아오라고 하셔서요."

펜슬로 그린 여자의 눈썹이 납작해진다.

"뭐라고?"

"저희 아빠가 대니얼 로치예요. 여행상품권을 타셨어요. 〈바즈의 한밤의 행운을 찾아라〉에서요."

"아!"

여자가 수화기를 든다.

"다시 한 번만 이름을 말해 줄래?"

"대니얼 로치."

여자는 고개를 끄덕이고 볼펜 끝으로 번호 세 개를 꾹꾹 누른다.

"여보세요? 안내 데스크에 대니얼 로치 씨가 오셨어요. 상품권을 타러 왔다고?"

여자는 고개를 끄덕이더니 철커덕 수화기를 내려놓는다.

"앉아라. 금방 누가 내려올 거야."

한쪽 벽에 네모난 모양의 물렁물렁하고 큼지막한 쿠션이 놓인 의자들이 줄지어 있는데, 빨간색 의자와 파란색 의자가 번갈아 놓여 있다. 라디오 햄의 상징 색깔이다. 제이와 나는 바즈의 액자 아래에 나란히 앉는다. 끝에 안경을 쓴 사람이 바즈일 것 같았던 내 생각이 맞았다. 바즈는 여기에 있을까. 지금 내려오는 사람이 바즈라면.

마치 내 심장이 새장에 갇힌 새처럼 갈비뼈 속에서 파닥파닥 돌아다니는 기분이다. 나는 땀을 뻘뻘 흘린다. 실내는 답답하고 건물 정면의 거대한 유리창을 통해 태양이 뜨겁게 타오른다. 안내 데스크 끝에 선풍기가 하나 있긴 하지만 안내원 쪽으로만 바람이 분다. 스피커를 통해 흘러나오는 라디오 생방송에 집중해본다. 새로운 여행 소식을 전하는 시간으로, 하다크레와 마스톤 주변의 주요 노선에는 아무런 문제가 없다고 한다. 좋은 소식이다.

안내 데스크 뒤의 문이 열리고 셰릴이 걸어 들어온다. 한 번도 만난 적은 없지만 셰릴임을 알겠다. 내가 생각했던 얼굴과는 다른 모습이다. 셰릴이 실내를 쓱 훑어본 뒤 얼굴을 찡그리자, 안내원이 펜 끝으로 나와 제이를 가리킨다. 셰릴은 당황한 표정이지만 싱긋 웃으며 우리 쪽으로 걸어온다. 손에는 커다란 황금색 봉투를 들었다.

"대니얼 로치 씨?"

셰릴이 나를 쳐다보며 말한다.

"저는 로렌스예요. 대니얼은 우리 아빠고요."

"그렇구나!"

셰릴이 나와 악수를 나누고 제이를 내려다본다.

"그럼 네가 제임스겠구나."

셰릴이 제이의 이름을 기억하고 있다는 사실이 놀랍다. 방송 중에 기껏해야 두어 번밖에 언급하지 않았던 것 같은데.

셰릴은 제이가 인사하기를 기대하는 눈치지만 제이한테 절대 아무 말도 하면 안 된다고 신신당부했던 게 떠오른다.

"낯을 가려서요."

셰릴이 빙그레 웃는다.

"괜찮아. 바즈가 제임스를 바꿔 달라고 했었잖아."

"네! 도와주러 내려왔었어요. 제 지원군이었거든요. 안 그래, 제이?"

나는 제이의 어깨에 손을 척 얹는다.

셰릴은 얼굴을 찡그리고, 순간 내 실수를 깨닫는다.

"아, 아빠의 지원군이라고요. 우리 둘 다 행운의 마스코트거든요."

정신 차려, 로렌스. 이제 와서 망칠 셈이야.

"그래, 확실히 효과가 있었지!"

셰릴은 웃고 있지만 동시에 나를 향해 수상한 시선을 감추지 못한다.

"그럼, 아버지는 오셨니?"

"아뇨, 회사에서 빠져나오실 수가 없었어요. 우리한테 대신 상품권을 받아오라고 하셨어요."

"그렇구나."

윽, 이 안은 너무 덥다.

"만나서 정말 반갑구나, 로렌스. 그런데 너한테 이걸 줄 수는 없어. 아버님이 직접 와서 받아 가셔야 돼."

셰릴은 나에게 사과의 미소를 보낸다.

"문제가 뭐냐면, 너희 아버지와 바즈, 그리고 하다크레 홀리데이즈 직원들이 다함께 홍보용 사진을 찍어야 되거든. 퀴즈 쇼 우승은 대규모 합동 판촉활동인데다 애초부터 그 부분이

계약 내용에 포함되어 있거든."

나는 셰릴을 물끄러미 쳐다본다.

"너희 아버지도 괜찮다고 하실 거야. 원래 이런 일은 정말 즐겁단다. 아버님 편하신 시간에 우리가 맞출게. 바즈도 아버님을 꼭 만나고 싶어 한단다. 우리 모두 마찬가지야."

나는 고개를 끄덕인다. 자리를 마련하기가 조금 어려울 수도 있겠다.

내가 직접 변장을 하거나 아니면…… 아빠인 척할 만한 사람을 고용한다면? 버컨 선생님! 목소리도 딱인데. 그렇지만 도무지 실현 불가능한 얘기가 아닌가?

현실을 직시해, 로렌스. 이번에는 통하지 않아.

"괜찮니?"

"네."

"아니, 네 동생한테 물었어. 안색이 안 좋은데."

나는 제이를 내려다본다. 제이는 얼굴이 창백하고 땀으로 번들번들하다. 제이가 나를 흘깃 올려다보고 갑자기 앞으로 풀썩 쓰러지더니 빨갛고 파란 라디오 햄 카펫 위에 와락 토를 한다.

"어머!"

때마침 셰릴이 뒤로 물러난다.

"죄송합니다!"

"괜찮아."

셰릴이 제이 앞에 쪼그리고 앉는다.

"물 좀 갖다 줄까, 제임스? 그럼 좀 낫겠니?"

제이가 고개를 끄덕인다.

"고맙습니다."

셰릴은 빙그레 웃고는 멀리 한쪽 벽에 세워져 있는 정수기를 향해 걸어간다.

제이는 헐떡이며 더 토할 게 남은 사람처럼 침을 꿀꺽 삼킨다. 주로 제 티셔츠와 반바지 위에다 게워냈다. 분홍색 토사물에서는 제이가 아침으로 먹은 딸기 잼 냄새가 풍긴다.

셰릴이 물을 가지고 돌아온다.

"자, 물 마셔."

내가 컵을 받아 제이의 입에 대 준다. 제이는 한 모금 마시고 코를 훌쩍인다.

"이런, 티셔츠 좀 봐. 다 버렸네, 가엾기도 하지."

"괜찮아요. 집에 가서 갈아입히면 돼요."

"잠깐만!"

셰릴이 한 손가락을 들어 올리더니 환하게 웃는다.

"위층에 '공원에서 즐기는 팝 콘서트' 할 때 쓰고 남은 티셔츠가 몇 벌 있어. 제임스한테는 조금 클지도 모르지만 집에 갈 때까지는 무리 없을 거야."

"괜찮습니다, 정말이에요."

"아니야!"

셰릴이 내 어깨 위에 손을 얹는다.

"잠깐만 기다려, 금방 가서 한 벌 가져올게. 선물로 줄 과자도 있나 좀 뒤져 봐야겠다. 그럼 제임스 기분이 좀 나아질 거야."

"네, 그럼 감사하죠."

셰릴은 빙그레 웃고 다시 문 뒤로 사라진다.

제이 옆 의자 위에 놓인 황금빛 봉투가 눈에 띈 건 바로 그때다. 셰릴이 물을 가지러 가면서 거기다 두고 간 게 틀림없다.

두툼하고 커다란 봉투다. 봉투 겉면이 햇빛을 받아 반짝이며 나에게 윙크를 보낸다.

저건 내 거다. 내가 타냈다. 내가 주인이다.

제이가 묻는다.

"형, 뭐해?"

봉투는 내 손에 있다. 봉투의 무게가 느껴진다. 이 안에는 휴가 그 이상이 담겨 있다. 이 봉투는 모든 문제에 대한 해답이다. 엄마를 집으로 데려오고 엄마를 다시 웃게 해 줄 해결책. 우리를 뿔뿔이 갈라 놓으려고 찾아올 서류철을 든 여자로부터의 탈출구. 이 봉투는 우리의 희망이다. 우리의 유일한 기회이기도 하다. 지금 이걸 가져가야 한다. 너무 늦기 전에.

"자, 가자!"

"그 아줌마는 어쩌고, 아줌마가······."

찐득하고 축축한 느낌과 소화되다 만 음식의 악취를 무시한다. 두 팔로 제이를 번쩍 안아 올려 둘의 몸 사이에 봉투를 끼워 넣고 안내 데스크 쪽으로 몸을 돌린다.

"밖으로 데리고 나가려고요. 또 토할 것 같아서요."

안내원은 고개를 끄덕이는데 역겹다는 듯 얼굴이 일그러진다.

문을 미는데 문이 열리지 않는다.

"그 문은 당겨야 돼."

안내 데스크 뒤의 여자가 큰 소리로 말한다.

나는 문을 휙 잡아당기고 우리는 거리로 나온다. 나는 뒤돌아보지 않는다. 무작정 달리기 시작한다.

"나…… 또…… 토할 것 같아."

제이가 내 품속에서 몸을 통통 튕기며 말한다.

나는 멈추지 않는다. 내 몸에 온통 토하든 말든. 들키기 전에 최대한 멀리 벗어나야 한다.

그때 제이가 내 몸 여기저기에 토하기 시작한다.

제이는 울음을 터뜨린다. 나를 마구 때리고 있다. 제이는 멈추고 싶다.

골목길을 찾아 줄지어 주차된 차들 뒤로 몸을 숨기며 도로를 가로지른다. 도로 끝에서 오른쪽으로 돌았다가 다시 왼쪽으로 돈다. 어디로 가고 있는지도 모르겠다. 무조건 방송국에서 멀리 떨어지고 싶을 뿐.

더 이상 달릴 수 없을 지경이 되자, 나는 달리기를 멈추고 제이를 보도 위에 내려놓는다.

"멍청이!"

제이가 소리를 지르며 나를 발로 찬다.

나는 말을 할 수가 없다. 바늘이 폐를 콕콕 쑤시는 듯하고 두 다리는 남의 다리처럼 느껴진다. 따라오는 사람이 없는지 확인한 다음 허리를 숙이고 숨을 돌린다.

제이는 나에게 등을 돌린 채 보도 위에 앉아서 코를 훌쩍이더니 티셔츠에 묻은 토한 덩어리를 툭툭 털어낸다.

"미안해, 제이. 괜찮아?"

제이가 고개를 흔든다. 땀범벅에 창백한 얼굴까지, 모습이 말이 아니다. 지금 운하까지 제이를 데려가기란 불가능하다. 게다가 우리 둘 다 토한 게 잔뜩 묻어 있다. 엄마와의 위대한 재회에 걸맞는 최상의 차림은 아닌 듯하다.

그래도 상품권을 손에 넣었다. 봉투에서 소화되다 만 딸기 잼을 쓱 닦아낸 다음, 봉투를 청바지 허리춤에 쑥 찔러 넣는다. 마분지 모서리가 가슴을 찌르고 들어오지만 지금 당장은 세상에서 제일 기분 좋은 감촉이다.

황금빛 봉투는 식탁 한가운데, 험프티에 기댄 채 놓여 있다. 귀퉁이가 살짝 꼬깃꼬깃 구겨지긴 했지만 토한 건 거의 말끔히 닦아냈다. 낚아채서 들고 튄 건 마음이 좋지 않다. 셰릴은 좋은 사람이었고 우리에게 호의를 베풀었다.

나는 해야 할 일을 했을 뿐이야. 그게 다야.

그런데 셰릴이 경찰에 신고하면?

난 내 물건을 가져왔을 뿐이야. 그 봉투의 주인은 나라고.

어쨌든 우리가 사는 곳을 모르니 우리를 뒤쫓아 올 방법은 없다. 경찰이 조사해서 대니얼 로치가 이미 죽은 인물이라는 사실을 알아낸다면 모를까. 그게 가능할까?

그런데 셰릴은 내 이름을 알고 있다. 그리고 제이의 이름도. 그렇다면 우리를 찾아내는 게 그다지 어려운 일은 아니지 않을까. 동네 학교에 전화 몇 통이면…….

나는 봉투를 쳐다본다. 봉투의 겉면에 내 얼굴이 검은 그림자를 드리운다.

그 그림자는 곧장 우리를 향해 다가올지도 모른다!

밖에 누군가 찾아왔다. 올 만한 사람의 목록이 점점 더 길어진다. 사회복지국, 참견쟁이 마녀, 앤지 선생님, 경찰…….

상관없다. 문을 열어 주지 않으면 그만이다.

다시 한 번 초인종이 울린다. 나는 무시한다.

제이는 거실에서 텔레비전을 보고 있다. 제이는 한결 좋아 보이고, 시내로 데려갔을 때의 유령 같던 모습과 비교하면 완전히 다른 사람 같다.

"배고파."

제이가 얼굴을 찡그리며 투덜댄다.

라디오 햄에서 카펫에다 제이가 토해 놓은 잼 바른 토스트가 생각난다.

"형이 가서 먹을 게 있나 볼게."

"감자칩 먹고 싶어."

"토스트는 어때?"

제이가 고개를 젓는다.

"감자칩."

"집에 감자칩 없어."

제이는 앙상한 어깨를 으쓱해 보이고는 텔레비전으로 시선을 돌린다.

"감자칩 먹을래."

결말이 뻔히 보인다. 미나가 빌려 준 돈에서 감자칩 한 봉지를 살 만한 돈이 남아 있을까.

부엌으로 가는데 무슨 소리가 들린다. 우리 방 쪽에서 희미하게 두드리는 소리가. 식기건조대에 프라이팬이 하나 있다. 프라이팬을 쥐고 까치발로 다시 복도로 나온다. 또다시 그 소리가 들려오고 심장이 쿵쿵 울린다. 심호흡을 하고 살살 방문을 밀어 연다.

미나가 창문 밖에서 나에게 손을 흔들고 있다.

"너 나가고 없는 줄 알았잖아."

내가 창문을 열자 미나가 덧붙인다.

"이쪽으로 올라와 봐야겠다고 싶었지. 목이 부러질 위험을 무릅쓰고 말이야."

미나가 나에게 묵직한 배낭을 건넨다.

"초인종을 눌러도 대답이 없길래 이쪽을 공략해 봐야겠다 생각했어!"

"미안! 난 네가…… 어…… 넌 줄 몰랐어."

"메시지 받았어."

창턱을 넘느라 균형을 잡으려고 내 손을 꽉 잡으며 미나가 말한다.

"하필 공연이 있었어. 최대한 서둘러서 온 거야."

"괜찮아. 중요한 일 아니었어."

미나가 내 손에 든 프라이팬을 향해 고갯짓을 보낸다.

"너…… 요리 중이었어?"

"어? 아니…… 난."

"아, 뭐야! 그거 나한테 쓰려고 했던 거야? 먼저 노크하길 잘했네."

얼굴이 훅 달아오른다.

"아니야! 난 그냥……."

미나가 깔깔거린다.

"너희가 배가 고프면 좋겠다."

미나가 나에게서 배낭을 가로채 간다.

"여기 먹을 게 엄청 많이 들어 있거든. 자전거 타고 오는데 죽는 줄 알았어. 여기서 다 먹어치우고 가려고!"

티셔츠를 갈아입고 재빨리 씻은 다음 겨드랑이에 탈취제를 뿌리고 나서 돌아와 보니 미나는 어느새 지붕 위에 나와 있다. 미나는 큼지막한 파란색 체크무늬 담요를 쫙 펼치더니 그 위에 음식을 한가득 쏟아낸다. 미니 소시지 롤이 가득 담긴 플라스틱 통, 감자칩 봉지들, 샌드위치, 토마토, 주황색이 선명한 당근 슬라이스에 커다란 레모네이드 병까지.

미나는 양손을 허리에 척 올리고 성대한 파티의 끝자락에 서 있다. 검은색 티셔츠와 끝부분이 너덜너덜한 청반바지 차림이다. 나도 모르게 미나의 다리에 시선이 간다.

"우아!"

달리 할 말이 떠오르지 않는다. 뭐, 음식을 두고 하는 말이다.

미나가 얼굴을 찌푸린다.

"내가 좀 흥분했나 봐. 여기까지 끌고 올라와야 한다는 생각은 못했지 뭐야."

"훌륭해!"

갑자기 목이 메더니 울음이 터질 것 같다. 왜 그랬는지 까닭을 잘 모르겠다. 아마도 푸짐한 음식들 때문이었으리라. 아니, 어쩌면 우리를 위해 이걸 다 준비해 준 미나의 마음 때문인지도.

샌드위치 접시와 감자칩 봉지로 텔레비전 앞에서 제이를 유혹해 보지만 제이는 관심이 없다. 그런데 미나가 와서 '지붕 위의 소풍'이라는 말을 꺼내자마자 마치 디즈니랜드라도 가자는 말을 들은 사람처럼 제이의 두 눈이 환해진다.

나는 지붕 끝에서 최대한 안쪽으로 제이를 밀어놓은 뒤, 꼼짝하기라도 하면 당장 집으로 들어가야 한다며 제이에게 겁을 준다.

"그건 형 마음대로 아니야!"

제이가 입안 가득 감자칩을 우물거리며 소리친다.

"그럼 누구 마음대론데?"

제이가 짤막한 손가락으로 미나를 가리킨다.

미나가 깔깔거린다.

"맞아, 친구! 내가 대장이야!"

우리는 먹고 제이는 말한다. 입안에 음식을 와구와구 밀어 넣을 때만 잠시 쉬었다가 이내 끝도 없이 재잘거린다. 늘 그렇 듯 서로 동떨어진, 앞뒤도 맞지 않는 수다가 줄줄이 이어진다. 〈스쿠비 두〉 에피소드에 나온 이야기들과 자기 생각을 마구 뒤섞어서. 이번만은 그래도 즐겁다. 제이가 수다를 멈추지 않는 한 나는 아무 말도 할 필요가 없으니까. 배가 축구공처럼 빵빵해질 때까지 먹고 또 먹고 나서 지붕 경사면에 기대 앉아 눈을 감는다. 처음부터 잠들 생각은 없었다.

깜짝 놀라 잠에서 깬다.

"잠 깼네!"

미나가 활짝 웃는다.

"그냥 눈만 감고 있었어."

"맞아. 그러니까 코 곤 사람은 따로 있었다 그 말이지?"

미나는 깔깔 웃더니 차갑고 가느다란 손가락들로 내 손가락들을 마주 꿰는데, 온몸에 전기가 파르르 일어난다.

"자, 그날 밤에는 어떻게 됐어? 네 비밀 임무 말이야. 아직도 말하면 안 되는 거야?"

습관적으로 멈칫거리다가 결국 모든 걸 털어놓는다. 퀴즈 쇼와 라디오 햄까지 다녀온 일, 그리고 내일 운하로 가겠다는 나의 계획까지.

"우아!"

내 말이 끝나자 미나가 감탄사를 내뱉는다.

"정말 대단한 비밀이다. 넌 온통 깜짝 놀랄 일로 가득한 사람이구나, 안 그래, 로렌스 로렌스 로치?"

미나가 싱긋 웃는데, 커다란 두 눈의 눈동자가 진하다.

"누나?"

제이가 부른다.

"왜, 친구."

"누나 어렸을 때도 텔레비전에서 〈스쿠비 두〉 했어?"

"그럼! 학교 끝나면 집에서 자주 봤지."

"누가 제일 좋아?"

미나는 아직 내 손을 붙잡고 있다. 미나가 엄지손가락으로 내 손바닥에 반복해서 8자를 그리고, 덕분에 내 피부는 콧노래를 부른다.

"당연히 스쿠비지. 너는?"

"나도 스쿠비."

제이가 고개를 끄덕이는데 얼굴이 사뭇 진지하다.

"나는 섀기가 두 번째로 좋아. 그 다음이 프레드."

"벨마와 다프네는?"

미나가 한쪽 다리를 내 다리에 걸고 내 정강이를 따라 발을 문지른다. 좀 아프기는 하지만 기분은 좋다.

제이가 어깨를 으쓱한다.

"둘도 괜찮아."

미나가 대꾸한다.

"벨마는 모든 미스터리를 해결하는 주인공이야."

제이는 그 말을 곰곰이 생각하며 얼굴을 찌푸린다.

"스쿠비도 도와줘. 섀기도."

"그래, 그 패거리들은 다 도와주지."

제이가 고개를 끄덕인다.

"누나도 우리 패거리 할래? 나하고 우리 형?"

제이는 괜찮냐는 의미로 나를 쳐다본다.

"나는 스쿠비고 형은 섀기야. 누나는…… 벨마, 누나가 좋다면."

 미나가 깔깔 웃음을 터뜨린다.
 "다프네보다는 벨마랑 더 닮은 것 같기는 하네."
 제이가 어깨를 으쓱한다.
 "내가 너희 패거리에 들어가도 괜찮니…… 섀기?"
 활짝 웃으며 미나가 묻는다. 미나는 내 손을 꼬옥 쥐고 다시 내 정강이를 따라 발을 살살 문지른다.

 점점 날이 어둑해진다. 마침내 한낮의 열기가 사그라지고 지붕 위로 따스한 산들바람이 살랑살랑 불어온다. 이번만은 감자튀김 식당의 냄새도 우리를 피해가고, 퍼레이드의 소음마저 멀게만 느껴진다. 제이는 구석에서 이불 속에 몸을 돌돌 말고 꾸벅꾸벅 존다. 미나는 팔다리를 나에게 감고 머리를 어깨에 기댄 채 내 옆에 누워 있다. 뺨으로는 미나의 숨결이, 티셔츠를 통해서는 미나의 심장 박동이 느껴진다.
 하늘에서 빛이 스르륵 빠져나가자 사방을 에워싼 어둠에 파묻혀 지붕 끄트머리가 차츰 흐릿해진다. 마치 우리가 반짝반짝 빛나는 백만 개의 별들 위로 마법의 체크무늬 담요를 타고 도시 위를 높이높이 날아다니는 기분이다.

Day 12
우리는 엄마가 필요해요

공기는 무겁고, 한가로이 윙윙거리는 곤충들로 가득하다. 축 늘어진 나뭇가지들이 만들어 낸 그늘진 동굴 바로 밑에 틀어박힌 보트가 보이지만 사람의 흔적은 전혀 느껴지지 않는다. 엄마가 없다.

나는 수문에서 멈춰 선다.

"여기에서 건너가야 돼."

"왜? 우리 어디 가는데?"

하얀 앞치마처럼, 꼭대기에서 운하를 향해 물을 흘려보내는 좁은 수문을 쳐다보더니 제이는 고개를 내젓는다.

나는 제이의 질문을 무시하고 한 손을 내민다.

"괜찮을 거야. 형이 떨어지지 않게 꽉 붙잡아 줄게."

제이는 몇 걸음 뒤로 물러나 팔짱을 낀다.

"좋아, 그럼 넌 여기 있어. 형은 건너간다."

제이의 두 눈이 휘둥그레진다.

"네 마음대로 해."

제이의 마음이 흔들리는 게 보인다. 제이는 커다랗게 쩍 벌린 터널의 입 쪽으로 난 강변길을 흘깃 내려다본다.

그러더니 나를 향해 한 걸음 내딛는다.

"잘했어, 스쿠비 두! 넌 할 수 있어!"

제이는 내 손을 꽉 잡고 수문 위로 올라선다. 바로 발밑에서 차가운 물이 어지럽게 포효하는 가운데, 우리는 조금씩 앞으로 나아간다. 일 분도 채 되지 않아 수문을 건너는 데 성공한다.

무사히 마른 땅 위로 두 발을 내딛자 제이는 수문을 되돌아본다.

"재미있다. 또 할 수 있어?"

"응, 돌아가는 길에."

"지금!"

나는 고개를 젓고 비탈을 걸어 내려간다. 이쪽에는 강변길이 없고 긴 잔디밭과 잡초들뿐이지만, 회색빛 보트까지는 길이 잘 다져져 있다. 볼품없는 보트다. 페인트칠은 벗겨지고 녹물이 덕지덕지 묻어 있다. 배 옆쪽으로 난 구멍들에는 나무를 덧대 못으로 박아 놓았다. 전체적으로 형편없고 지저분한 배다. 둥둥 떠 있는 우리 아파트라고 하면 딱 어울린달까. 엄마가 이

배를 집처럼 느끼는 것도 이상하지가 않다.

창문 하나는 널빤지로 막아 놓았고 다른 문들은 추레한 커튼 조각들로 가려 놓아서 안이 보이지 않는다. 하지만 굴뚝에서 아지랑이 같은 희미한 연기가 피어 나오고, 그것은 곧 누군가 배에 타고 있다는 뜻이다.

제이에게 그 자리에 꼼짝 말고 있으라고 당부하고 앞으로 걸어가 똑똑 문을 두드린다. 나는 기다린다. 티셔츠 속에서 심장이 망치질을 해 댄다. 보트 안에서는 아무런 소리도, 움직임도 없다. 다시 한 번 문을 두드린다.

이번에는 무슨 소리가 들린다. 웅얼거리는 목소리.

제이가 소리친다.

"형, 뭐해?"

막 제이에게 대꾸하려고 하는데 기침 소리에 이어 탁하고 빗장을 여는 소리가 들린다. 문이 휙 열리고 나는 백발의 남자와 얼굴을 마주한다. 그는 빛바랜 청셔츠 차림에 단추를 채우지 않아서 가죽 같은 가슴팍으로 뻣뻣하고 하얀 털들이 수북하게 드러나 보인다. 목에는 큼직한 청동 동전이 매달린 목걸이를 걸었고, 턱에는 하얀 수염이 까칠하게 자라나 있다. 술 냄새가 확 풍긴다.

"웬 녀석이냐?"

창백하고 물기 어린 눈을 깜빡거리며 남자가 나에게 쏘아붙인다.

"어……"

그는 몸을 보트 밖으로 내밀어 수문 쪽 강둑을 내려다보더니 다시 나에게 몸을 돌린다.

"여기서 뭐하는 거냐? 난 애들 별로야."

"편지가 있어요."

"편지? 우체부 같아 보이지는 않는데, 웬 편지?"

"이건…… 마가렛 로치 앞으로 온 편지예요."

아주 짧은 찰나, 그의 두 눈이 반짝이는 듯싶더니 이내 본모습을 되찾는다. 그래도 나는 그 순간을 놓치지 않는다.

그는 고개를 흔든다.

"누구?"

"마가렛 로치요."

"그런 여자 처음 들어 봐."

그는 문을 닫으려고 한다.

"우리 엄마예요!"

백발 남자가 멈칫한다.

"다시 한 번 말해 봐."

"마가렛 로치…… 우리 엄마라고요. 이 보트에 타고 있어요."

그가 나에게 몸을 숙인다.

"누가 그러대?"

"아무도요."

내 말이 진실인지 알아내려는 듯, 그가 내 눈을 뚫어져라 들여다본다. 잠시 뒤 입 밖으로 끙 소리가 튀어나오고, 나는 그가 내 말을 믿고 있음을 직감한다.

"정말이야, 그 여자는 여기 없어. 애초에 여기 온 적도 없어. 알아들어?"

나는 고개를 끄덕인다. 안전을 위해서는 최선의 선택이다. 하지만 나는 그의 말이 거짓말임을 안다. 그의 얼굴을 보면 안다.

뒤에서 제이가 갑자기 뭐라고 소리를 지르더니 보트를 향해 달려온다. 그러곤 제일 가까운 유리창에 양손을 올리고 유리창을 쾅쾅 두드린다.

"엄마야! 안에. 내가 봤어!"

제이가 손가락으로 창문을 가리킨다.

순간 침묵이 흐른다. 그때 우리 모두의 귀에 목소리가 들린다. 그 목소리는 보트 깊숙한 곳에서 새어나온다. 멀고도 나른한, 하지만 충분히 귀에 들릴 정도의 목소리…….

"필? 거기 누구예요? 누구랑 말하고 있어요?"

전기가 찌릿찌릿 내 몸을 통과한 것처럼 정신이 번쩍 든다.

"아무도 아니야!"

그가 나한테서 눈을 떼지 않은 채 소리친다.

하지만 제이도 그 목소리를 들었다. 제이는 이제 내 옆에서 보트 안을 들여다보려고 목을 쭉 빼고 있다.

제이가 외친다.

"엄마!"

소리가 난다. 달가닥 물건이 엎어지는 소리가 나더니 뒤이어 어둠을 뚫고 엄마가 모습을 드러낸다. 창백한 얼굴에 움푹 들어간 눈, 헝클어지고 기름진 머리카락.

"엄마?"

제이의 목소리는 작고도 혼란스럽다.

엄마는 백발 남자 옆 출입문에 서서 몸을 지탱하려고 한 손을 남자의 어깨에 얹는다. 엄마는 다소 어리병병한 표정으로 살짝 뒤뚱거리면서 우리를 자세히 들여다본다. 해피 아워다. 엄마는 취했다.

"엄마, 우리예요."

목구멍을 타고 간신히 그 말이 새어나온다.

내 목소리에 엄마는 눈을 깜빡거리더니 이내 얼굴을 찌푸린다.

"로렌스?"

단 한 마디.

엄마가 내 이름을 부르자, 배 속 깊숙한 곳의 아린 구멍 하나가 채워지는가 싶더니 가슴속에 또 다른 구멍이 새롭게 뻥 뚫린다. 찔끔 눈물을 짜내는데 눈 안쪽으로 열기가 파고든다. 보트로 기어 올라가 엄마 품에 뛰어들어 울고 싶다. 지금 당장 엄마가 내 머리를 쓰다듬어 주고 내 얼굴에 입을 맞추며 다 잘될 테니 걱정 말라고 나를 위로해 주었으면. 엄마 여깄어. 괜찮아,

괜찮아.

"당신, 애들이 있었어?"

백발 남자가 엄마에게 돌아서지만 엄마는 남자의 말을 듣지 못한 것 같다. 엄마는 얼굴 가득 몽롱한 미소를 머금고 보트 밖으로 걸어나온다.

엄마는 휘청휘청 넘어질 듯하면서 깔깔거리더니 우리 바로 앞 풀밭에 선다.

"어여쁜 내 아들들!"

엄마가 양팔을 커다랗게 벌린다.

제이는 잠시 머뭇거리더니 이내 달려들어 엄마 품에 와락 안긴다. 엄마는 무릎을 꿇고 앉아 제이를 양팔로 감싸 안고 깔깔거리며 꼭 안아 준다. 엄마가 고개를 들어 나에게 한 손을 내민다. 엄마의 가느다랗고 하얀 손가락이 허공에서 바들바들 떨린다. 엄마의 몸을 만지는 게 두렵고, 엄마가 진짜가 아닐까 봐 두렵다. 이윽고 나는 손을 뻗는다. 엄마가 나를 끌어당겨 으스러질 듯이 품에 안는데 엄마의 체취와 눈물, 그리고 기분 좋은 술 냄새가 풍겨온다.

엄마는 금세 우리를 밀어내고 눈을 반짝이며 무릎을 꿇고 앉는다. 그러더니 문에서 우리를 지켜보고 있는 백발의 남자를 바라본다.

"필, 보세요! 내 아들들이에요!"

필은 끙 소리를 내더니 담배를 말기 시작한다.

"정말 너희들이구나."

엄마가 자신의 양 뺨을 닦는다.

"엄마, 여기서 뭐하세요? 그동안 어디에 있었어요?"

순간 엄마는 나와 눈이 마주치지만 곧바로 제이에게 시선을 돌린다.

"우리 제이, 제이 좀 봐! 많이 컸구나!"

제이가 활짝 웃는다.

"우리 유원지에 갔었어! 형 친구가 토했어! 아저씨 등에다!"

내가 다시 채근한다.

"엄마."

"유원지! 잘했구나!"

엄마가 제이를 끌어당겨 무릎에 앉힌다.

"엄마! 여기서 뭐하시냐고요?"

필이 내 어깨에 손을 올린다.

"잠깐 이야기 좀 하자."

엄마와 제이가 말하게 두고 그를 따라 강둑으로 나간다.

목소리가 들리지 않을 정도로 거리가 멀어지자, 필이 멈춰 서더니 담배에 불을 붙인다. 그는 내 머리 위로 담배 연기를 푹푹 뿜어내며 나에게 담배를 권한다.

"필래?"

"아뇨…… 됐어요."

"착하구나."

그가 엄마와 제이를 향해 고갯짓을 한다.

"정말 너희 엄마냐?"

"네."

"아빠는?"

"돌아가셨어요."

"그럼 너희를 돌봐주는 사람은?"

"아무도 없어요."

필이 눈을 가늘게 뜬다.

"아무도?"

나는 어깨를 으쓱한다.

"엄마가 여기 얼마나 계셨죠…… 아저씨랑 같이?"

"2주."

그는 담배를 한 모금 빤다.

"내가 운하에서 너희 엄마를 끌어냈다."

"네?"

"그래! 목숨을 구해 줬지!"

심장이 조여 온다.

"언제요?"

"2주 전에. 첨벙거리는 소리를 내가 들었기에 망정이지. 그러더니 너희 엄마가 저쪽에서 보이더라."

남자가 터널 쪽으로 고갯짓을 한다.

"가서 끌어내는 게 좋겠다고 생각했지."

엄마가 자살할 생각이었음을 알고 있는 건지, 아니면 그냥 사고라고 생각하는 건지 알 수가 없다.

"구급차는 불렀어요?"

"보트로 데려왔다. 몸을 말리고 따뜻하게 해 줬지. 그랬더니 잠이 들었어."

"구급차는 왜 안 불렀어요? 경찰이라도 부르지?"

필이 얼굴을 찌푸린다.

"대체 내 말을 뭘로 들었냐? 내가 너희 엄마를 구했다니까. 한밤중이었어. 너희 엄마를 재워야 했다고."

"그 다음에는요?"

"무슨 말이야?"

그의 두 눈이 어두워진다.

"그 이튿날에는 어떻게 됐냐고요? 엄마는 2주 동안 행방불명이었어요!"

"경찰에서 너희 엄마를 찾고 있냐?"

마치 당장에라도 경찰들이 우르르 몰려나올까 봐 걱정되는 듯 그가 운하 건너편을 흘깃 쳐다본다.

"아뇨."

그는 앓는 소리를 내고 담배를 깊숙이 빨더니 갑자기 표정이 돌변한다. 방금 전까지만 해도 분명히 걱정스러운 표정이었다. 그런데 지금은 다른 무언가가 있다. 재밌다는 표정이랄까.

"엄마가 2주 동안이나 행방불명인데 경찰에 신고도 안 했다?"

그에게 얼마나 털어놔야 할지 모르겠지만 지금은 그런 건 중요하지 않다.

"아무도 몰라요. 아무한테도 말 안 했어요."

필의 입꼬리에 새어나오던 미소가 경련을 일으킨다.

"왜지?"

"남들한테 알리면, 우리를 맡겠다면서 어디로 데려가 버릴 테니까요."

"아……."

그는 고개를 끄덕이고 물속에다 담배꽁초를 획 내던진다.

"가족이 있다는 말 엄마가 안 하던가요? 엄마가 어디에서 왔는지 궁금하지 않았어요?"

"그게 나랑 무슨 상관이냐? 정말이야, 자기한테 애가 있다는 말은 입 밖에도 꺼내지 않더라."

나는 남자의 말을 믿는다.

"그런데 아까 무슨 편지가 있다고 했던 것 같은데."

나는 고개를 끄덕인다. 하마터면 깜빡 잊을 뻔했다.

"엄마 거예요."

우리는 다시 엄마와 제이가 함께 앉아 있는 풀밭으로 걸어간다. 티셔츠 속에서 황금빛 봉투를 끄집어낸다. 처음보다 많이 해어졌지만 아직도 햇볕에 반짝인다. 마법의 물건인양 여전히 살랑거린다.
 엄마가 숨을 들이쉬더니 손가락으로 봉투를 살살 매만진다.
 "이게 뭐지?"
 "열어 보세요."
 엄마가 나를 쳐다보더니 이윽고 봉투를 열고, 반짝이는 하다 크레 홀리데이즈 팸플릿이 엄마의 무릎 위에 놓인다.
 "여행상품권이에요. 제가 탔어요. 경비가 전액 지원되는, 태양 아래서의 휴가예요."
 엄마는 어리둥절해서 새처럼 머리를 까딱이며 천천히 팸플릿을 넘겨 본다. 엄마는 내 말을 아직 제대로 이해하지 못하고 있다.
 "휴가라니까요, 엄마! 공짜 휴가요. 어디 더운 나라로 갈 수 있어요. 경비는 전액 제공돼요. 내가 탔어요. 엄마 주려고!"
 집중하느라 엄마의 얼굴이 잔뜩 일그러진다.
 "휴가? 나한테 주려고?"
 "네!"
 엄마는 도무지 믿기지 않는지 손가락으로 팸플릿을 휘리릭 넘겨보더니 필을 올려다본다.
 "내 아들이 무슨 일을 해냈는지 좀 봐요!"
 목소리는 갈라지고 두 눈에는 눈물이 어린다. 딱 내가 그려 왔던 그 모습 그대로. 엄마는 트로피처럼 팸플릿을 번쩍 들어 올린다.

"휴가! 공짜 휴가! 우리는 어디든 원하는 데로 갈 수 있어!"
엄마가 나에게 몸을 돌린다.
"그런 거지, 그렇지?"
"네."
필이 나를 향해 의심스러운 눈빛을 보내더니 엄마에게서 팸플릿을 가져온다.
"어디든 더운 곳, 바닷가로 갈 수 있어요!"
엄마의 두 눈이 기쁨에 차 반짝반짝 빛난다.
"당신 휴가 가고 싶어 했잖아요."
엄마가 필의 바지를 잡아당긴다.
순간 무언가에 가슴을 한 대 얻어맞은 느낌이다.
"아니에요!"
엄마가 나를 쳐다본다.
"그건 우리 거예요!"
엄마가 얼굴을 찡그린다.
"우리 거예요. 나하고 엄마, 그리고 제이 거라고요!"
나는 필을 올려다보며 어깨를 으쓱한다.
"죄송해요."
그는 코웃음을 치고 풀밭에 팸플릿을 툭 떨어뜨린다.
엄마의 얼굴에서 서서히 빛이 사라진다. 엄마는 방금 잠에서 깨어나 어떻게 여기로 나왔는지 영문을 모르는 사람처럼 멍한 표정이다.

"엄마? 괜찮아?"

엄마는 제이를 무릎에서 밀어내고 일어서려고 하지만 휘청거리며 도로 풀밭 위로 넘어진다.

"너희는 가는 게 좋겠다."

필이 엄마를 일으키며 말한다.

"무슨 말이에요? 엄마는 우리랑 같이 갈 거예요."

필이 엄마에게 몸을 돌린다.

"이 애들이랑 같이 가고 싶어, 매그?"

엄마는 나를 쳐다보더니 두 뺨 위로 주르륵 눈물을 흘린다.

"엄마, 제발요! 우리는 엄마가 필요해요."

엄마는 고개를 젓고 보트 쪽으로 뒷걸음질 친다.

"엄마! 참견쟁이 마녀가 복지국에 전화했어요. 엄마가 돌아오지 않으면 우리를 데려가고 말 거라고요!"

엄마는 멈춰 서지만 고개를 들지 않는다. 엄마가 속삭이듯이 말한다.

"난 안 돼. 더 이상 못해. 미안하다!"

"엄마!"

백발 남자가 엄마를 보트로 데리고 들어가더니 고개를 돌려 나를 쳐다본다.

"너희 엄마는 가기 싫은 것 같구나."

"하지만…… 우리 엄마예요."

그는 어깨를 으쓱한다.

"그래서? 너처럼 덩치 큰 녀석이 엄마 없이 살 수 없다는 거냐? 그런 거야?"

필이 한숨을 내쉰다.

"잘 들어, 얘야, 너희 엄마가 왜 집에 가지 않았는지 생각 안 해봤어? 너희 엄마가 왜 내내 여기에 있었는지? 너희 엄마가 말한 그대로야, 더 이상 할 수가 없다고. 너희 엄마는 너희를 원하지 않아……. 그건 나도 마찬가지고."

그는 보트로 올라가 문을 닫는다. 딸깍하는 소리에 이어 철컥하고 빗장이 잠기는 소리가 들린다.

뒤를 돌아보니 제이가 보트를 빤히 쳐다보며 서 있다.

"가자, 집으로 가자."

나는 제이에게 손을 내민다.

"엄마는? 엄마도 갈 거야?"

제이가 코를 훌쩍인다.

"아니."

"왜 안 가?"

나는 한숨을 내쉰다. 제이는 얼마나 들었을까…… 아니 이해했을까.

"엄마는 여기 좀 더 있고 싶대. 그뿐이야."

"왜?"

"나도 몰라. 그냥 그러고 싶대."

"그럼 금방 집으로 올 거야?"

"그럼! 당연히 그래야지."

나는 거짓말을 한다.

"그런데 그때까지는 우리끼리 지내는 거야, 알겠지?"

우리는 수문을 건너 터널 쪽으로 걷기 시작하고, 그러는 사이에도 제이는 보트에서 눈을 떼지 않는다.

"그래도 우리는 괜찮을 거야, 너하고 나 둘이잖아."

나는 최대한 텔레비전 어린이 진행자 목소리를 흉내 내며 제이를 어른다.

제이가 코를 훌쩍이며 고개를 끄덕인다.

"그리고 미나 누나도."

"그래, 미나도 있지."

"우리 패거리, 〈스쿠비 두〉처럼."

"그래…… 그거랑 비슷해."

Day 13
마침내 그물이 왔다

제이가 배가 고프다며 칭얼거린다. 제이는 아침을 원한다. 하지만 남은 음식은 하나도 없고 우리는 다시 돈이 떨어졌다.

황금빛 봉투는 식탁 위에 있다. 지금은 한 귀퉁이가 찢어지고 토한 자국과 더불어 풀물까지 들었다. 저것은 그냥 반짝이는 봉투다. 아무것도 해결해 주지 못하는.

엄마가 집에 오지 않으면 봉투는 무용지물이다.

나하고 엄마가 없으면 오히려 제이는 더 낫지 않을까. 제이는 금방 입양될 거다. 제대로 된 가정에서 정상적인 삶을 살 기회가 생긴다. 제이의 안전과 행복만 확인되면 나는 떠날 수 있다. 나에게는 별로 간섭할 사람이 없을 거다. 이제 곧 열여섯이 되니까, 어딘가에서 일자리와 방을 구해서……

앞으로도 계속 엄마가 있는 척하며 지낼 힘이 남아 있는지도 잘 모르겠다.

초인종이 울린다. 현관문 뒤에서 웅얼거리는 목소리가 들린다. 참견쟁이 마녀와 다른 사람, 남자 목소리다. 마침내 그들이 왔다. 사회복지국 아니면 경찰? 누구든 무슨 차이가 있으랴. 그들은 문을 두드리고 체인이 달그락거린다. 궁금하다…… 내가 문을 열어 주지 않으면 그들은 문을 부수고 들어올까?

복도 끝 바닥에 무릎을 가슴팍까지 끌어올리고 앉아 기다린다. 소란스러운 소리와 함께 페인트가 우르르 부서져 내리고, 나무가 쪼개지고 휘어지기를 기다리며 문을 지켜본다.

아무 일도 일어나지 않는다.

그들은 가 버리고 없다.

나는 실망한다.

지붕 위로 올라가는데 마침 참견쟁이 마녀가 퍼레이드 옆 계단 밑에 모습을 드러낸다. 아줌마는 청재킷 차림의 어떤 남자, 우리의 '친절한 이웃 사회복지사'와 이야기를 하고 있다. 틀림없다. 남자는 아줌마와 악수를 나누더니 빨간색 차를 몰고 사라진다. 지금은 갔지만 다시 올 거다.

짐을 꾸려야 한다. 옷가지와 물건들, 그래야 그가 왔을 때 떠날 준비가 될 테니. 제이를 씻기고 머리도 감겨야겠다. 지금처럼 냄새를 풍기면 아무도 제이를 데려가고 싶어 하지 않을 거다. 그 생각만으로도 목구멍이 주먹처럼 단단해진다.

생각하지 마, 로렌스. 그냥 해.

나는 안으로 들어간다. 가방을 찾아야 한다.

가방 두 개…….

우리가 같은 집으로 가지 않을 경우를 대비해서.

"나 목욕 싫어!"

물속에서 팔짱을 끼고 서서 제이가 투덜거린다.

"알아, 하지만 가기 전에 깨끗하게 씻어야 돼."

"어디 가는데?"

"잠시 다른 사람하고 지내러 갈 거야. 엄마가 돌아올 때까지만."

제이가 눈을 가늘게 뜬다.

"누구?"

"아직 몰라. 그래도 좋은 사람들일 거야."

웃어 보려고 하지만 얼굴이 협조를 하지 않는다.

가서 수건을 찾는다. 돌아와 보니 제이가 비참한 얼굴로 욕조에 앉아 있다.

"아직 안 씻었어?"

제이가 고개를 끄덕인다.

"너무 차가워."

온수용 수도꼭지에 손을 대 본다. 물이 얼음처럼 차갑게 나온다. 욕을 내뱉고 수돗물을 잠근다.

"거기서 기다려."

부엌에서 주전자에 물을 올린다. 탁 소리가 나더니 파란 불꽃이 일고 플라스틱 타는 냄새가 난다. 잠시 가만히 서서 주전자를 빤히 쳐다보다가 가스 불을 서너 번 껐다 켜 보지만, 빨간 불이 들어오지 않는다. 가스 불이 죽었다.

갑자기 무언가가 확 폭발한다.

마음 깊은 곳에서.

며칠 동안…… 몇 주 동안…… 아니 어쩌면 몇 년 동안, 마음속에 담아 왔던 그 무엇이.

마침내 폭발한다.

방금 전까지만 해도 내 손에는 쓸모없게 된 주전자가 들려 있었는데, 어느새 내가 무릎을 꿇고 부엌 한가운데에 앉아 있다. 그동안 지진이 일어났던 게 틀림없다. 부엌은 한바탕 폭풍이 휘몰아치고 간 자리처럼 난장판이 따로 없다. 식탁은 엎어져 있고, 쓰레기통은 옆으로 자빠져 쓰레기를 토해 낸다. 벽에는 음식이 튄 자국과 바퀴벌레 조각들로 여기저기 얽은 자국들 투성이다. 나는 거세게 콧김을 뿜어 대면서 몸을 부들부들 떨고 있고 손등에 난 베인 자국에서는 피가 흘러나온다.

내가 이랬을까?

순간 몇 년 전 엄마의 모습, 깨진 돼지 저금통의 바닷속에 앉아 있던 엄마의 모습이 머릿속을 스치고 지나간다…….

소리가 들린다. 고개를 들어 보니 제이가 발가벗은 채 문간에서 부들부들 떨면서 나를 지켜보고 있다. 제이는 나를 보더니 휙 달아난다.

"제이!"

비틀비틀 일어나는데 운동화 밑으로 쓰레기들이 질벅질벅 밟힌다.

"제이!"

제이를 화장실에서 찾아내 스펀지로 제이의 몸을 미친 듯이 박박 문지른다. 제이는 울면서 바들바들 떤다. 제이는 나를 쳐다보려 하지 않는다.

"제이?"

"괜찮아. 별로 안 차가워."

제이가 이를 맞부딪치면서 웅얼거린다.

"그만 하자."

제이를 들어 올려 몸에 수건을 두르고 꼭 안아 준다.

"미안해. 너를 겁주려고 한 건 아니었어. 형은 그냥…… 화가 났어."

"나 아직 안 깨끗해."

제이가 내 귀에 대고 코를 훌쩍인다.

"괜찮아. 우리 모습 그대로 받아주겠지 뭐."

제이가 고개를 끄덕인다.

"우리 어디 가는데?"

나는 수건으로 제이의 등을 문질러 주며 고개를 흔든다.

"형도 몰라."

우리 가방은 복도에 준비돼 있다. 엄마의 낡은 초록색 여행 가방은 제이 거고 배낭은 내 거다. 별로 쌀 것도 없다. 세탁이 필요한 옷가지들이 대부분이다. 제이에게 제일 좋아하는 장난감들을 챙기게 해서 최대한 가방에 욱여넣었다.

문에서 쾅 소리가 난다. 그들이 돌아왔다. 이제 끝이다.
복도로 나가 잠시 멈칫했다가 차갑고 딱딱한 금속 손잡이에 손가락을 갖다 댄다.
이렇게 끝내려고 그동안 그 고생을.
하지만 문을 여는 건 쉽다.
놓아주듯이.

"그래…… 잘 지냈어?"
미나가 내 곁을 스르륵 지나쳐 복도로 들어간다.
"감자튀김 좋아해? 큰 걸로 사 왔어. 너희 배고플 것 같아서."
"누나!"
제이가 거실에서 나오며 외친다.
"안녕, 친구! 감자튀김 좀 먹을래?"
"응!"
제이가 짝짝 손뼉을 친다.

"접시 좀 얻을 수 있어?"

미나가 부엌 쪽으로 걸어가다가 문간에서 우뚝 멈춰 선다.

"세상에!"

미나가 나를 쳐다본다.

"대체 웬 난리야?"

어깨를 으쓱해 보이고 미나의 옆을 비집고 들어가 쓰레기를 뚫고 조심조심 나아간다.

"그래…… 잘 지냈어? 엄마는 오셨어?"

미나가 되풀이해 묻는다.

나는 고개를 젓는다.

"엄마는 친구랑 있어."

제이가 미나와 감자튀김에 바짝 달라붙으며 끼어든다.

"우리는 잠깐 다른 사람하고 살러 갈 거야."

"잘됐다!"

제이에게 대꾸하면서 미나는 나를 쳐다보며 무슨 소리냐는 표정으로 얼굴을 찡그린다.

미나는 접시에 감자튀김을 조금 덜어서 제이에게 건네준다.

"가서 텔레비전 좀 보지 않을래? 형이랑 얘기 좀 하게."

지붕 위로 올라오니 시원하다. 공기가 얼굴에 닿는 냉수처럼 차디차다.

"제이가 하는 말 무슨 소리야? 너희 엄마 어디 계신데?"

미나가 앉으며 묻는다.

미나에게 운하에서 당한 재앙과 우리 스스로를 포기하기로 한 내 최후의 결정을 들려준다.

"뭐 어떻게 하겠다고?"

미나가 손가락 끝에 감자튀김 하나를 대롱대롱 매단 채 말을 뚝 그친다.

"달리 뭘 어쩌겠어? 더는 이렇게 못 지내. 벌써 복지국에서 다녀갔어. 결국엔 어떻게든 우리를 찾아내고 말 거야."

"그러니까 너희 엄마를 도로 모셔와야지."

"내가 말했잖아! 엄마가 오지 않으려고 한다고."

미나가 입에다 감자튀김을 넣고 우물우물 씹는다.

"너희 엄마를 봤을 때 취해 있었다고 했지?"

"제대로 서 있지도 못했어."

"그러니까 그렇지! 서 있지도 못하는 사람한테 무슨 얘기를 해? 사람들은 취하면 온갖 짓을 다 해. 제정신일 때는 해서는 안 될 일이나 안 될 말까지도. 너도 잘 알잖아!"

"뭐."

미나가 한숨을 내쉰다.

"너희 엄마가 가신 지 얼마나 됐지?"

"몰라. 14일⋯⋯15일."

"2주야."

미나가 나를 향해 감자튀김을 흔들며 말한다.

"2주일 동안 너는 견뎠어, 제이를 돌보면서. 그래놓고 이제 와서 포기하겠다고?"

"엄마를 집으로 오게 할 방법이 없어! 엄마가 원치 않으면!"

그 말이 내 목구멍을 꽉 틀어막는다.

미나가 옆으로 다가와 앉더니 내 팔에 한 손을 얹는다.

"그렇지가 않아, 로렌스. 너희 엄마는 당신이 뭘 하고 있는지 모르시는 거야. 너희 엄마는 아프시잖아."

나는 억지로 울음을 참으며 바닥만 뚫어져라 쳐다본다.

"너희 엄마가 왜 거기 계시는 줄 알아? 그게 쉬우니까. 필이라는 남자와 있으면 죄책감을 느낄 필요가 없으니까. 왜냐하면 그 남자도 술을 마시잖아. 너희 엄마는 그런 생각을 할 필요조차 없는 거야. 그러니까 우리가 너희 엄마를 그 남자한테서 떨어뜨려야 돼. 아침 일찍 가자. 너희 엄마가 취하기 전에."

나에게서 뒷걸음질 치던 엄마의 눈동자 속에 담긴 표정이 떠오른다.

"소용없을 거야."

"세상에, 로렌스! 네 자신에게 귀를 기울여 봐. 넌 시작도 하기 전에 나자빠져 있어."

웬일인지 머릿속에서 할머니의 얼굴이 희미하게 빛난다. 무덤 너머로부터 투사된 할머니의 모습이. 할머니는 단호한 표정을 지으며 손가락으로 나를 가리킨다. 듣고 있느냐, 로렌스 로치? 이 여자애가 뭘 좀 아는구나.

나는 고개를 들어 미나를 올려다보고 어깨를 으쓱한다.

"좋아. 밑져야 본전이니까. 네 말이 옳아."

"이제야 말귀가 통하네!"

미나는 활짝 웃고, 순간 할머니의 홀로그램 같은 얼굴이 미소를 지으며 한 눈을 찡긋하더니 비누거품처럼 팡 터지며 사라진다.

할머니는 미나를 좋아했을 거다. 의심의 여지가 없다.

Day 14
제이가 죽은 건 엄마 때문이야!

 이른 시각이다. 여덟 시가 갓 지난. 안개가 희부옇게 층을 이루며 운하 수면을 뒤덮고 있지만 공기는 이미 후끈후끈하다. 주위에는 아무런 인적도 없이 나와 제이뿐이고, 우리의 두 발은 먼지가 풀풀 날리는 강변로를 따라 저벅거린다.
 "섀기?"
 제이가 모자 밑으로 눈을 가늘게 뜨고 나를 올려다본다.
 "응, 스쿠비?"
 "우리 정말 엄마를 구하러 가는 거지?"
 "해볼 거야…… 그래."
 제이가 얼굴을 찌푸린다.
 "그 아저씨…… 머리가 하얀 사람…… 그 아저씨 악당이야?"
 "응…… 그런 셈이지."

제이의 눈이 커다래진다.

"엄마가 위험한 거야? 아저씨가 엄마를 포로로 잡고 있는 거야?"

"아니, 그런데…… 어…… 그냥 엄마가 우리랑 같이 집으로 오고 싶게 하면 돼, 알겠지?"

제이가 고개를 끄덕인다.

"그런데 어떻게?"

"미나한테 계획이 있어. 아까 말해 줬잖아."

"까먹었어."

나는 한숨을 내쉰다.

"우리는 다리 옆에서 미나를 만날 거야."

"벨마."

"뭐라고?"

"누나 이름은 벨마야, 미나가 아니라."

제이가 고개를 내저으며 혀를 끌끌 찬다.

"어! 벨마 저기 있다!"

끝이 너덜더덜한 청반바지에 조끼 차림으로 자전거 위에 걸터앉은 미나에게 제이가 앞장서서 달려간다. 목에는 낡은 가죽 강아지 목줄을 걸쳤다.

"그거 어디서 났어?"

"예전에 집에서 개를 키웠거든."

미나가 손가락으로 체인 끝을 돌돌 만다.

"개가 죽었을 때 아빠는 목줄을 버리지 못했어. 아직도 뒷문에 걸려 있었어."

미나가 어깨를 으쓱한다.

"갈까?"

나는 미나를 지나 멀리 철교 쪽을 바라본다. 터널이 마치 우리를 삼켜 버리려고 기다리고 있는 입처럼 보인다.

미나가 내 팔에 손을 얹는다.

"걱정하지 마, 덩치 큰 친구. 잘될 거야. 뼛속까지 느낌이 온다 이 말씀."

"뭐라고?"

미나가 깔깔거린다.

"우리 아빠가 잘 하시는 말이야. 자, 가자! 10분 내에 각자 위치로! 그 다음에 내가 출동할게."

나와 제이는 필이 쓰레기를 내다 버리는 자리에 숨어서 미나를 기다린다. 지금쯤이면 나타나야 한다. 뭔가 잘못됐다.

그때 발자국 소리가 들린다. 누군가 달려오는. 그리고 미나가 획 지나간다.

"도와주세요! 누구 없어요! 제발요!"

"누나다!"

제이가 어둠 속에서 눈이 휘둥그레진다.

미나가 수문을 건너는 모습을 지켜보며 고개를 끄덕인다. 여기서도 보트가 보이지만 출입문은 반대쪽이다. 미나는 아직도 도움을 청하고 있다. 그 소리가 아주 멀게 들려서 귓속에서 천둥처럼 울려 대는 심장 박동 소리에 묻혀 버릴 것만 같다. 순간 사방이 잠잠해지며 오로지 파리들이 윙윙거리는 소리와 멀리 수문의 쉬익거리는 물소리만 들려온다. 그리고 우리는 기다린다.

또 기다린다.

작전이 성공하지 못하면?

미나가 백발 남자를 보트 밖으로 끌어내지 못하면?

그때 두런두런 목소리들이 들린다.

나뭇가지 사이로 유심히 보니 그들이 보인다. 미나와 백발 남자가 수문을 건너고 있다. 미나가 해냈다!

두 사람이 지나가자 두꺼운 나무줄기 뒤로 제이를 휙 잡아당긴다. 채 3미터도 떨어지지 않은 거리다.

미나의 목소리가 들린다.

"개 이름은 시드예요. 엄청나게 큰 개가 공격을 해서 도망가 버렸어요! 그런데 찾을 수가 없어요."

미나는 줄곧 울었던 사람처럼 코를 훌쩍인다.

"바로 이 아래에 있었어요. 다리를 지나서."

백발 남자는 끙 앓는 소리를 내더니 무어라 대꾸하지만 이미 너무 멀어져서 무슨 말인지 알아들을 수가 없다.

나는 20까지 세고 숨어 있던 나무 밖으로 튀어나온다. 미나와 백발 남자가 터널 안으로 사라짐과 동시에.

"가자!"

우리는 수문으로 달려가고, 이번에는 제이도 투덜대지 않고 건넌다. 우리는 풀밭으로 내려서서 보트를 향해 달린다.

문은 닫혀 있다. 당연히. 나무 문을 쾅쾅 두드리자 페인트 조각들이 우수수 물속으로 떨어져 내린다.

"엄마! 문 열어요! 로렌스하고 제이예요!"

보트 안은 조용하다. 아무런 움직임도 없다.

엄마가 가 버렸으면 어쩌지?

나는 다시 문을 쾅쾅 두드린다.

"형!"

제이가 내 팔을 꽉 붙잡고 선실 옆으로 난 작고 둥그런 창문을 가리킨다. 힐긋 얼굴 하나가 보이더니 이내 창 위로 빛바랜 노란 천이 스윽 드리워진다.

"엄마가 가 버렸어!"

"아니야!"

나는 문으로 되돌아가 두 주먹으로 문을 쾅쾅 두드린다. 그 소리가 보트 전체에 울리며 물속에서 보트가 둥실둥실 흔들린다.

"엄마! 문 열어요! 할 말 있어요!"

엄마가 절대 문을 열어 주지 않을 거라는 걱정이 들기 시작하고, 문을 부수고 쳐들어갈 방법은 없을까 고민하던 그때, 고함 소리가 들리더니 문이 휙 열린다.

뒤로 슬쩍 물러서는데 엄마가 햇빛으로부터 눈을 가리며 휘청휘청 문밖으로 걸어 나온다.

제이가 양팔을 쫙 벌리고 엄마에게 달려가다가 엄마가 손사래를 치며 뒷걸음질 치자 당황해서 멈춰 선다.

"여기서 뭐하는 거야? 뭘 원해?"

엄마의 목소리는 지쳐 있다. 냉정하다.

"엄마를 집으로 데려가려고 왔어요."

"필은?"

"가 버렸어요."

"가 버려? 무슨 말이야?"

"가요, 엄마, 시간이 별로 없어요."

"필이 어디로 가 버려?"

"그건 걱정 마세요. 엄마는 우리랑 집으로 가요."

나는 엄마의 맨발을 내려다본다.

"신발 있죠?"

"뭐?"

"신발 없어요? 보트에 아무거나."

엄마는 아직도 필을 찾고 있다. 엄마의 두 눈이 강변길을 위아래로 빠르게 훑는다.

"엄마, 제발!"

제이가 엄마의 손을 꽉 붙잡는다.

"응, 가자, 엄마. 우리가 엄마를 구해 줄게!"

엄마가 얼굴을 찡그리며 제이를 내려다본다.

"너희 무슨 소리야?"

"엄마! 우리 가야 돼요!"

"어디로 가?"

"집으로요."

엄마는 마치 내가 달나라로 가자고 하기라도 한 양, 나를 빤히 쳐다본다.

"난 못 가."

제이가 묻는다.

"왜 못 가?"

그리고 모든 것이 멈춘다.

새도 없고. 바람도 없고. 파리도 없다.

침묵.

엄마가 제이를 물끄러미 쳐다본다. 나는 엄마를 물끄러미 쳐다본다.

그러더니 제이가 울기 시작한다. 제이는 그 자리에 서서 빨개진 얼굴로 입을 벌리고 큰 소리로 울고 있다.

엄마는 털썩 주저앉고 제이는 엄마의 목에 힘껏 매달린다.

"알잖아. 나는 너희한테 도움이 안 돼."

엄마가 나를 올려다보며 말한다.

"난 못해, 로렌스. 난 늘 너희를 다치게 할 뿐이야."

"엄마는 아프잖아요. 그건 엄마 잘못이 아니에요."

목이 꽉 막힌다. 말을 꺼내기가 힘들다.

"엄마가 여기에 있는 건 안 좋아요. 엄마는 집에 가야 돼요. 우리가 도와줄게요."

엄마가 고개를 젓는다.

"소용없을 거야, 로렌스. 너희는 내가 없는 편이 더 나아."

"아니에요! 우리는 엄마가 필요해요. 사람들이 우리를 고아원으로 보낼 거예요!"

하지만 엄마는 듣고 있지 않다.

"너희한테 좋은 가정을 찾아 줄 거야. 너희를 돌봐 줄 사람. 너희에게 올바른 삶을 선사해 줄 수 있는 사람."

"아뇨, 그렇지 않아요! 지난번과 똑같을 거예요."

"야!"

멀리서 외치는 소리가 들리고, 나는 그 목소리의 주인공을 알고 있다.

돌아서니 백발 남자가 우리 쪽으로 헐레벌떡 달려오고 있다.

"무슨 일이야?"

그는 멈춰 서서 상황을 파악하더니 수문을 건너고 있는 미나 쪽으로 고개를 휙 돌린다.

"다 짰구먼! 애초에 개는 있지도 않았어! 나를 여기서 내보내려고 벌인 수작이었어."

그는 나를 치기라도 할 것처럼 내 앞으로 성큼성큼 다가온다.

"필!"

엄마가 몸을 일으킨다.

"내버려 둬요! 괜찮아요. 이제 갈 거예요."

"엄마 없이는 안 가요."

내 목소리가 바들바들 떨린다.

필의 손이 휙 올라오고 나는 움찔하지만, 그는 그냥 내 멱살을 붙잡아 자기 쪽으로 확 끌어당긴다.

"말했지. 여기 오지 말라고!"

그의 숨이 얼굴에 느껴진다. 담배 냄새와 지독한 술 냄새가 진동한다.

"당장 꺼져. 너, 쟤, 그리고 있지도 않은 개 주인인 네 친구도 같이. 안 그러면……."

별안간 그가 멈춰 선다. 눈이 휘둥그레져서 비틀거리면서 나를 놓아 준다. 그때 제이가 눈에 들어온다. 제이는 필의 뒤에 찰싹 달라붙어서 반바지를 꽉 물고 으르렁거린다.

"이 애새끼가……."

필이 욕을 내뱉고 제이를 후려친다.

제이는 데굴데굴 굴러갔다가 비틀거리며 몸을 일으킨다. 걱정스러운 표정이다. 이번에는 평소와 달리 진짜로 왕창 물어뜯었다는 걸 깨달은 눈치다.

백발 남자가 제이에게 달려들지만 제이가 한발 빠르다. 제이는 쌩하니 달려 부리나케 미나 옆을 지나쳐 강둑을 올라 수문 쪽으로 향한다. 제이가 저렇게 빨리 달리는 모습은 처음 봤다. 휘청휘청 제이를 쫓으며 으르렁거리는 백발 남자의 모습은 우스꽝스럽기 그지없다. 하지만 그는 제이를 잡지 못한다. 제이는 이미 수문에 다다라 전문가처럼 수문을 건넌다. 제이는 필이 따라오나 보려고 몸을 돌렸는데…….

  방금 전까지 제이는 거기에 있었다.

  그런데 사라지고 없다. 순식간에.

  순간 모두 얼음이 된다.

  엄마가 비명을 내지르고 나는 달리기 시작한다.

  필과 미나가 앞으로 달려나가고, 둘은 수문 쪽으로 달음박질한다. 내가 강둑에 다다랐을 즈음 필은 이미 물속에 있지만 어디에도 제이는 보이지 않는다.

  "어딨지?"

  미나가 뭔가 어둡고 물이 뚝뚝 흐르는 물체를 잡아 올린다. 잠시 뒤 나는 그게 제이의 모자라는 걸 깨닫는다.

  "이게 물속에 있었어."

  미나가 하얗게 질린 얼굴로 말한다.

  "가라앉은 게 틀림없어."

  "안 돼!"

  엄마가 나를 밀치고 채 말리기도 전에 물속으로 풍덩 뛰어든다.

 엄마는 물거품 속으로 사라졌다가 콜록대고 허우적거리며 수면으로 떠오른다. 다시 가라앉기 전에 필이 엄마를 꽉 붙잡아 강둑으로 끌어낸다.

 나는 운동화를 획 벗어 던진다.

 "로렌스, 너 뭐해? 넌 안 돼……."

 미나가 내 팔을 꽉 붙잡는다.

 나는 심호흡을 하고 물속으로 뛰어든다.

 물은 생각보다 더 차다. 그 충격이 폐 속의 공기와 맞부딪치고 캑캑거리며 물 위로 올라오는데 마치 보이지 않는 손이 나를 끌어내리기라도 하는 듯, 물을 잔뜩 머금은 내 옷은 무겁디무겁다.

 수문 옆에서는 필과 미나가 엄마를 물 밖으로 끌어내려고 안간힘을 쓰지만 엄마는 제이를 부르며 버틴다.

 나는 혼자다.

 나는 숨을 확 들이마시고 다시 물속으로 잠수한다. 어둠과 갑작스런 고요에 불쑥 겁이 난다. 맹목적으로 손을 저으며 탁한 물속 깊은 곳을 더듬거려 보지만 아무것도 없다. 수면 위로 헤엄쳐 올라가고 싶은 욕구와 싸우며 몸을 돌려 텅 빈 물속에서 허우적허우적 발장구를 친다. 제이를 찾을 수가 없다!

 폐가 비명을 내지른다. 심장은 터지기 직전이다.

 순간 나는 공포에 사로잡혀 아무 생각도 나지 않는다. 빛을 향해 손을 뻗어 보지만 옷은 너무 무겁고, 수문을 통과하는 물살은 너무도 거세다. 나는 소리를 지르지만 물이 내 목소리를 낚아채 목구멍 속으로 도로 밀어 넣는다.

나는 가라앉고 있다.

나는 죽을 거다…….

그때 어떤 손이 내 팔을 잡는다. 나를 위로 끌어 올린다. 빛 속으로. 공기 속으로.

나는 백발 남자에게 매달려 콜록거리고 꿱꿱 토악질을 하다 간신히 입을 뗀다.

"제이는요? 찾았어요?"

필은 고개를 젓고 엄마와 미나가 기다리고 있는 강둑으로 나를 끌고 간다.

내가 그들에게 말한다.

"제이를 못 찾았어요! 너무 어두워요. 물이 너무 깊어요!"

나를 일으켜 세우려고 손을 뻗는 미나의 양 뺨으로 눈물이 줄줄 흘러내린다.

"뭐해요? 제이를 찾아야 돼요!"

"안 돼!"

필이 내 양 어깨를 꽉 붙잡는다.

"그 애는 사라졌어. 우리가 할 수 있는 게 없어. 거기는 수심이 3미터가 넘어. 너도 죽고 싶어?"

"상관없어요! 제이를 두고 갈 수는 없어요!"

싸우려고 버텨 보지만 이미 운하 속에서 온몸의 힘이 빠져 버렸다. 별 수 없이 두 사람에게 질질 끌려서 수문 옆 딱딱한 콘크리트 바닥 위에 철버덕 엎어진다.

"로렌스!"

엄마는 울고 있다. 내 옆에 무릎을 꿇고 양손을 내 얼굴로 뻗지만 나는 엄마를 와락 밀쳐낸다.

"손대지 마! 다 엄마 때문이야!"

나는 엄마를 가리키며 소리를 지른다.

"제이가 죽은 건 엄마 때문이야!"

엄마는 총이라도 맞은 사람처럼 뒤로 휙 물러난다.

엄마에게서 등을 돌린다. 순간 온몸이 뻣뻣해진다.

반대편 강둑의 나무들 틈에 얼굴이 하나 있다. 창백하고 반투명한, 그림자들 속에서 어른거리는.

제이의 유령이다. 우리를 지켜보고 있는.

제이는 죽었으니 그의 유령이 틀림없다. 나는 제이가 수문 아래로 떨어지는 걸 봤다.

아니, 봤나?

제이가 정말로 물속에 있는 걸 본 사람이 있었나? 우리는 모두 너무 멀리 있었다. 물에 빠졌다가 다시 밖으로 나왔다면? 필과 미나가 도착하기 전에.

나는 혹시 사라져 버릴까 두려워 눈을 깜빡이지도 못하고 그

유령 같은 얼굴을 빤히 쳐다본다.

　무슨 말을 하려고 입을 벌리는데 목구멍에서 말이 뒤엉켜서 미나의 손을 붙잡아 가리킨다.

　미나가 욕을 내뱉자 주문이 풀린다.

　제일 먼저 다가간 사람은 엄마다. 엄마는 제이를 양팔로 번쩍 안아 올렸다가 흐느끼며 무릎 위로 털썩 떨어뜨린다. 잠시 뒤 엄마는 몸을 빼고 제이를 꼭 안아 준다.

"너 도대체 여기서 뭐하고 있었어?"

　제이가 놀라서 입을 쩍 벌린 채 눈을 깜빡거린다.

"죽은 줄 알았잖아!"

　엄마가 소리를 치더니 다시 제이를 끌어안고 머리를 쓰다듬어 주고는 제이의 얼굴에 쉴 새 없이 입을 맞춘다.

　제이가 나를 올려다본다.

　내가 제이에게 묻는다.

"형 물속에 있는 거 못 봤어? 너 찾다가 빠져 죽을 뻔했잖아!"

　제이가 고개를 끄덕인다.

"그런데 왜 안 불렀어?"

　제이가 내 어깨 너머로 필 쪽을 힐긋 쳐다보고, 순간 모든 게 파악된다. 제이는 필한테서 달아났고, 악당한테 쫓기는 중이었다. 제이는 물속에 빠졌다가 간신히 빠져나왔다. 틀림없이 필이 따라오는 걸 봤을 거다. 아직도 자신을 쫓는 줄 알았을 테고, 얼른 달려가 나무 뒤에 숨었다. 나는 무릎을 꿇고 앉아 제이를 내 쪽으로 끌어당긴다.

"바보!"

내가 제이의 이마에 입을 맞추며 속삭인다.

"형이 바보야!"

제이가 웅얼거리듯 대꾸하더니 울음을 터뜨린다.

내가 운하 옆 풀밭에 앉아 차를 마시고 있다니. 나는 필이 빌려 준 반바지와 티셔츠를 입고 있다. 제이도 한 벌 얻었지만 제이에게는 드레스처럼 보인다. 제이는 엄마 무릎 위에 몸을 웅크리고 앉아 있다. 우리가 수문에서 내려온 뒤로 엄마는 한 번도 제이를 품에서 떼어 놓지 않았다. 필은 보트에 기대 서서 뻐끔뻐끔 담배를 피우기만 할 뿐, 별말이 없다. 미나는 내 옆에 있다. 반바지와 조끼를 입은 미나의 모습은 마치 소풍이라도 나온 것 같다. 우리 모두 그런 것 같다. 소풍보다는 모자장수의 티 파티*라는 편이 더 어울리긴 하지만.

문제는 다음에 상황이 어떻게 전개될지 모른다는 거다. 너무 두려워서 묻지도 못한다.

다행히 그런 점에서 우리한테는 제이가 있다.

"나 배고파. 지금 집에 가면 안 돼?"

---

*『이상한 나라의 앨리스』에 나오는 실성한 듯한 모자장수의 티 파티를 이르는 말

제이가 엄마를 올려다보며 묻는다.

엄마는 한참이나 말이 없고 심지어 꼼짝조차 않는다. 제이의 말을 못 들은 게 아닌가 싶은 생각이 드는 찰나, 엄마가 고개를 끄덕인다.

"그래. 집으로 가자."

제이가 손뼉을 치고 엄마의 목에 양팔을 두른다.

이제 됐다.

엄마가 제이한테 말한다.

"가서 형이랑 잠깐만 앉아 있어. 아저씨하고 이야기 좀 하게."

두 사람이 강둑을 따라 걷는 모습을 지켜본다. 부디 필이 엄마의 마음을 변화시킬 말을 하지 않기를.

미나가 내 손을 꽉 쥔다.

"봐, 내가 될 거라고 했잖아."

"그럼 그게 다 계획의 일부였어? 모든 사람들을 익사 직전까지 끌고 가는 게?"

"뭐, 아니…… 그건 아니지만."

미나가 몸서리를 친다.

"그래도 넌 정말 영웅이야. 그렇게 뛰어들다니. 바보 같지만 용감해. 그런데 그렇게 쫓아서 뛰어 들어가면 안 되는 거야. 밧줄이나 막대기 같은 걸 가져와야 돼……."

내가 미나를 쳐다본다.

"그래, 나도 알아……"

미나가 어깨를 으쓱한다.

"그래도…… 결국 해냈잖아."

엄마가 다시 우리 쪽으로 걸어온다. 엄마는 웃고 있고 필은 불쾌한 표정이다.

이번에는 그 어느 때보다 미나가 옳기를 바라 본다.

우리가 퍼레이드로 들어서는 순간 빨간색 자동차가 눈에 들어온다.

여전히 죽을힘을 쓰며 버티는 듯한 엄마에게, 또다시 어둠의 장소로 거꾸러뜨리고도 남을 만한 소식일 뿐이다.

"엄마! 사회복지사가 온 것 같아요!"

엄마는 멈춰 서서 하이츠 아파트를 올려다본다. 우리 위로 그림자를 드리운 거대한 묘비.

다 같이 비상계단으로 올라갈 방법은 없을까 고민스러운 순간, 계단 맨 위에서 벌컥 문이 열리고 그가 모습을 드러낸다. 우리의 친절한 이웃, 사회복지사. 그 옆에는 참견쟁이 마녀가 얼굴 가득 승리에 찬 미소를 짓고 우리를 내려다본다.

Day 15
우리의 친절한 이웃, 사회복지사

"엄마! 일어나요! 30분 뒤면 그 사람이 여기로 올 거예요!"

나는 창가로 달려가 커튼을 열어젖힌다. 방 안을 엿보고 싶어 안달이 난 듯, 목을 길게 빼고 곁눈질하는 구경꾼처럼 태양이 유리창 위를 탕하고 때린다.

엄마는 아직도 어제 입었던 옷차림 그대로, 나에게서 얼굴을 돌리며 이불 속으로 파고든다.

엄마는 집에 돌아온 뒤로 한 번도 방에서 나오지 않았다. 나는 엄마가 집 안 꼴을 보면 펄펄 뛸 줄 알았다. 특히나 엄마 방에 내가 해 놓은 짓을 보면. 그런데 엄마는 아무렇지도 않은 눈치다. 자신이 여기에서 무엇을 했었는지 기억하지 못하는 사람처럼, 그냥 묘한 표정을 하고 돌아다닌다. 한 시간쯤 지나 난장판 한가운데서 침대에 몸을 웅크리고 잠이 든 엄마를 발견했다.

어제는 운이 좋았다. 우리의 친절한 이웃, 사회복지사는 막 응급 전화를 받아 가 봐야 한다고 했다. 하지만 아침에 다시 오겠다고 했다.

그게 오늘이다. 30분 뒤면 약속 시간이다!

"엄마!"

내가 엄마의 어깨를 흔든다.

"엄마!"

어서 방을 치워야 하지만 시간이 없다. 사회복지사가 집 안을 둘러보며 생활환경을 확인하고 싶어 할 거라고 미나는 말했다. 미나와 내가 저녁 내내 진땀을 빼며 청소를 한 것도 다 그 때문이다. 어떻게든 살고 싶은 집처럼 보이게 만들려고.

가스레인지 위에 올린 냄비 물이 드디어 보글보글 끓기 시작한다. 먼저 엄마에게 줄 인스턴트 커피에 설탕 두 스푼을 타고, 다른 한 잔에는 카페에서 하는 것처럼 제대로 된 커피를 한 잔 내린다. 미나는 갓 내린 커피의 향기가 아늑하고 유혹적이란다. 텔레비전의 어떤 새 단장 프로그램에서 봤다나. 우리 집을 아늑하고 유혹적으로 만들기 위해서는 커피 향 정도로는 어림도 없겠지만, 어쨌거나 시도해 볼 가치는 있다.

나는 머그잔을 침대 옆 바닥에 내려놓는다.

"엄마! 커피 타 왔어요."

다시 한 번 엄마의 어깨를 흔든다.

"일어나야 돼요. 그 사람이 금방 올 거예요. 제발요!"

"저리 가. 엄마 아파."

이불에 묻혀 엄마의 목소리가 작게 들린다.

일단 제이를 잃을 뻔한 충격이 가시고 현실이 그 자리를 차고 들어오면, 또다시 이런 일이 생길까 봐 걱정스러웠다. 하지만 이제 나는 포기하지 않을 거다. 다 같이 그런 일을 겪고 난 뒤라서가 아니다. 그동안 내가 해낸 그 모든 일이 있기에.

엄마가 예전에 나에게 그런 말을 했다. 오랫동안 계속해서 술을 마셨다가 술을 뚝 끊으면 끔찍한 기분이 든다고. 증상은 감기와 비슷한데 훨씬 더 심각하고, 그런 상태는 며칠 동안 지속된다. 유일한 치료제는 다시 술을 마시는 것뿐이다. 술은 마법 같은 약효를 발휘한다. 몇 차례만 벌컥벌컥 들이키면 고통은 눈 녹듯이 사라져 버린다.

부엌에서 유리잔을 가져와 옷장으로 다가간다. 엄마의 부츠는 아직 구석에 그대로 세워져 있다. 잠시 망설이다가 안으로 손을 뻗어 스카치위스키 병을 끄집어낸다. 어떠한 대가를 치르더라도…… 내가 그렇게 약속하지 않았던가? 나는 술을 따르면서 일부러 병목을 유리잔에 쨍그랑 부딪친다.

나는 허리를 숙여 엄마 쪽으로 위스키 향을 퍼뜨린다.

"엄마, 한잔 하세요. 그러면 기분이 좋아질 거예요."

침대 속의 형체는 흔들림이 없다.

"엄마! 제발."

멀리서 들리는 왁자지껄한 텔레비전 소리에 귀를 기울이는 동안, 갓 내린 커피 향이 방 안을 떠돌아다닌다. 엄마가 일어나지 않는다면 커피 향 따위는 아무런 쓸모도 없다.

이윽고 이불이 동그랗게 말리면서 네모난 이불 구멍 사이로 땀으로 번득이고 잔뜩 찌푸린 엄마의 얼굴이 모습을 드러낸다.

"너 이게 무슨 짓이야?"

엄마의 목소리는 불에 탄 종잇장처럼 가냘프다.

"무슨 말이에요?"

"지금 나한테 술을 주고 있잖아."

엄마의 두 눈이 유리잔으로 향한다.

"넌 내가 술 마시는 거 싫어하잖아."

나는 어깨를 으쓱한다.

"사회복지사가 올 거예요. 엄마가 꼭 일어나야 돼요."

손이 부들부들 떨려서 위스키 잔의 표면에 잔물결을 일으킨다. 그러자 엄마가 손을 뻗어 유리잔을 받아든다. 엄마는 잠시 유리잔을 들고 햇살을 받아 황금빛으로 반짝이는 액체를 물끄러미 쳐다보더니 한입 꿀꺽 마시고는 부르르 몸서리를 친다.

"너는 나한테 과분해. 너희 둘 다 나한테 과분해."

엄마의 목소리에 물기가 어린다. 그 옛날 돼지 저금통 사건

때 그랬듯이, 다가가 엄마를 안아 주든지 해 줘야 할 것 같은 기분이지만 나는 망설이고, 이내 그 순간은 사라진다.

대신 나는 중얼거린다.

"우리가 도와줄 수 있어요, 엄마. 엄마가 낫게 우리가 도와줄 수 있어요."

엄마는 고개를 끄덕이고 빈 유리잔을 내려다본다.

엄마에게 위스키 병을 건네준다. 엄마는 반 잔만 따랐다가 다시 잔을 마저 채운다. 이 속도대로라면 사회복지사가 우리 집에 당도할 무렵에는 취하고 말 거다. 하지만 이미 늦었다. 엄마한테서 위스키 병을 도로 가져가는 건 불도그한테 뼈다귀를 빼앗는 거나 매한가지다.

"걱정하지 마."

내 얼굴을 읽었는지 엄마가 말한다.

"정신을 차릴 정도로만 마실 테니까, 알겠지?"

나는 고개를 끄덕인다.

"됐어! 옷 좀 갈아입게 잠깐 나가. 그 사람이 내 이런 차림을 보게 하고 싶지 않으면."

초인종이 울릴 때 나는 부엌에 있다. 초인종 소리가 서서히 잦아들자 아파트가 부르르 떨린다.

"엄마! 왔어요!"

닫힌 침실 문을 똑똑 두드린다.

"엄마? 준비됐어요?"

엄마의 대답 소리가 너무 작아서 엄마의 상태를 가늠하기가 어렵다.

다시 초인종이 울린다.

"문 열어 줄게요."

복도를 지나 현관문으로 다가가 손잡이 위에 손을 올린 채 잠시 머뭇거린다.

달아날 마지막 기회. 지붕 위로 해서 비상계단으로 내려간다. 아직 기회가 있다……

하지만 이제 달리는 건 지긋지긋하다. 때로는 맞서서 싸워야 한다. 어깨 너머를 흘깃 쳐다보니 거기에 그들이 있다. 문간에 나란히 서서 나를 지켜보고 있는 나의 군대. 스카치위스키의 힘을 빌지 않으면 침대에서 나올 수 없는 한 여자와 자기가 스쿠비 두라고 생각하는 여섯 살배기 꼬마.

나는 그들을 향해 엄지손가락을 치켜 올리고 문을 열어 준다.

우리의 친절한 이웃인 사회복지사의 이름은 크리스다. 극도로 지치고 피곤한 얼굴이다. 그는 빙그레 웃으며 나와 악수를 나눈다. 엄마를 찾아 뒤를 돌아보지만 엄마의 방문은 다시 닫혀 있다.

나는 어깨를 으쓱한다.

"엄마가 방금…… 금방 나오실 거예요."

"그래!"

크리스가 나를 따라 복도를 내려오며 말한다.

"너 하다크레 중학교 다니지?"

"네."

나는 교복을 입고 있다. 미나가 그렇게 하면 좋은 인상을 줄 수 있을 것 같다고 했다. 나도 모르게 그를 향해 내 넥타이까지 흔들어 보인다.

"이야기를 나눴거든……."

그가 얼굴을 찡그린다.

"던컨 선생님이었나?"

"버컨 선생님이요."

머릿속에서 경고등이 깜빡거린다. 크리스는 얼마나 많은 사람들과 이야기를 했을까? 나는 얼마나 많은 거짓말들을 기억해 내야 할까?

"어…… 커피 한잔 하실래요?"

그는 깜짝 놀란 표정이다.

"그래! 그럼 좋지. 고맙다."

우리는 서로 눈치만 보며 부엌 입구에서 머뭇거린다. 우리 집에 주전자가 없다는 걸 크리스한테 알리고 싶지 않다. '안전하고 적절한 가정을 위한 필수 품목'에 주전자가 올라 있을지도 모르니까. 하지만 그를 제이와 단둘이 남겨 놓아도 괜찮은

지 그것도 애매하다.

크리스가 내 대신 결정을 내려 준다.

"나는 가서 거실에서 기다리마, 괜찮지?"

"네."

정확히 '안 돼요.'라고 말할 수가 없다.

엄마를 다시 불러야 하나 안절부절못하고 있는데 침실 문이 확 열리더니 엄마가 복도로 모습을 드러낸다.

엄마는 면접용 정장을 차려입었다. 잿빛의 가는 세로줄무늬 치마와 재킷, 검은색 타이츠와 하얀색 블라우스. 화장에 하이힐까지. 엄마는…… 거의 정상처럼 보인다. 복장이 오버스러운 면이 없지는 않지만 아까와 비교하면 마법에 가까운 변신이다.

"왜?"

엄마가 으쓱하며 묻는다.

"아니에요. 멋져 보이세요."

엄마가 한쪽 눈썹을 치켜뜨고는 나를 지나 거실 쪽을 쳐다본다.

"그 사람 여기 있니?"

"네. 제가 커피 좀 타고 있었어요."

엄마는 고개를 끄덕이고 침실 쪽을 흘깃 돌아본다.

"엄마 먼저 가세요, 제가 가지고 갈게요."

엄마가 마음을 바꾸기 전에 내가 말한다.

"그래."

엄마가 심호흡을 한다.

"좋아. 그럼 간다……."

엄마가 잠깐 멈칫한다.

"로렌스…… 내가 잘 해낼 수 있을까."

"엄마는 잘 하실 거예요."

옷 밖으로 두방망이질 치는 심장이 드러나지 않기를 바라며 나는 빙그레 웃는다.

"그냥…… 상냥하게 하세요."

엄마는 얼굴을 찡그리더니 고개를 끄덕인다.

"좋아."

"엄마?"

엄마가 나를 쳐다본다.

"고마워요."

엄마는 고개를 끄덕이고 살짝 미소를 짓고는 총총거리며 거실을 향해 복도를 내려간다.

머그잔에 물을 붓고 휘휘 저으며 제발 내 손이 떨림을 멈추기를 바란다.

"커피 한잔 더 하실래요?"

"아니, 괜찮아. 고맙다, 로렌스."

"케이크 드실래요?"

크리스에게 타르트* 접시를 내민다.

"이거면 됐다. 괜찮아."

크리스가 나쁜 사람이 아니라는 생각이 들기 시작한다. 꿈속에서 서류철을 들고 나타났던 그 여자와는 다르다. 사회복지사 티를 전혀 내지 않는다.

그런데 하는 말은 사회복지사다.

"한동안 학교에 결석했던데?"

그 말을 하면서 크리스가 빙긋 웃는다.

"아팠어요. 둘 다 좀 아팠어요."

나는 제이 쪽으로 고갯짓을 하고 제이는 아무것도 모르고 텔레비전만 본다.

"아팠다니 안됐구나. 지금은 건강이 어떠니?"

"좋아요. 오늘은 학교에 가려고요."

"잘됐구나."

크리스가 공책에 뭔가를 끼적거리지만 너무 멀어서 뭐라고 쓰는지 보이지 않는다. 크리스가 제이에게 몸을 돌린다.

"너도 아팠지, 제임스?"

제이는 텔레비전에 푹 빠져 있다.

내가 낮은 목소리로 쏘아붙인다.

"제이!"

---

* 속에 과일같이 달콤한 것을 넣고 위에 반죽을 씌우지 않고 만든 파이

제이가 고개를 든다.

크리스가 묻는다.

"지금은 아픈 데 없어?"

제이는 크리스가 거기에 있는 걸 보고 깜짝 놀란 사람처럼 얼굴을 찌푸리더니 고개를 끄덕인다.

"아, 네. 안 아파요."

"너무 아파서 어린이집에도 못 갔어?"

제이가 어깨를 으쓱한다.

제이가 뭐든 허튼 소리를 내뱉기 전에 내가 끼어든다.

"잘 기억하지 못하는 것 같아요. 이틀 동안 정상이 아니었거든요. 자기가 어디에 있었는지도 몰랐어요. 막 토하고."

제이가 말한다.

"아, 맞다! 공중전화 부스에서 토했고 또…… 다른 데서도 토했어요."

제이가 얼굴을 찌푸린다.

"그 착한 아줌마랑 있을 때. 우리가 그 봉투를 들고 도망가야 해서 아줌마가 나한테 티셔츠를 못 줬어요."

쿠궁, 심장이 멎는다.

"정말?"

크리스가 나를 쳐다본다.

나는 억지로 웃는다.

"제이가 가게에서 토했는데 가게 주인이 화가 나서 우리가 막 도망갔어요!"

나는 어깨를 으쓱한다.

"이 모든 일이 벌어지는 동안 어머니는 어디에 계셨죠?"

크리스가 엄마를 건너다보고, 엄마는 마치 팔걸이를 놓으면 우주로 발사될까 봐 두렵기라도 한 사람처럼 팔걸이를 꽉 붙잡고 의자에 꼿꼿이 앉아 있다.

내가 엄마 대신 대답한다.

"일하러요."

"어디서 일하시죠, 로치 부인?"

엄마가 크리스를 쳐다본다.

내가 대답한다.

"산업 단지 사무실에서요. 청소부예요."

제이가 끼어든다.

"그리고 감자튀김 식당에서."

"그럼 일자리가 두 개네요."

크리스가 다시 펜을 놀리기 시작하고 엄마를 향해 몸을 돌린다.

"그럼 늘 바쁘시겠군요?"

엄마의 두 눈은 무표정하고 양손은 바들바들 떨린다.

어서요, 엄마, 지금 지면 안 돼요!

크리스의 펜이 무릎 위의 공책 위를 계속 맴돈다. 타르트에서 떨어진 빵 부스러기가 공책의 스프링 사이에 끼어 있다. 만약 빵 부스러기가 떨어지지 않으면 우리는 무사하다고 혼자서 내기를 한다.

엄마는 눈을 깜빡인다.

"네, 일자리가 두 개죠."

폐 속으로 공기가 훅 들어온다.

"집세를 내고 식탁 위에 음식이 떨어지지 않게 하려면 하나로는 부족해요. 이 녀석들 둘을 먹이는 데 들어가는 돈이 만만치 않거든요."

크리스가 고개를 끄덕인다.

"그럼요! 저도 자식이 둘인걸요. 로렌스하고 엇비슷한 나이죠."

그가 빙그레 웃는다.

이제 됐다.

"그럼 많은 시간을 일터에서 보내시겠군요?"

그럴 줄 알았다. 아주 상냥하게 잡담을 나누는 척하다가…….

"그렇게 많이는 아니에요!"

엄마의 목소리는 이제 날이 서 있다.

"트집을 잡고 싶은 게 그거라면, 이 애들은 나 없이 보내는 시간이 그렇게 길진 않아요. 게다가 로렌스 정도라면 몇 시간 정도는 제임스를 돌봐줄 능력이 충분하고요!"

크리스가 손바닥을 들어올린다.

"물론이죠. 트집을 잡을 생각은 없습니다, 로치 부인. 아무도 부인을 비난하지 않습니다. 이 아이들도요, 그 무엇도요."

"그런 사람이 있었겠죠. 아니면 당신이 여기에 왔을 리가 없잖아요, 안 그래요?"

엄마는 마치 갑자기 잠에서 확 깨어난 사람 같다. 엄마를 보니 제이가 떠오른다. '그건 형 마음대로 아니잖아.'라고 할 때와 완전히 똑같다.

"아래층에 사는 참견하기 좋아하는 년 맞죠, 그렇지 않나요? 그 년인 거 다 알아요, 그러니 거짓말할 필요 없어요."

제발 입 좀 다물어 줬으면. 저러다 다 망치고 말 거야.

크리스가 한숨을 내쉰다.

"앨리슨 부인과 사이가 좋지 않다는 건 알겠습니다."

"제대로 말귀를 알아듣는군요!"

엄마가 코웃음을 친다.

"그 여자는 우리가 이사 온 그날부터 우리를 쫓아내지 못해 안달이었어요. 떨떠름했겠죠, 내가 싱글맘이라는 게. 그 여자 얼굴만 보면 알 거예요, 건방진 늙은 년 같으니!"

제이가 따라 말한다.

"늙은 년!"

순간 크리스는 깜짝 놀란 표정이더니 이내 허허 웃음을 터뜨린다. 꾹 참아 보려고 하지만 어쩔 수가 없다.

엄마의 검은 눈동자가 막 폭발할 태세로 크리스를 빤히 쳐다본다.

그러더니 엄마도 낄낄거리기 시작한다. 마치 거실이 꾹 참았던 숨을 내쉬기라도 한 양, 스르륵 긴장이 풀리는 게 느껴진다. 크리스가 다시 공책을 들여다보기 전까지는.

"앨리슨 부인이 홍수를 말씀하시던데…… 그 다음에는 화재였나요? 애들이 자기들끼리 있다가 사고가 난 것 같다고 생각하시더군요."

엄마가 나를 쳐다본다.

"화재는 아니었어요."

내 목소리에 최대한 불신을 담아본다. 지금은 그 편이 더 낫다. 크리스는 참견쟁이 마녀에게 그다지 호감이 가지 않는 눈치다.

"토스트를 만들다가 잘못해서 화재경보기가 작동됐어요, 그게 다예요."

크리스는 고개를 끄덕이고 메모를 한다.

"화재경보기가 있다니 다행이구나. 그럼 홍수는?"

아줌마가 이미 상황을 설명했겠지. 크리스는 아마 아줌마와 함께 있었던 그 남자하고도 대화를 나눴을 거다. 사실대로 말하는 편이 낫다. 그렇지 않으면 그는 내가 하는 말이 몽땅 거짓말이라고 생각할 테니.

"우리가 마개를 빼놓지 않아서 세면대가 넘쳤어요. 어쩌다 보니 그렇게 됐어요. 아무튼 그냥 조금 물이 넘친 거지, 홍수는 아니었어요! 아줌마는 마치 온 아파트가 물에 잠긴 것처럼 법석을 떨었어요!"
"그래, 부인이 피해당한 곳을 보여 줬지만 그다지 놀랍지는 않더구나."
크리스가 고개를 젓는다.
"하찮은 불평불만 정도로 시간을 낭비할 필요는 없을 것 같군요."
크리스가 공책을 덮는다.
"자, 그럼 이 정도로 할까요. 괜찮으시다면 잠깐 집 안을 좀 둘러보고 싶은데요."
아파트는 내가 기대했던 것보다 훨씬 상태가 좋지 않다. 크리스가 감동을 받을 리 만무하다.
"여기서는 얼마나 사셨죠?"
화장실 밖으로 나오며 그가 묻는다. 그나마 미나가 준 파란색 변기세정제가 축축한 습기와 오줌 냄새를 가려 준다.
"대충 아홉 달 정도."
엄마가 어깨를 으쓱하며 대꾸한다.
내가 부엌의 스위치를 탁 켜니 방금 닦은 식기건조대 위를 바퀴벌레 한 마리가 후다닥 가로질러가더니 싱크대 뒤로 모습을 감춘다.
"저게 뭐였죠?"
내가 재빨리 대답한다.
"딱정벌레예요. 가끔 있어요."

"딱정벌레?"

"네."

크리스는 다가가서 벽과 싱크대 사이의 틈새를 자세히 들여다본다.

"입주대기 목록에 올라 있나요?"

크리스가 목을 쭉 빼고 가스레인지 뒤를 보면서 묻는다.

엄마가 대답한다.

"아뇨."

"부인은 최우선순위 자격이 될 거예요. 한 부모 가정에 자녀가 둘이니. 주택부 직원과 이야기를 해보겠습니다."

엄마가 그를 쳐다본다. 엄마는 목록에 올라가는 걸 좋아하지 않는다. 엄마는 주택부 직원들을 신뢰하지 않는다. 하지만 이번만은 엄마도 아무런 대꾸를 하지 않는다.

크리스가 냉장고 문을 열어 본다. 냉장고에 먹을 걸 좀 넣어 두라는 미나의 말을 흘려듣지 않았던 걸 기쁘게 생각한다. 다행히 엄마 가방에 돈이 좀 있었고, 그래서 어젯밤에 슈퍼에 들러 냉장고를 채워 놓았다.

"여기가 네 방이겠구나."

크리스가 복도를 가로지르며 말한다.

"네, 저하고 제이…… 같이 써요."

그는 고개를 끄덕인다.

"난 별이 좋더라."

"네, 엄마가 붙여 주셨어요. 진짜 별자리예요."

나는 손가락으로 천장을 가리킨다.

"저건 북두칠성이고…… 저건 오리온자리…… 몇 개가 떨어지긴 했지만."

크리스가 우리를 데려갈 구실을 찾아 눈으로 방을 이리저리 훑는다. 그러다 나를 보고 빙그레 웃더니 얼굴에 알듯 모를 듯한 표정이 어린다.

"좋은 방이구나."

크리스는 식은 커피로 마지막 남은 타르트 조각을 넘기며 짐을 챙긴다. 몇 분만 버티면 그는 떠나고 나는 다시 숨을 쉴 수가 있다.

제이는 아직도 텔레비전을 보고 있다. 이제는 늘 하던 대로 물구나무 자세다. 그때 제이의 바짓가랑이가 스르륵 내려가며 앙상한 종아리와 지저분한 손바닥 자국처럼 생긴 퍼런 멍 자국이 드러난다.

나와 동시에 크리스도 그걸 발견한다. 그는 머그잔을 내려놓고 의자 위로 몸을 숙인다.

"심한 멍 자국 같은데, 제임스. 어쩌다 생겼니?"

제이는 크리스를 올려다보고 얼굴을 찡그린다. 제이는 멍 자국을 보고 깜짝 놀란 것 같다. 제이는 어깨를 으쓱한다.

"새끼를 구하려고 그 아저씨를 때리다 그렇게 됐어요."

숨이 탁 멎는다.

크리스가 묻는다.

"뭐라고?"

내가 쉰 목소리로 간신히 대꾸한다.

"스쿠비 두요. 우리는 스쿠비 두 놀이를 하고 있었어요, 내가 섀기고, 제이가 스쿠비예요."

크리스가 나를 빤히 쳐다본다.

"벨마도 거기에 있었어요. 우리 패거리 몽땅 다!"

제이가 활짝 웃고 다시 텔레비전으로 몸을 돌린다.

입이 바짝바짝 마른다.

"어제 같이 놀 때 어디 부딪쳤나 봐요. 여기저기 기어 다녀서…… 아시잖아요…… 개 흉내를 내면서."

나는 어깨를 으쓱하지만 가망이 없다. 우리는 망했다.

크리스는 얼굴을 찡그리고 우리 세 사람의 얼굴을 차례차례 들여다본다. 문신처럼 파란 멍 자국이 남은 제이는 '매 맞는 아이'고, 엄마는 창문 한쪽 구석에서 여차하면 싸울 태세다. 그리고 나, 나는 바보처럼 씩 웃으며 고개를 끄덕인다. 달리 어찌해야 할 바를 몰라서다.

"내 동생도 그러고 잘 놀았지! 자기가 개인 척하면서."

크리스가 빙그레 웃으며 고개를 절레절레 젓는다.

"침대 끄트머리 바닥에 놓인 바구니에 들어가서 자곤 했단다. 그래서 어머니가 머리끝까지 화를 내곤 하셨지."

크리스가 껄껄 웃는다.
"지금은 경찰견을 부리는 경찰관으로 근무한단다. 적성에 딱 맞아!"
나는 고개를 끄덕이며 빙긋 웃고는 목구멍에 꽉 막혀 있던 침을 꿀꺽 삼킨다.

마침내 우리는 현관문 앞에 선다.
"모두 만나서 반가웠습니다."
크리스가 손을 내밀고 우리는 악수를 나눈다.
"오늘 오후에는 학교에 다시 나갈 거지?"
나는 고개를 끄덕인다.
"착하구나! 나중에 확인해 볼 거야!"
그가 활짝 웃으며 엄마를 향해 몸을 돌린다.
"시간 내 주셔서 감사합니다, 부인. 다음 주에 잠깐 들러도 되겠죠?"
"뭐하러요?"
엄마의 두 눈이 번뜩인다.
"좋은 소식이 있을지도 몰라서요."
엄마가 어깨를 으쓱한다.
크리스는 빙그레 웃고는 층계참을 가로지르며 손을 흔든다.
"잘 있어라."
엄마가 현관문을 닫고 몸을 기대는데 그가 밖에서 외친다.

엄마가 눈을 감으며 한숨을 내쉰다.
"못살아! 술이 필요해."

학교를 빨리 빠져나올 방법이 없다. 엄마가 학교에 다시 나가라고 했을 때 알았다고 하지 말았어야 했다. 집에 가면 엄마는 사라지고 없을 거다. 나는 알고 있다.
운동장을 가로지르는데 엄마가 보인다. 엄마는 교문 밖 보도 위에서 담배를 피우고 있다. 청바지와 티셔츠 차림에 선글라스를 꼈다.
"엄마!"
엄마는 싱긋 웃으며 땅바닥에 꽁초를 획 던지고는 운동화 끝으로 비벼 끈다.
엄마가 핸드백에서 황금빛 봉투를 끄집어낸다.
"이리 와서 너를 만나야겠다 생각했지. 가서 우리가 직접 휴가를 예약할 수 있다고 했지?"
"네……."
엄마가 내 팔에 팔짱을 끼며 말한다.
"그냥 집에 앉아 있었는데 이런 생각이 들었어. '이 집은 쓰레기야! 우리 애들을 이런 집에 살게 하면 안 돼!' 그때 이 봉투가 눈에 띄지 뭐니. 네가 우리를 위해 따낸 휴가 말이야. 그래서 생각했지. '우리에게 필요한 건 바로 이거야. 나와 내 아들들, 휴가! 잠깐이라도 여기에서 벗어나는 거야.'"

엄마는 손을 흔들며 하다크레를 가리키고는 나를 향해 활짝 웃는다.

하다크레 홀리데이즈는 우회도로 때문에 다른 시내 쪽과 분리된, 시내 중심가 맨 윗부분에 위치하고 있다. 이 동네의 상점들은 하나같이 떨어져 나갈 때를 기다리는 까맣게 변한 발톱처럼 먼지투성이에 제멋대로다. 여행사 창문 위로 야자수들과 발랄한 노란색 글자로 꾸며진 파란색 간판이 침울한 분위기를 뚫고 밝게 빛난다.

길을 건너려고 기다리고 있는데 문득 중요한 사실이 머리를 스친다.

"엄마! 안에 들어가면, 내가 상품권을 탔다고 말하지 마세요. 아빠가 탔다고 해야 돼요."

엄마가 얼굴을 찡그린다.

"뭐라고?"

"제가 아빠인 척해야 했거든요. 퀴즈에 참가하려면 열여덟 살이 넘어야 해서요."

"그런데 왜 너희 아빠야? 하필 왜 아빠로 골랐냐고?"

"우리와 성이 같은 사람이 필요해서요. 죄송해요."

나는 어깨를 으쓱한다.

문을 열자 흥겨운 하와이안 음악이 우리를 반기고, 우리는 문턱을 건너 가짜 열대 천국 속으로 들어간다. 인적 없는 황금빛 해변 사진이 한쪽 벽을 채우는 가운데, '평범한 휴가는 그만, 당신 인생 최고의 황홀한 시간!'이라는 문구가 구름 한 점 없는 파란 하늘을 가로지르며 선명하게 아로새겨져 있다.

비행기 승무원을 연상시키는 복장에 얼굴이 오렌지빛인 여자가 미끄러지듯 다가와 인사를 건넨다.

"안녕하세요. 뭘 도와드릴까요?"

빙그레 웃을 때 드러나는 이가 새하얗다. 거짓말이 아니라 진짜로 환하다.

"휴가 예약 좀 하고 싶어서요."

마치 그것 말고 다른 이유라도 있어서 온 사람처럼 엄마가 말한다.

"생각해 두신 곳이라도 있으신가요?"

여자가 마분지로 만든 야자수 사이에 놓인 책상으로 우리를 안내하고, 우리는 책상 앞 플라스틱 의자에 자리를 잡는다.

엄마가 말한다.

"어디 더운 데로 가고 싶어요. 그리스?"

"그리스 좋죠."

여자가 자기 앞의 컴퓨터를 톡톡 두드린다.

"저희 여행사에서는 코르푸, 타소스 섬, 케팔로니아 섬, 자킨토스 섬을 연결하는 패키지를 취급합니다만…… 어떤 식의 휴가를 원하시죠? 두 분만 가시나요?"

"아뇨, 세 명이에요."

내가 불쑥 끼어든다.

"네 명이요. 아빠도 가실지 모르잖아요."

순간 엄마가 나를 빤히 쳐다보더니 깔깔 웃음을 터뜨린다.

"당연하지! 어쩌다 그걸 잊어버렸지?"

"그럼 가족 여행이시네요? 어른 두 명에 어린이 두 명?"

"네, 맞아요, 네 명이네요. 너희 아빠도 이번 여행은 놓치고 싶지 않으실 거야, 안 그러니?"

엄마가 나를 보며 눈썹을 치뜬다.

"숙소는요? 5성급 럭셔리 호텔부터 직접 조리가 가능한 넓은 빌라와 아파트도 있습니다."

엄마가 대답한다.

"아, 호텔이요! 시중을 받는 게 좋아요! 수영장이 있는 데로!"

엄마가 나를 쿡쿡 찌르며 한 눈을 찡긋한다. 행복하게. 신이 나서.

여자가 고개를 끄덕인다.

"어디 한 번 볼까요……."

탁탁 자판을 두드리는 여자의 손톱 소리를 들으니 우리 집 부엌의 바퀴벌레들이 떠오른다.

"자, 됐습니다……."

여자가 우리 쪽으로 모니터를 돌려 준다.

"크레타 섬의 리토스에 있는 호텔이에요. 바닷가 바로 앞의 5성급 호텔이죠. 수영장만 다섯 개예요!"

"다섯 개!"

"아니면 자킨토스 섬에 있는 호텔도 괜찮아요. 마찬가지로 아주 위치가 좋아요……. 수영장은 두 개밖에 없지만."

"그럼 별로네요."

엄마가 요란스럽게 깔깔거리며 말한다.

여자의 얼굴이 일그러진다.

"생각해 두신 예산이 얼마죠?"

엄마가 핸드백에 손을 넣는다.

"제…… 남편이 이걸 탔어요. 경비가 전액 지원되는 거예요."

엄마가 황금빛 봉투를 건네자, 오렌지빛 얼굴의 여자는 다소 당황한 표정이다. 여자가 봉투에서 하다크레 홀리데이즈 팸플릿과 맨 앞에 라디오 햄 로고가 박힌 편지를 꺼낸다.

"아!"

여자가 나를 흘깃 쳐다보고는 다시 엄마를 보며 말한다.

"로치 부인이시군요."

"네, 맞아요."

여자는 그 편지를 접어 도로 봉투에 넣는다.

"죄송하지만 이건 해 드릴 수가 없어요."

"왜 안 되죠?"

"이건 취소됐어요. 방송국에서 도둑을 맞았다고 경찰에 신고를 했어요."

 엄마가 내 쪽으로 눈을 휙 돌린다.

 "주말에 남자애 둘이 라디오 햄 안내 데스크에서 그걸 가져갔어요."

 "훔쳤다고?"

 엄마가 나에게 몸을 돌린다.

 "넌 나한테 상품으로 탔다고 했잖아."

 "아빠가 탔어요!"

 여자가 우리를 지켜보고 있다.

 "나하고 제이는 그냥 그걸 받으러 간 것뿐이에요. 우리는 훔치지 않았어요."

 엄마의 눈이 이글이글 끓어오른다.

 "왜? 왜 그랬니?"

 "엄마한테 휴가를 보내 드리고 싶었어요. 여기서 벗어나서, 엄마가 항상 말했던 것처럼. 난 그냥…… 엄마를 기쁘게 해 드리고 싶었어요."

 엄마가 의자를 뒤로 우당탕 나자빠뜨리며 자리에서 벌떡 일어나 나에게 얼굴을 들이민다.

 "훔치는 게 나를 기쁘게 해 준다고 생각한 거야?"

 "저는 훔치지 않았어요!"

 바로 코앞에서 바들바들 떨고 있는 엄마의 앙상한 손가락들을 지켜보며 곧 눈앞에 닥칠 순간을 기다리는데…… 우려했던 일은 일어나지 않는다. 엄마는 그냥 길게 한숨을 내쉬더니 여자에게 돌아선다.

"도와주셔서 감사합니다."

여자는 헛기침을 하고 책상에서 봉투를 집어 든다.

"괜히 시간 낭비하게 해 드려서 죄송합니다."

주황색 얼굴의 여자는 휘둥그레진 눈으로 우리를 빤히 쳐다보며 냉장고 문처럼 입을 쩍 벌리지만 아무런 대꾸도 하지 않는다.

"가자, 애야, 가야겠다."

엄마가 이를 악물며 말한다.

자리에서 일어나는데, 여행사 안의 모든 사람들의 시선이 우리에게 향해 있음을 깨닫는다. 고개를 푹 숙이고 엄마를 따라 문을 나선다. 우리의 출발을 알리는 하와이안 음악 소리에 움찔하며 비틀비틀 거리로 나온다.

우리는 침묵 속에 버스 정류장에서 기다린다. 엄마는 미친 듯이 담배를 피워 댄다. 시내 중심가를 따라 느릿느릿 기어가는 러시아워의 차들을 쳐다보는데, 자동차의 열린 창을 통해 라디오 햄의 로고송이 들려온다. '행운이 느껴지나요?' 말도 꺼내지 마.

"죄송해요…… 휴가."

엄마는 담배 연기만 길게 내뿜을 뿐 대꾸가 없다.

"정말 저는 훔치지 않았어요. 그건 내 거였어요. 내가 따냈어요. 그 사람들은 내가 그걸 못 갖게 막으려는 거예요."

엄마는 마지막 한 모금을 빨고 나서 길가에 꽁초를 휙 내던진다.

"그런데 넌 어디 가고 싶은 데 있었어? 그리스 가면 뭐 특별한 게 있냐?"

"수영장 다섯 개요?"

엄마가 끙 소리를 낸다.

"어차피 너는 수영도 못하잖아."

"맞아요."

"다른 건 몰라도, 그 멍청한 암소처럼 생긴 누런 오렌지 같은 여자 얼굴을 또 봐야 한다면."

엄마는 말을 하다 말고 고개를 휘휘 내젓는다,

"하다크레에서 하는 선탠이 어디 가냐. 선탠오일을 쳐 바른 것 같더라."

나는 깔깔 웃음을 터뜨린다.

"그 여자 이빨 봤어요?"

"하마터면 선글라스 낄 뻔했다!"

엄마가 눈썹을 획획 움직인다.

"그래도 아직 휴가는 갈 수 있어요. 나한테 돈이 좀 있어요."

내 심장이 쿵쿵거린다.

"그 돈은 어디서 났어? 또 훔친 건 아니겠지?"

"할머니가 주셨어요."

엄마가 발밑을 내려다본다.

"주택금융조합 돈이라면, 내가 벌써 썼어."

"엄마는 제이 돈을 썼어요. 제 건 아니에요."

엄마가 번쩍 고개를 든다.

"얼마나?"

"충분해요…… 어디든 갈 수 있을 만큼. 그리스는 아니지만 어디든…… 바닷가로."

"모르겠다. 그건 네 돈이야, 로렌스. 할머니가 너한테 주신 돈이야."

"할머니는 괜찮다고 하실 거예요. 우리가 휴가를 가면 할머니는 기뻐하실 거예요."

"글쎄다…… 어떻게 할지 생각해 보자, 응?"

"네."

엄마는 다시 담배에 불을 붙인다. 버스가 오려면 얼마나 걸릴까. 우리는 제이를 데리러 어린이집에 가야 한다.

엄마가 뜬금없이 말한다.

"네가 태어났을 때가 생각나. 넌 정말 작았어. 상상이 되니!"

엄마가 깔깔거린다.

"넌 정말 연약해 보였어. 난 두려웠어. 너를 잘 돌보지 못할까 봐."

엄마가 담배를 한 모금 빤다.

"넌 아기였을 때 울보 대장이었어. 어떤 때는 밤새도록 울었지. 옆집 사람들이 벽을 쾅쾅 두드려 대는 바람에 밖으로 데리고 나와야 했어. 유모차에 태워서 이리저리 밀고 다녔지. 그럼 넌 잠이 들었어. 내가 계속 움직이는 한. 난 몇 시간이고 걸었어. 우리가 집으로 올 때쯤이면 날이 훤히 밝아오는 날도 있었지만 그게 너를 재울 수 있는 유일한 방법이었어."

"죄송해요."

엄마가 고개를 젓는다.

"그건 네 잘못이 아니야, 아가. 절대 네 잘못이 아니었어."

엄마가 앙상한 손가락들로 내 손가락을 꽉 붙잡는다.

"내 잘못이야. 나는 어떻게 해야 좋을지 몰랐어. 너희 아빠는 떠나 버렸고, 그레그는……."

다시 한 모금, 그리고 탄식 같은 담배 연기.

"할머니가 돌아가셨을 때 엄마한테는 아무도 없었어. 난 혼자였고 어떻게 해야 좋을지 몰랐어."

검정 선글라스 렌즈 아래로 눈물 한 방울이 주르륵 흘러내린다.

"엄마는 혼자가 아니에요, 엄마. 나하고 제이가 있잖아요."

지원군으로. 지금은 그 말을 해 줄 제이가 없어서 나 혼자 속으로 생각한다.

"너희는 나에게 과분해…… 둘 다."

"엄마는 우리 엄마잖아요."

엄마는 선글라스를 벗고 손등으로 얼굴을 닦는다.

"가엾은 녀석!"

"맞아요."

내가 깔깔 웃는다.

엄마가 고개를 저으며 말한다.

"그리고 너희가 나를 찾아냈어. 나는 너희를 떠났는데 너희가 와서 나를 찾아냈어."

"난 엄마한테 제이를 떠맡기고 가려고 한 건데. 제이가 막 속을 긁어 대기 시작하던 참이었거든요."

엄마가 깔깔거린다. 반은 웃고 반은 훌쩍이면서. 엄마가 울면서 웃는다.

현관문이 쾅하고 닫힌다. 엄마다.

현관 앞에 툭하고 물건을 내던지는 소리가 마치 땅바닥에 시체가 툭 떨어지는 소리처럼 들린다. 엄마는 곧장 부엌으로 향한다. 식탁 위에 탁하고 병을 놓는 소리에 이어, 딸칵 병마개를 따는 소리, 유리잔에다 꿀렁꿀렁 액체를 따르는 소리가 그 뒤를 잇는다.

엄마가 운하에서 집으로 돌아온 지 81일째. 석 달이 다 됐다. 바로 엊그제 같은데.

나는 제이와 미나를 거실에 두고 부엌으로 들어간다.

"어떻게 됐어요?"

엄마가 동그란 담배 연기 사이로 나를 올려다보더니 한숨을 내쉰다.

"나한테 술 생각을 일으킬 만한 게 그놈의 모임밖에 더 있겠니."

식탁 위에는 노란 전단지가 한 장 놓여 있고, 표지에는 진한 검정 글씨로 '술에 취하지 않기. 하루하루 조금씩.'이라는 말이 적혀 있다. 엄마가 술을 마신 지 5주째다. 내가 아는 한.

"이번에는 뭐예요?"

나는 술병을 집어 상표를 읽어 본다.

"딱총나무 꽃과 생강, 맛 좋아요?"

엄마가 얼굴을 찡그린다.

"누가 거기다 양말을 빨아 놓은 것 같더라."

"커피 드실래요?"

"됐어. 오후 내내 그걸 마셨다니까."

의자에 등을 기대며 엄마의 얼굴이 밝아진다.

"제이가 오늘 어린이집에서 아무도 안 물었대. 쇼 선생님이 스티커 판을 만들어서 아무도 안 문 날에는 스티커를 붙여 줬다고 하시더라."

나는 깔깔거린다.

"스티커만 준다면 뭐든 할 거예요."

요새는 엄마가 제이를 어린이집에서 데려온다…… 그리고 데려다 준다. 이번 중간 방학*까지는 한 번도 빼먹지 않았다.

＊영국에는 학기 중간에 half-term이라고 일주일 정도 중간 방학이 있다.

"엄마만 좋다면 우리도 엄마한테 스티커 붙여 줄 수 있는데. 엄마가 술 마시지 않는 날마다 하나씩……."

엄마의 표정을 보고 괜한 말을 했다 싶어 중간에서 말을 뚝 그친다.

"죄송해요! 전……."

"괜찮아."

엄마는 고개를 젓고 시선을 돌린다.

"좋은 생각인 것 같구나."

둘 사이에 침묵이 흐르고 나는 무슨 말을 해야 좋을까 진땀을 흘린다. 그때 문간에 미나가 나타난다.

"안녕하세요, 아줌마! 머리 근사한데요!"

"그래?"

엄마가 머리에 손을 얹더니 얼굴을 찡그린다.

"출근하기 전에 머리를 해야겠다 싶었지. 도저히 그 머리로 미용실에 출근을 할 수가 있어야 말이지."

월요일에 엄마는 시내에 있는 미용실 접수 담당자라는 새 일자리를 얻었다. 정직원도 아니고 보수도 적지만, 우리는 이제 크리스 덕분에 주택 수당도 받는다. 엄마 말처럼, 엄마는 감자튀김 냄새를 풀풀 풍기며 집으로 올 일도 없고 남의 변기에 손을 집어넣을 일도 없다.

미나가 말한다.

"근사한데요. 잘 해야 스물다섯 살 정도로 보여요."

"그럼 얼마나 좋을까!"

엄마는 담뱃재를 탁탁 털더니 입술을 잡아당긴다.

"그래도 정말 떨려…… 실수하면 어쩌지?"

"잘하실 거예요!"

미나가 다가와 엄마를 안아 준다.

"차 한잔 하실래요?"

"아, 그럼 그럴까. 뭐든 이 술보다는 낫겠지."

엄마가 딱총나무 꽃과 생강 잔을 식탁 위로 밀어 버린다.

"입을 옷도 골라 두셨어요?"

미나가 주전자를 싱크대로 가져가며 묻는다.

"계속 마음이 바뀌어. 다 쓰레기 같아서."

"도와드릴까요?"

"그래 줄래?"

"물론이죠. 나가기 전에 시간이 있어요. 생일 주인공만 괜찮다면."

미나가 나를 쳐다보고 활짝 웃는다.

오늘은 내 생일이다. 나는 이제 열여섯 살이다.

"생일 축하해, 아들!"

엄마가 식탁 한가운데에 케이크를 올려놓는다.

"그게 뭐야?"

제이가 접시를 빤히 쳐다본다.

"내 거야. 넌 하나도 안 줘."

제이는 안심한 표정이다.

"왜 그렇게 납작해?"

"훌륭해요! 고마워요, 엄마!"

내가 식탁 밑에서 제이를 발로 툭 찬다.

엄마가 나를 위해 케이크를 구워 준 건 난생처음 있는 일이다. 초콜릿만 씌웠지 차에 치이기라도 한 것처럼 모양새는 형편없지만.

엄마가 말한다.

"초 열여섯 개. 소원을 빌어."

나는 초를 바라본다. 케이크를. 나를 지켜보는 세 얼굴을.

내가 원하는 게 뭐지?

얼마 전까지만 해도 쉬웠다.

그때 머릿속으로 한 가지 생각이 떠오르고 나는 빙그레 웃는다.

자, 짐작도 못할걸…….

"무슨 소원 빌었어?"

제이가 내 팔을 잡아당기며 묻는다.

미나가 끼어든다.

"안 돼! 너한테 말해 주면 소원이 이루어지지 않는단 말이야."

제이는 으르렁거리더니 어깨를 으쓱하고 나에게 자기가 만든 카드를 건넨다.

　행여나 내가 볼까 봐 카드를 계속 깔고 앉은 통에 조금 구겨지고 따뜻하기까지 하다.

　카드 앞에는 말풍선 안에 '16 새일 추카해 형!!!'이라고 쓰여 있다. 바로 밑에는 제이가 자기를 스쿠비 두로, 나를 섀기로, 미나를 벨마로 그린 그림이 보이고, 엄마는…… 엄마로 그렸다. 그리고 맨 밑에는 미나의 손글씨로 '우리 패거리 모두로부터!'라고 쓰여 있다.

　안에는 또 다른 스쿠비 두 그림과 뼈다귀인지 전화기인지 모를 물건에 피처럼 보이는 물이 여기저기 튄 그림이 그려져 있다.

　제이가 손가락으로 가리키며 말한다.

"스쿠비가 악당의 다리를 물어뜯었어."

"고마워! 정말…… 멋지다!"

"그래, 나도 알아. 그래도 빌려 가도 돼…… 형 생일이니까."

"빌린다고?"

　나는 농담인가 싶어 되묻는다.

"원래는 가지라고 주는 거야."

　제이는 입을 삐죽하더니 곰곰이 생각을 하며 한쪽 눈을 감는다.

"알았어. 그거 가져도 돼."

　그러다 얼굴을 찡그리며 덧붙인다.

"내일까지만."

"이건 돌려주지 않아도 돼."

미나가 나에게 빨간색 봉투를 건네며 활짝 웃는다. 순간 귀가 벌게진다. 하트 모양 쿠션을 껴안은 분홍색 곰 인형이나 '내 남자친구의 생일을 축하합니다!'와 같은 문구가 없어서 마음이 놓이면서도 조금은 실망스럽다. 그 대신 눈이 뱅글뱅글 돌아가고 이가 들쑥날쑥한 남자를 찍은 흑백 사진이다. 안에는 '생일 축하해, 멋쟁이'라고 적혀 있다. 제이는 사진이 너무 웃긴지 깔깔거리다가 의자에서 쿵 떨어진다.

엄마도 봉투를 하나 움켜쥐고 있다. 엄마가 식탁 위로 봉투를 슥 내민다.

"카드는 벌써 주셨잖아요."

괜한 말을 했다 싶다. 엄마는 이미 잊어버렸을지도 모르는데.

엄마는 요즘 뭐든 잘 잊어먹는다. 엄마는 그게 의사가 준 알약 때문이라고 한다. 그걸 엄마는 행복약이라고 부른다. 취하고 싶게 만드는 모든 나쁜 것들을 잊어버리게 만드는 약. 정확히 행복하다고는 할 수는 없지만 먹기 전보다는 낫다.

엄마가 고개를 젓는다.

"카드 아니야. 그건……."

"선물?"

제이가 신 나서 끼어든다.

"아마도."

나는 봉투 덮개 밑으로 엄지손가락을 쑤셔 넣어 봉투를 찢는다. 봉투 안에는 네모나고 작은 플라스틱이 붙어 있는 편지 한 통이 들어 있다. 주택금융조합 로고와 맨 밑에 은색으로 박힌 내 이름을 보고서야 그게 무엇인지 알아챈다.

"저게 뭐야?"

제이는 실망한 표정이다.

엄마가 말한다.

"현금카드야. 돈을 찾을 수 있어…… 아무 때나 찾고 싶을 때."

제이는 쯧쯧 혀를 찬다.

"재미없어!"

"아니, 그렇지 않아. 고맙습니다, 엄마."

엄마는 고개를 끄덕이고, 순간 엄마와 눈이 마주친다.

"그게 있으면 유용할 것 같았어. 이제 넌 열여섯 살이니까 더 이상 나한테 사인 받을 필요 없어."

엄마가 무슨 생각을 하고 있는지 알지만 그런 일은 일어나지 않을 거다.

미나를 따라 한 번에 두 계단씩 뛰어 내려간다. 우리 둘의 발소리가 벽을 맞고 튕겨 나와 우리와 문까지 경주를 한다. 미나는 나를 데리고 한과 에이미를 만나러 시내로 간다. 나를 위한 깜짝 생일 파티라서 어디로 가는지는 비밀이다. 우리는 보기보다 맛은 괜찮은 생일 케이크를 먹고 텔레비전을 보고 있는 엄마와 제이를 두고 나간다.

중앙 현관에는 오래된 커튼처럼 양배추 냄새와 소독약 냄새가 감돌지만 참견쟁이 마녀의 아파트 문은 닫혀 있다. 바깥 공기는 상쾌하고 시원하다. 아무렇게나 뻗어 있는 하다크레의 잿빛 콘크리트 건물들을 내다본다. 지금 이 순간만큼은 나에게 여기가 최고다.

버스는 벌써 언덕길을 내려간다. 미나의 손을 붙잡고 달리기 시작한다. 내기를 한다. 우리가 버스보다 먼저 정류장에 도착하면 모두 다 잘될 거다.

지금도 집을 나서기가 두려운 건 사실이다. 하지만 아직까지는 집에 돌아올 때마다 엄마가 집을 지키고 있고, 때문에 갈수록 집을 나서기도 수월해진다. 최소한 엄마는 노력하고 있다. 술에 취하지 않으려고. 하루하루 조금씩.

우리는 그렇게 산다.

우리에게는 좋은 날과 나쁜 날이 있다.

하지만 나쁜 날들 사이의 틈은 점점 더 길어지고 있고, 중요한 건 그거다.

일단 그렇게 시작하면 된다.

우리는 간발의 차로 버스를 이긴다.

:옮긴이의 말

세상의 수많은 로렌스들에게 힘찬 응원의 박수를!

시시때때로 바퀴벌레가 출몰하는 허름한 아파트, 아버지가 다른 반쪽 형제인 여섯 살짜리 철없는 동생 제이, 우울증과 알코올 의존증이 있는 엄마. 듣기만 해도 답답하고 어두운 환경에 주인공 로렌스는 하루하루를 살아가기가 힘겹다. 엎친 데 덮친 격으로 엄마마저 홀연히 사라져 버린다.

이 작품은 머리가 떨어져 나간 바퀴벌레처럼, 살려고 버둥거리며 가족과 가정을 지키기 위해 홀로 고군분투하는 로렌스의 보름간의 기록이자 성장기이다.

로렌스는 아버지가 다른 반쪽 형제지만 누구보다도 제이를 아끼고 챙기며, 여행상품권을 따내기 위해 라디오 퀴즈 쇼에 도전하고, 아동학대에 가까운 방임을 하는 엄마마저도 이해하고 기쁘게 해 주기 위해 최선을 다한다. 하지만 돌아오지 않는 엄마를 찾기 위해 백방으로 수소문을 하면서도, 다른 한편으로는 남들에게 엄마가 사라진 사실을 알리지 않으려고 엄마로 변장까지 한다. 그런 로렌스의 모습이 우스우면서도 너무도 안쓰러워 독자의 입장에서는 로렌스를 응원하다가도, 반대로 차라리 빨리 거짓말이 발각되어 제대로 된 보호를 받을 수 있기를 바라는 마음이 들기도 한다.

  우리 사회에도 가장 아닌 가장의 역할을 하면서 하루하루를 힘겹게 살고 있지만, 희망을 버리지 않고 씩씩하게 살아가는 수많은 로렌스들이 있을 것이다. 옮긴이이기 이전에 로렌스 또래의 아들을 둔 엄마로서 읽을 때마다 로렌스의 마음 씀씀이에 가슴이 울컥해지며 언젠가 텔레비전에서 본 아이가 떠오른다. 엄마 없이 아빠와 단둘이 사는 집. 팍팍한 삶에 본마음과는 달리 아이를 무심하게 방치해 버린 아빠. 치우지 않은 지저분한 집에서 자다가 귀에 바퀴벌레가 들어가고, 매일 같은 옷을 입고 등교하는 아이. 늦가을 차디찬 물에 샤워를 하면서도 텔레비전 속 그 아이는 아빠를 원망하기는커녕 삶에 지친 아빠를 보며 환하게 웃었다. 로렌스 역시 행운은 스스로 만들어가는 거라는 돌아가신 할머니의 말대로 최악의 상황에서도 긍정의 힘을 실천하며, 힘겨운 엄마의 삶을 이해하는 속 깊은 아이다. 그리고 다행히 로렌스에게는 숨 쉴 공간이 되어 준 단 하나의 친구, 미나가 있었기에 15일이라는 결코 짧지 않은 시간을 버텨낼 수 있었다.

이 작품은 전직 밴드 멤버이자 현직 그래픽 디자이너이기도 한 데이브 커즌스의 데뷔작으로, (유명해질 뻔했던) 자신의 밴드와 함께 투어를 하며 밴 한 귀퉁이에서 완성했다고 한다. 덕분에 작가의 섬세한 감성과 유쾌한 기질이 작품 곳곳에 고스란히 녹아 있어, 우울한 주제임에도 유머와 미스터리가 적절이 어우러진 훌륭한 작품이 탄생했다.

가슴을 졸이며 지켜봤던 보름에 걸친 로렌스의 이야기는 다행히 해피엔딩으로 마무리된다. 하지만 많은 영화나 드라마처럼 짠하고 모든 일이 단번에 해결된 것은 절대 아니다. 아직 로렌스가 가야 할 길은 멀고도 멀다. 로렌스의 말대로 '우리에게는 좋은 날과 나쁜 날이 있다. 하지만 나쁜 날들 사이의 틈은 점점 더 길어지고 있고, 중요한 건 그거다. 일단 그렇게 시작하면 된다.' 좋은 날을 향해 하루하루 조금씩 전진하는 세상의 많은 로렌스들에게 힘찬 응원의 박수를 보낸다.

천미나

옮긴이 **천미나**
1973년 서울에서 태어났으며, 이화여자대학교 문헌정보학과를 졸업했다. 지금은 어린이책 전문 번역가로 활동하고 있으며, 그동안 옮긴 책으로는 『사라지는 아이들』, 『바람을 만드는 소년』, 『누더기 앤』, 『아빠, 나를 죽이지 마세요』, 『고래의 눈』, 『광합성 소년』, 『엄마는 해고야』, 『목 없는 큐피드』, 『아름다운 아이』, 『집으로』, 『거짓말쟁이와 스파이』, 『희망하고 소원하고 꿈을 꾸며』, 『제인 에어와 여우, 그리고 나』, 『머리 없이 보낸 15일』 등이 있다.

머리 없이 보낸 15일

펴낸날 | 초판 1쇄 2014년 12월 10일

지은이 | 데이브 커즌스
옮긴이 | 천미나
펴낸이 | 정현문
책임편집 | 양덕모
편집 | 조민선
마케팅 | 박희준
디자인 | 디자인포름

펴낸곳 | 책과콩나무
출판등록 | 2007년 7월 23일 제313-2007-000153호
주소 | 서울시 마포구 양화로7길 12 명광빌딩 4층
전화 | 02-3141-4772(마케팅), 02-6326-4772(편집)
팩스 | 02-6326-4771
이메일 | booknbean@naver.com
블로그 | http://blog.naver.com/booknbean

ISBN 978-89-94077-82-6 (43840)
값 13,000원

이 도서의 국립중앙도서관 출판시도서목록(CIP)은 서지정보유통지원시스템 홈페이지(http://seoji.nl.go.kr)와 국가자료공동목록시스템(http://www.nl.go.kr/kolisnet)에서 이용하실 수 있습니다.(CIP제어번호 : CIP2014033137)

*잘못된 책은 구입한 곳에서 바꾸어 드립니다.
*이 책 내용의 전부 또는 일부를 재사용하려면 반드시 저작권자와
 책과콩나무 양측의 동의를 받아야 합니다.